AF286579

Akarou

Dämonen in Berlin

CAROLINE CHRISTEN

AKAROU

DÄMONEN IN BERLIN

Impressum

Bibliografische Information der Deutschen Nationalbibliothek: Die Deutsche Nationalbibliothek verzeichnet diese Publikation in der Deutschen Nationalbibliografie; detaillierte bibliografische Daten sind im Internet über dnb.dnb.de abrufbar.
Die automatisierte Analyse des Werkes, um daraus Informationen insbesondere über Muster, Trends und Korrelationen gemäß §44b UrhG (»Text und Datamining«) zu gewinnen, ist untersagt.

© 2025 Caroline Christen
Alle Rechte vorbehalten

ISBN: 978-3-7693-2476-1

Verlag: BoD · Books on Demand GmbH, In de Tarpen 42,
22848 Norderstedt, bod@bod.de
Druck: Libri Plureos GmbH, Friedensallee 273, 22763 Hamburg

Lektorat & Korrektorat: Alexandra Blechschmied, Lektorat Büchersinne
Buchsatz & Layout: Antje Grube
Cover & Umschlagdesign: MostlyPremade - Nadine Most unter Verwendung von stock.adobe.com (Macrovector, yurkaimmortal, Elena Pimukova, vaneeva, imrangdpro)
Szenentrenner: Designed by Freepik, www.freepik.com

Ähnlichkeiten zu lebenden Personen sind rein zufällig und nicht beabsichtigt. Bei historisch angelehnten Figuren handelt es sich um eigene Interpretationen der Autorin, bei denen kein Anspruch auf historische Korrektheit vorliegt.

Ganz gleich, ob ihr Mensch, Dämon oder Halbdämon seid: In der Regel habt ihr nur ein Leben. Lebt es, trefft Entscheidungen und wachst an euren Fehlern. Wer Angst vor Entscheidungen hat, hat Angst vor dem Leben.

Kendra Pollock

Prolog

Es war ein Dienstag, als Helene in der Küche ihrer Dreizimmerwohnung einen Kokon spann. Er sah aus wie Zuckerwatte und erstreckte sich vom Küchenfenster bis zu der Stelle, an der normalerweise ein Herd angeschlossen war. Sie war mit ihrer Arbeit äußerst zufrieden. Bald schon käme ihr Mann nach Hause und würde den Kokon in der Küche entdecken. Sie konnte seine Reaktion kaum erwarten. Bald schon würden sie Eltern werden.

Ungeduldig sah Helene aus dem Fenster. Ihr Blick wanderte die kleine Allee entlang, unter deren Bäume sich die Autos der Anwohner zu einer Schlange reihten. Zwei Fahrradfahrer, ein Vater mit seinem Kind, fuhren die Straße entlang. Kurz stellte sie sich vor, selbst mit ihren Kindern dort entlangzufahren. Sie musste lachen. Helene konnte kein Fahrrad fahren und sie ahnte, dass auch ihre Kinder es nie lernen würden. Ihre Art von Familie war eben anders.

Sie entdeckte den Wagen eines Bekannten. Ihr Mann stieg aus und hob zum Abschied die Hand. Er konnte sich so gut anpassen, dass sie manchmal neidisch war. Schnell trat sie vom Fenster zurück und machte sich zurecht. Sie würde ihn erwarten und direkt zum Kokon führen.

Während Helene auf ihren Mann wartete, zog am S-Bahnhof Köpenick bereits ein Gewitter auf, das den Regen gegen die Fenster der Stadt trommeln ließ. Unter der Bahnbrücke stauten sich Busse und Straßenbahnen, weil sich in der Senkung zu viel Wasser angesammelt hatte. Penetrantes Hupen, das Geräusch des Platzregens und gelegentliches Donnergrollen. Die Gewitterwolken zogen bereits über die Altstadt und vertrieben dort die vielen Menschen, die sich ans Ufer der Dahme gesetzt hatten. Einige suchten Schutz in nahegelege-

nen Cafés und Restaurants, andere harrten unter den Wartehäuschen am Rathaus Köpenick aus.

In wenigen Minuten würde der Platzregen auch unnachgiebig an die Fenster von Helene und ihrem Mann klopfen. Keiner von beiden würde den Regen bemerken, denn was sich in
ihrer Wohnung abspielte, war weitaus bedeutender als jedes
Wetter.

Vorwort an den Leser

Es gibt so viele Geschichten, die nie geschrieben werden. Bei mir lag es zuerst am Zeitmangel – ironisch, wenn man bedenkt, wie viel Zeit ich eigentlich habe. Zweifel und übertriebener Perfektionismus folgten. Eine Kombination, die schon viele Autoren zu Fall gebracht hat.

Als ich dann endlich ein solides Selbstvertrauen in meine Fähigkeiten aufgebaut und ein perfektes Buch geschrieben hatte, durchkreuzte jemand anderes meine Pläne: Marana, die Person, über die ich hier schreiben möchte. Wenn es nach ihr ginge, sollte die Welt sie einfach in Ruhe lassen und ganz vergessen, doch das ist unmöglich. Sie weiß (noch) nichts von der Existenz dieses Buches und wenn sie es herausfindet, wird es in sehr kurzer Zeit verschwinden. Eventuell behält sie ein einzelnes Exemplar in ihrer Privatbibliothek. Dort stehen alle Bücher, in denen Zeitzeugen von ihr berichteten.

Da ihr diese Zeilen lest, ist es mir scheinbar gelungen, trotz aller Widrigkeiten meine Geschichte aufzuschreiben und gut genug vor Marana zu verstecken. Erzählt niemandem von dem Buch und verkauft es auch keinen Personen, die ein unnatürlich hohes Interesse daran zeigen. Marana hat viele Gesichter und kennt zahlreiche Leute, die ihr einen Gefallen schulden. Niemand ist so gut im Spuren verwischen wie sie. Auch wenn mein Buch, ein Auszug aus ihrer Geschichte, wie ein gewöhnlicher Fantasyroman aussieht, wird sie es eines Tages finden und diese Spur von sich zu beseitigen wissen.

Und noch etwas: Seid gnädig mit mir. Mein perfektes Buch? Nur ein Bluff. Aber was soll ich sagen: Dämonen lügen eben.

Kapitel 1
Wolkig mit Aussicht auf Dämonen

Wochenlang hatte ich mich auf meine Abschlussprüfung vorbereitet. Die Präsentation kannte ich in- und auswendig und ich brauchte nur wenige Karteikarten zu meinen Folien. Nur noch eine Viertelstunde trennte mich von den lang ersehnten Sommerferien. Nur noch sechs Folien: Danach konnte ich die Schulzeit endlich hinter mir lassen. Die Technik lief einwandfrei, die Lehrer hatten mich bisher nicht unterbrochen und ich fühlte, wie ich mich auf die Zielgrade zubewegte. Alles lief ausgesprochen gut, sogar meine Deutschlehrerin hielt sich mit skeptischen Blicken zurück.

Plötzlich tauchte eine Wolke an der Decke auf und meine Stimme geriet ins Stocken. Mein Blick huschte zu den drei Prüfern, doch keiner schien die sich ausbreitende Wolke an der Decke zu bemerken. Bitte nicht jetzt. Nicht während meiner Prüfung! Ich sprach so gefasst wie möglich weiter. Wo war ich? Ah, die Reaktionen der verschiedenen Charaktere auf die Metamorphose des Gregor Samsa. Kafkas hatte dieses Halbjahr zu meinen Lieblingsautoren gehört.

»Selbst hier scheinen die Figuren die Hoffnung auf eine Rückverwandlung Gregor Samsas nicht aufgegeben zu haben«, fand ich den roten Faden wieder und klickte zur nächsten Präsentationsfolie.

Ich drehte mich wieder zu den Prüfern um und kam zur nächsten Karteikarte. Inzwischen musste ich gar nicht mehr zu meinen Notizen schauen. Noch mein Fazit und abschließend die Fragerunde. Ich hatte es gleich geschafft. Aus den Augenwinkeln sah ich, wie die Wolke ihre Form änderte und pulsierte. Rot-orange Schwaden breiteten sich aus und überzogen nach und nach einen Großteil der Decke. Ich hasste diese

Wolken – ganz besonders diese! Sie störte mich nun schon seit fast einem Monat und folgte meinem Mitschüler Jonas auf Schritt und Tritt. Andere Schüler schienen sie jedoch, im Gegensatz zu mir, nicht zu bemerken. Ich mochte Jonas, doch seit er von dieser Wolke verfolgt wurde, ging ich ihm aus dem Weg. Was blieb mir auch anderes übrig?

Plötzlich bildeten sich an den Wolkenrändern bedrohliche Spitzen, die sich in alle Richtungen streckten. Ok, das war neu. »Kendra?«, unterbrach mich Frau Lipolski und holte mich aus meinen Gedanken zurück. »Alles in Ordnung?«

Erst jetzt fiel mir auf, dass ich mehrere Sekunden geschwiegen hatte. Gerade als ich verneinen und meinen Vortrag fortsetzen wollte, explodierte die Stachelwolke über mir und drückte mich nach unten. Ich lag vollkommen überrumpelt auf dem Boden. Um mich verteilt lagen meine Karteikarten. Mist, Mist, Mist! Ich streckte meine Hand aus und streifte versehentlich die feinen Wolkenfetzen, die um mich herumtanzten. Sie verströmten eine unheimliche Wut, die sich mir unnachgiebig aufdrängte. Ich unterdrückte ein Wimmern und klammerte mich an den letzten Funken Normalität. Diese Wut war nicht meine. Atmen, Kendra. Als ich aufstehen wollte, sammelten sich die orange-roten Nebelfetzen und formten sich erneut zu einer Wolke. Unheilvoll schwebte sie nur einen knappen Meter über mir. Würde sie sich nochmal entladen?

»Ist das Teil deines Vortrags?«, fragte meine Deutschlehrerin mit Hohn in der Stimme.

Es wäre ja auch zu schön gewesen, wenn ich den Vortrag ohne eine bissige Bemerkung von ihrer Seite überstanden hätte. Auch Herr Birnbaum kannte den Ton seiner Kollegin bereits und ignorierte sie.

Er stand auf und kam mir zu Hilfe: »Geht's dir gut? Willst du kurz was trinken?«

»Geht schon«, lehnte ich ab.

Dass ich vor der Prüfung nichts gegessen hatte, behielt ich für mich.

»Vielleicht Kreislaufprobleme, das ist die Aufregung«, vermutete er und zog mich hoch.

Die Wolke waberte noch immer wartend in Hüfthöhe. Ich zitterte, als er mich durch ihre Schwaden zog. Die fremde Wut der Wolke durchflutete mich erneut und machte mir Angst. Schnell trat ich einen Schritt von ihr weg. Sie schwebte aus unerklärlichem Grund wieder zur Decke empor und schien vorerst dortzubleiben. Misstrauisch verfolgte ich den Weg der Wolke. Ich hatte schon einige davon gesehen. Gelbe, orange und sogar spinatgrüne Wolken – die Farben und die Formen waren jedes Mal anders. Doch Jonas' orangefarbene Wolke war besonders aufdringlich. Aber noch nie hatte sie eine solche Wirkung auf mich gehabt. Was war hier los?

Mein Schweigen blieb nicht lange unbemerkt. Frau Lipolski klickte mit ihrem Kugelschreiber und legte ihn schließlich beiseite. Für sie war meine Prüfung beendet. Auch Herr Birnbaum runzelte die Stirn.

»Wir machen einen Nachholtermin aus, jetzt bringe ich dich erst mal ins Sekretariat«, beschloss er.

Ich entschuldigte mich mit flüsternder Stimme und hob meine verstreuten Karteikarten auf. Als ich den USB-Stick aus dem Smartboard zog, kamen mir Tränen. Ich blinzelte sie weg. Warum musste das ausgerechnet heute passieren? Ich atmete bewusst ein und aus. Vor den Lehrern wollte ich nicht weinen. Mit dieser neuen Art von Wolke im Klassenzimmer konnte ich meinen Vortrag ohnehin nicht ordentlich beenden, redete ich mir ein. Niedergeschlagen ließ ich mich ins Sekretariat bringen.

»Das passiert jedem mal«, behauptete Herr Birnbaum, als wir durch den leeren Treppenflur gingen.

Die jüngeren Klassen hatten während der Abiturprüfungen Projekttage und waren, was weiß ich wo, unterwegs. Nur die

Abiturienten waren im Moment im Gebäude und in verschiedenen Räumen verteilt. In wenigen Minuten hätten sie es überstanden und konnten entspannt die Sommerferien genießen. *Sie* konnten einen neuen Lebensabschnitt beginnen. Ich hob meinen Blick vom pastellgrünen Schulboden und sah zu dem Deutschlehrer. Ich wollte endlich mit alledem abschließen und »meinen Weg finden«, wie meine Großeltern es nannten.

»Haben Sie eigentlich diese Wolke gesehen?«, traute ich mich, zu fragen.

Herr Birnbaum warf beiläufig einen Blick aus der Fensterfront und nickte nachdenklich: »Sieht nach Regen aus. Der Wetterbericht hatte eigentlich was anderes angesagt.«

Ich beließ es dabei und wartete kurz darauf im Schulfoyer auf meine Oma. Die Wolke war zwar nicht mehr zu sehen, doch um allein nach Hause zu gehen, fühlte ich mich zu unsicher. Als ich ihr zum ersten Mal von einer Wolke in der Schule erzählt hatte, war sie mich abholen gekommen und hatte mich direkt zu einem Arzt gefahren. Der hatte mir sehr persönliche Fragen gestellt und meine Oma über meine Eltern ausgefragt. Wir waren sogar bei einem Beratungsgespräch in der Behörde für dämonische Angelegenheiten gewesen, nur um zu hören, dass ich höchstwahrscheinlich eine Seherin war. Wir waren mit einem ganzen Stapel Anmeldungspapiere nach Hause gefahren, hatten sie aber nie ausgefüllt. Meine Großeltern hatten mir eingebläut, niemandem davon zu erzählen und das Thema nicht mehr anzusprechen. Also redeten wir nicht mehr darüber und ich blendete die Wolken so gut es ging aus. Aber jetzt waren diese Gebilde auf einmal greifbar und aggressiv. Wie sollte ich so etwas nur ausblenden?

Herr Birnbaum trat aus dem Sekretariat und kam noch einmal zu mir. »Du kommst auch wirklich zurecht?«

13

Ich nickte.

»Den Nachholtermin vereinbaren wir dann telefonisch. Mach dir darüber erst mal keine Sorgen«, sagte er zum Abschied und ließ mich allein im Foyer zurück.

In solchen Momenten vermisste ich meine Mutter. Hatte sie auch diese Wolken gesehen? Was würde sie mir raten? Wäre sie enttäuscht, weil ich ausgerechnet an der letzten Prüfung gescheitert war? Und dann auch noch so kurz vor dem Ende. Aus den Augenwinkeln nahm ich eine Bewegung wahr. Waren das nicht Heiko und der Hausmeister? Grüßend und möglichst lässig hob ich meine Hand. Heiko war ganz ok, wurde aber von seinen Mitschülern gemobbt. Sie versteckten seinen Stuhl (ich bekam davon mit, weil sie ihn bei uns in den Raum hereinstellten und wir nicht wussten, warum) und bemalten seine Umhängetasche mit Pentagrammen und Teufelskarikaturen. Viel zu oft hatte ich ihn mit geröteten Augen im Flur gesehen, doch nie hatte ich mich getraut, ihn anzusprechen. Einigen Mitschülern ging es wie mir: Sie mobbten ihn nicht, gingen ihm aber lieber aus dem Weg. Heiko hatte eisblaue Augen, die ihm zum Verhängnis wurden. Man hielt ihn für einen Dämon. Und von Dämonen hielt man sich besser fern.

»Warte hier«, sagte der Hausmeister gerade und klopfte der gebeugten Gestalt kameradschaftlich auf die Schulter.

In den Hofpausen war Heiko bei ihm und versteckte sich dort vor seinen Klassenkameraden. Heiko musste froh sein, dieses Kapitel endlich hinter sich lassen zu können. Wie hatte er das nur die letzten Jahre ausgehalten? Erst jetzt sah ich die geröteten Male und blauen Flecken an seinem Hals.

»Alles ok?«, fragte ich mit viel zu besorgter Stimme.

Er nickte, sagte aber nichts.

»Was haben die dieses Mal gemacht?«, wagte ich mich etwas weiter vor und bereute es sofort.

»Das Übliche. Dieses Mal haben sie Registrierung gespielt und mich angekettet«, antwortete er monoton.

Ich schluckte und wusste nicht, was ich dazu sagen sollte. Letzten Winter hatten sie ihn mit Wasserballons beworfen und es für Weihwasser ausgegeben. Er war vollkommen durchnässt gewesen. Niemand hatte geholfen, auch ich nicht. Die Stimmung war im Keller und Heiko und ich schwiegen uns an. Seine Probleme gingen mich nichts an. Wir kannten uns ja kaum und überhaupt hatten meine Großeltern mir geraten, mich vor Dämonen fernzuhalten. Ich glaubte nicht, dass Heiko ein Dämon war, doch mit Sicherheit wusste ich es nicht. Dämonen erkannte man an ihren Augen, so sagte man. Und seine Augen …

»Kendra!«, hallte plötzlich Omas besorgte Stimme durch das leere Foyer.

Trotz ihres hohen Alters war sie in Sekundenschnelle bei mir. Ehe ich sie davon abhalten konnte, umarmte sie mich. »Was ist passiert? Geht's dir gut? Die Sekretärin meinte, du hättest einen Zusammenbruch gehabt?«

»So ähnlich«, antwortete ich.

Heiko stand noch immer in unserer Nähe und hörte jedes einzelne Wort mit. Das Foyer war hellhörig. Jetzt sah sie mir in die Augen und ich konnte ihre unausgesprochene Frage förmlich greifen.

»Es war wieder eine Wolke«, gab ich flüsternd zu und senkte den Blick.

Hoffentlich konnte Heiko mit dem Begriff nichts anfangen.

»Ach Liebes, das war sicher nur eine Migräne«, widersprach meine Oma nach einer kleinen Pause und hakte mich unter. »Zuhause mache ich dir einen Tee, der hilft bei mir auch immer.«

Sie musterte Heiko einmal von unten nach oben und blieb an seinen Augen hängen. Dann drehte sie sich ruckartig weg und zog mich mit sich. Oma war richtig gut darin, meine Probleme mit den Wolken zu verdrängen. Erst hatte sie es nur vor Nachbarn oder Freunden getan, doch inzwischen blendete sie meine ungewollte Fähigkeit sogar vor Opa und mir aus. Als wir das Schulgelände verließen, war ich froh, dass ich niemandem begegnete. Jede Frage zu meiner Prüfung hätte mich unweigerlich zum Weinen gebracht.

»Haben die das immer noch nicht weggemacht!«, empörte sich meine Oma über das Graffiti an der Wand bei den Fahrradständern.

Dort stand noch immer »Monster verpiss dich!« in großen schwarzen Buchstaben. Ach ja. Das galt auch Heiko.

»Nein, das ist Spezialfarbe oder so«, ging ich auf das Thema ein.

Der Schuldirektor hatte damals als Disziplinarmaßnahme extra Leute der Behörde für dämonische Angelegenheiten an die Schule eingeladen, die für alle Klassen Aufklärungsarbeit leisten sollten und für mehr Toleranz von Dämonen warben. Hängen geblieben war nicht viel: Es gab Monster, die sich als Menschen tarnten und unter uns lebten. Aber die Dämonenbehörde sorgte für eine reibungslose Integration und gegenseitigen Respekt und so weiter. Ich hatte nicht wirklich zugehört. Egal, was die Behörde für dämonische Angelegenheiten in der Theorie predigte, im Alltag sah alles schon wieder ganz anders aus. Im Fernsehen und im Radio waren Nachrichten über Dämonen immer nur negativ behaftet. Dämonen stahlen, begingen Fahrerflucht und sorgten regelmäßig für Chaos. Die Behörde sprach von Integrationsprogrammen, doch davon merkte man nicht viel. Viel zu oft kamen Dämonen mit ihren Straftaten davon. In meinem Freundeskreis waren wir uns zu dem Thema einig. Dämonen sollten unter sich bleiben und wir Menschen lebten einfach weiter wie bisher. Die Unterschiede waren einfach zu groß.

»Ich muss die Prüfung jetzt nachholen«, erzählte ich, während wir die Nebenstraße entlangliefen.

So hatte ich das unangenehme Thema wenigstens hinter mir. Meine Oma seufzte nur. War sie enttäuscht? Direkt vor der Schule gab es kaum Parkplätze und wie zu erwarten hatte meine Oma unser kleines rotes Auto im Halteverbot in der Nebenstraße abgestellt. Mit Regelmäßigkeit stritt sie mit meinem Opa über Rechnungen zu Strafzetteln. Dieses Mal hatte uns das Ordnungsamt nicht entdeckt und wir stiegen ein. Der Kleinwagen war in die Jahre gekommen und gab beim Starten des Motors knarzende Geräusche von sich.

»Ob ich mein Thema behalten kann?«, fragte ich meine Oma.

Sie bog an der nächsten Ampel ab und gab Gas.

»Warum sollten sie dir ein komplett neues Thema geben? Das macht doch keinen Sinn«, beruhigte sie mich, ehe sie wieder schwieg.

Ich hasste es, wenn ich jemandem Sorgen bereitete. Ich zog mein Handy aus der Tasche und erhielt die ersten Nachrichten meiner Freunde.

»Geschaaaaaafft! Gutes Gefühl!«, schrieb Melissa.

Von Ramona kam ein trauriger Smiley, eine Sprachnachricht und schließlich ein »Der hat mein Format nicht erkannt«.

Ich gratulierte Melissa und schickte ein »Hey, das wird schon« an Ramona. Und weil Oma immer noch nichts sagte, nahm ich mir noch Zeit, um ein aufbauendes Katzen-GIF für Ramona zu suchen.

Nur fünfzehn Minuten später bogen wir in unsere Straße ein. Als wir ausstiegen, begann es zu regnen.

»Hatten die nicht noch für die ganze Woche Sonne angesagt?«, beschwerte sich meine Oma und holte schnell den Schlüssel aus ihrer Tasche.

Sie schloss auf und zuckte zusammen, als es hinter uns donnerte.

»Auch noch ein Gewitter.« Im Flur rief sie: »Wir sind wieder da!«

Ich zog derweil meine Schuhe aus und ging ins Wohnzimmer. Erschöpft, wütend und enttäuscht warf ich mich auf das Sofa. Ich legte die Füße hoch und starrte an die Decke. Keine Stachelwolke, keine erdrückenden Nebelfetzen in der Luft. Als wäre das alles nie passiert. Oma war direkt in die Küche gegangen und schien beschäftigt.

Sie gab sich neuerdings so viel Mühe mit dem Essen. Jeden Abend eine warme Mahlzeit und an den Wochenenden sogar ein süßes Dessert zum Abendbrot. Trotzdem bekam ich das meiste gar nicht runter. Seit einigen Wochen war mein Appetit verschwunden und ich wusste nicht einmal warum. Erst dachte ich, es war der Prüfungsstress, doch an sich hatte ich nie Probleme mit Vorträgen gehabt. Und Liebeskummer, wie Ramona nach wie vor vermutete, hatte ich auch keinen. Die Trennung von Louisa war ein halbes Jahr her und wir verstanden uns nach wie vor gut. Nein, daran lag es nicht. Ich seufzte. Liebevoll und besorgt stellte meine Oma ein Tablett mit ihren berühmten Schnittchen ab. Auf die Leberwurststulle hatte sie Petersilie gelegt und auf der Brotscheibe mit Käse lagen Gurkenscheiben. Eine Tasse Tee dampfte und roch nach Kräutern.

»Zur Stärkung«, meinte sie und drückte mir das Fieberthermometer in die Hand. »Nur, um sicherzugehen.«

»Danke«, antwortete ich und klemmte das Gerät unter den Arm.

»Ich bin kurz oben«, verabschiedete sie sich und ging in ihr ehemaliges Büro.

Früher hatte sie einen Job gehabt, bei dem sie von zu Hause aus arbeitete. Dadurch war sie immer für mich da gewesen. Auch jetzt tat sie ihr Bestes, um meine Mutter zu ersetzen.

Nach wie vor war meine Mutter ein Tabuthema. Sie war von einem Dämon getötet worden und meine Großeltern hatten mich aus London nach Berlin geholt. Ende. Jeder Versuch, mehr über sie oder gar meinen Vater zu erfahren, endete gleich: Mein Opa zog sich wortlos in ein anderes Zimmer zurück und meine Oma schaltete den Fernseher ein und wechselte das Thema. Ich wusste bis auf diese eine Sache rein gar nichts über meine Eltern.

Das Fieberthermometer piepte und zeigte nichts Außergewöhnliches an. Ich richtete mich auf, nippte kurz am Tee und begutachtete die geschmierten Brote. Normalerweise konnte ich zu jeder Tageszeit Käsebrot mit Gurken essen, doch momentan hatte ich einfach keinen Appetit. Seufzend drehte ich mich um und merkte, wie ich langsam wegdöste.

»Und was, wenn doch?«, hörte ich meinen Opa flüstern.

Mit seiner tiefen Stimme war es eigentlich kein echtes Flüstern, denn ich konnte ihn gut hören. Ich drehte mich zur Seite und verlor dabei die Decke, die meine Oma über mich ausgebreitet haben musste. Wieder hörte ich meinen Opa etwas sagen. Seine Stimme klang wütend. Ich stand auf und streckte mich. Worüber auch immer meine Großeltern stritten: Ich sollte einschreiten, bevor sie sich wieder gegenseitig hochschaukelten. Als ich die Treppen hochstieg, wurden die Stimmen deutlicher.

»Wir sollten warten und schauen, ob es noch weitere Anzeichen gibt«, hörte ich meine Oma.

»Anzeichen? Worauf willst du warten? Bis sie eines Nachts an unserer Kehle hängt?«, sagte mein Opa aufgebracht.

Was war da los? Über wen sprachen sie?

»Es gibt nur zwei Wege«, fuhr mein Opa fort. »Entweder wir melden sie, oder wir rufen diese Frau an.«

»Wir können Kendra doch nicht melden!«, sagte meine Oma und drosselte schnell die Lautstärke. »Dann nimmt die BfdA sie uns bestimmt weg. Und diese Frau kommt mir nicht ins Haus.«

Ich lauschte angestrengt, konnte aber nicht begreifen, was die beiden dort besprachen. Wie ein Kind drückte ich mein Ohr an die Tür und verlagerte mein Gewicht. Eine Bodendiele knarrte verräterisch. Ich kannte das Haus in- und auswendig. Das Knarzen war definitiv neu. Schlagartig verstummten die Stimmen. Ehe ich mich verstecken oder mir eine logische Erklärung einfallen lassen konnte, öffnete sich die Tür und das von Tränen gerötete Gesicht meiner Oma schaute mich an.

»Kendra …«, schluchzte sie und umarmte mich. »Alles wird gut.«

»Wohnzimmer, jetzt«, befahl mein Opa und schloss die Tür hinter sich.

Schweigend gingen wir die Treppe hinunter ins Wohnzimmer. Mit einer Handbewegung bedeutete mir Opa, mich zu setzen. Ich hob die Decke auf und setzte mich. Das Sofa fühlte sich wie eine Anklagebank aus einer Gerichtsshow an. Meine Oma saß schräg gegenüber auf dem Sessel, händeringend und schluchzte noch immer. Mein Opa ging unruhig auf und ab.

Dann sagte er: »Kendra, du bist mit sehr hoher Wahrscheinlichkeit ein Dämon.«

Die Worte drangen erst nach und nach zu mir durch.

»Ich bin kein Dämon«, widersprach ich und lächelte nervös. »Wie kommt ihr jetzt auf so etwas? Wegen der Migräne? Die Behörde meinte doch, das könnte so eine Seherfähigkeit sein?«

»Das haben wir sie glauben lassen, damit sie dich uns nicht wegnehmen. Das Wolkensehen, das ist eindeutig ein Dämonending«, wehrte mein Opa ab. »Außerdem isst du nicht mehr normal. Schon seit einigen Tagen nicht und von dem Tablett heute hast du auch nichts angerührt.«

»Sie war nervös wegen ihrer Prüfung, deshalb hat sie nichts gegessen!«, verteidigte mich meine Oma.

»Und gestern? Vorgestern? Das kann so nicht weitergehen«, widersprach mein Opa. »Wir müssen endlich handeln.«

»Seher, ok. Aber Dämon? Ich bin keines dieser Dinger, die meine Mutter getötet haben!«, sagte ich aufgebracht.

»Hast du Hunger auf Blut?«, fragte mein Opa plötzlich.

»Simon!« Meine Oma schlug auf den Tisch. »Es ist jetzt mal genug!«

»Und warum antwortet sie dann nicht?«, wollte er wissen.

Beide sahen mich mit fragenden, durchdringenden Blicken an.

»Ich hab keinen Hunger auf Blut!«, platzte es aus mir heraus. »Also könntet ihr mir erklären, warum ihr plötzlich mit diesem Dämonen-Kram anfangt?«

Meine Großeltern warfen sich einen bedeutungsschweren Blick zu.

»Wir können sie nicht länger vor der Wahrheit beschützen. Zu vieles gerät außer Kontrolle. Es wird Zeit«, beschloss Opa.

»Simon«, flehte meine Oma. »Bitte, nicht.«

Doch Opa sah mir fest in die Augen. »Du siehst diese Wolken nicht, weil du eine Seherin bist, sondern weil dein Vater ein Vampir war.«

Eine bedrückende Stille legte sich über den Raum.

Schließlich fasste ich mich wieder und fragte mit zitternder Stimme: »Mein Vater war ein Vampir? Moment, hat er sie etwa getötet? War er der Dämon?«

»Kendra, Liebes …«, sagte meine Oma leise und legte ihre zitternden Hände auf meine Schultern. »Wir wollten dich doch nur beschützen. Verstehst du das?«

Meine Gedanken rasten. Es war schwer zu verdauen, dass der eigene Vater ein Dämon war. Aber dass er auch noch am Tod meiner Mutter Schuld hatte? Das musste ich sacken lassen.

»Wir müssen bald handeln«, wiederholte Opa.

»Moment, Moment«, unterbrach ich ihn. »Mein Vater war ein Dämon. Ihr habt mir nie gesagt, was aus ihm geworden ist. Hat er sie getötet? Lebt er noch?«

»Ja, er hat es getan und dafür bezahlt. Und alles andere … Kendra, das ist jetzt nicht der richtige Zeitpunkt«, wich meine Oma aus und tätschelte mir die Schulter.

»Jetzt ist genau der richtige Zeitpunkt!«, schrie ich. Meine Stimme war lauter, als ich beabsichtig hatte.

Oma hielt kurz in ihrer Bewegung inne, dann sagte sie: »Lasst uns eine Nacht drüber schlafen, ja?«

»Nein«, wehrte Opa sofort ab. »Nichts für ungut, Kendra. Aber deine Mutter wusste, dass du zum Dämon werden könntest und hat Vorsichtsmaßnahmen getroffen. Ich rufe jetzt jemanden an, der dir helfen kann. Geh in dein Zimmer und packe das Nötigste zusammen.«

»Simon! Sie ist wie unsere eigene Tochter, wir können sie nicht einfach so weggeben«, klagte meine Oma und drückte mich fest an sich.

Ich war mit der ganzen Situation überfordert. Meine Gedanken spielten verrückt, mein Herz raste und übel wurde mir auch noch.

»Klo«, keuchte ich und sprang auf.

Ich rannte ins Bad und schaffte es gerade rechtzeitig. Während ich Galle in die Toilette spuckte, versuchte ich das Gesagte zu verarbeiten. Mein Vater war ein bluttrinkender Dämon gewesen und hatte meine Mutter getötet. Ich spuckte wieder in die Toilettenschüssel und spülte. Nein! Unter keinen Umständen wollte ich ein Dämon sein. Wie sahen Vampire in Wahrheit aus? Und würde ich auch zu einer dieser Kreaturen werden und Menschen töten?

»Alles in Ordnung?«, fragte meine Oma und holte mir ein Handtuch.

Ich wusch mein Gesicht mit kaltem Wasser und spülte meinen Mund aus.

»Danke«, sagte ich und trocknete mein Gesicht. »Was ist mit Opa? Wen hat er angerufen? Wird mich die Dämonenbehörde anketten, so wie es in der Schule bei Heiko geschehen ist?«
Ich musste an die Male an Heikos Hals denken.
»Kendra, Liebes«, sagte meine Oma sanft. »Er ruft eine Frau an, die uns weiterhelfen kann. Niemanden aus der Behörde. Vielleicht bist du kein Vampir, dann bleibt alles beim Alten.«
»Was für eine Frau?«, fragte ich. »Kannte sie meine Eltern?«
»Das kann man wohl sagen. Wir haben sie nur ein einziges Mal gesehen. Möglicherweise ist sie noch wütend auf uns«, sagte sie.
Bevor ich etwas fragen konnte, unterbrach uns Opa.
»Sie kommt zum Abendessen«, rief er aus dem Flur und sah zu uns ins Bad. »Kendra, pack ein paar Sachen. Sie wird dich mitnehmen, falls … es notwendig wird. Pack einfach ein paar Sachen.«
Meine Oma schluchzte, dabei war ich diejenige, der zum Heulen zumute war. Mir stand das Wasser in den Augen und ich wollte nur schreien.
»Wer ist diese Frau überhaupt?«, wollte ich immer noch wissen, doch ein Blick meines Opas reichte aus. »Ich gehe ja schon packen.«
Ich stampfte die Treppe zu meinem Zimmer hinauf und knallte die Tür hinter mir zu. Wozu sollte ich packen, wenn nicht einmal feststand, ob ich zum Dämon wurde? Und wieso wollte mein eigener Opa mich auf einmal so dringend loswerden? Dass ich Wolken sah, hatten wir längst akzeptiert. Er war sogar derjenige gewesen, der auf ein Ausblenden und ganz normales Weitermachen bestanden hatte. Oma hatte die Anmeldebögen der Behörde weggeworfen und unser Alltag war wieder zurückgekehrt. Ich warf mich aufs Bett und schrie in mein Kopfkissen. Der Tag war ein kompletter Reinfall gewesen.
»Wenn du die Augen öffnest, ist alles wieder normal«, sprach ich mir Mut zu.

Es klang nicht sehr überzeugend. Ich holte tief Luft und öffnete die Augen. Nichts hatte sich verändert. Ich seufzte. Gut. Dann würde ich eben packen. Aber mein Leben wegen der Wolken ändern und mit einer Fremden mitgehen? Ganz sicher nicht. Ich entleerte meinen Rucksack, den ich erst letztes Weihnachten geschenkt bekommen hatte und begann zu packen. Was sollte ich mitnehmen? Ich stopfte wahllos ein paar Wechselklamotten rein und suchte im Bad meine Sachen zusammen. Als ich am Wohnzimmer vorbeikam, hörte ich die nächsten Wortfetzen.

»Wir sollten die Dämonenbehörde informieren, nur zur Sicherheit. Wenn diese Frau sich nun rächen will?«, hörte ich meine Oma sagen.

»Sie wird uns nicht umbringen«, entgegnete mein Opa. »Nicht vor dem Mädchen.«

Bevor ich entdeckt werden konnte, ging ich wieder auf mein Zimmer. Jetzt sprachen meine Großeltern über die Dämonenbehörde und übers Umbringen. Sie schickten mich zu einer potenziellen Mörderin? Mir wurde wieder schlecht. Nein. Meine Großeltern würden mich nicht zu einer gefährlichen Person schicken. Bestimmt war diese Frau Dämonenjägerin oder sowas. Ich bremste meine Spekulationen. Lieblos stopfte ich meine Waschtasche in den Rucksack. Mein Blick huschte zu dem Buch, das ich mir für den Tag nach meiner Abiturprüfung aufgehoben hatte. Es war der letzte Teil der Trilogie, die ich Anfang des Jahres erst begonnen hatte.

Es ging um eine junge Frau, die erfuhr, dass sie die Wiedergeburt von Jeanne d'Arc war. Der dritte Teil war seit einer Woche draußen und ich konnte es kaum erwarten, ihn endlich zu lesen. Eigentlich hatte ich mir das Buch als Belohnung für die bestandene Prüfung aufgehoben, doch jetzt?

Mit schlechtem Gewissen schob ich das Buch zwischen die Stoffschichten meines Rucksacks und zog den Reißverschluss zu. Trotz der vermasselten Prüfung: Ich brauchte dringend Ablenkung. Als ich mein Handy ans Ladekabel anschloss, leuchtete der Bildschirm kurz auf. Mein Smartphone war noch auf lautlos und erst jetzt sah ich die neuen Nachrichten. Laura wollte wissen, wie meine Prüfung gelaufen war und Till hatte mir gleich zwei zehnminütige Sprachnachrichten geschickt. Melissa feierte bereits am Strand und fragte, ob ich dazukommen wollte. Ich antwortete meinen Freunden kurz und ohne viele Details. Ich war zu enttäuscht von mir selbst und wollte kein Mitleid. Hätte diese verdammte Wolke bloß nicht alles ruiniert. Statt das Wochenende mit meinen Freunden zu verbringen, musste ich mich mit Dämonenkram herumschlagen. Ich hoffte inständig, dass es dafür schnell eine Lösung gab.

Meine Freunde und ich suchten uns für unsere Treffen immer dämonenfreie Locations aus. Wenn ich jetzt selbst zu einem Dämon wurde, verlor ich auf einen Schlag meinen ganzen Freundeskreis, fiel mir auf. Genervt öffnete ich die Internet-App und suchte auf der Webseite der Behörde für dämonische Angelegenheiten nach Anzeichen, die auf Dämonen hinwiesen. Ich hatte die Seite sogar noch von meinem ersten Kontakt mit den Wolken gespeichert.

»Ihre Anlaufstelle zu Fragen rund um das Zusammenleben mit dämonischen Mitbürgern«, begrüßte mich der Banner der Seite.

Ich scrollte durch die FAQs, aber einen Abschnitt »Woran erkenne ich, ob ich ein Dämon bin?« suchte ich vergeblich.

»Wie kann ich Ihnen helfen?«, fragte ein kleines Chatfenster, das plötzlich auf dem Display erschien.

Ich tippte meine Frage in den Chat und wartete auf eine Reaktion.

»Ich kümmere mich um Ihr Anliegen. Einen Moment, bitte«, kam sofort die Antwort des Chatfensters.

Saß da wirklich ein Mensch, oder war das einer dieser Standard-Bots? Der Chat blinkte auf und ich fixierte den Handybildschirm. Doch bevor ich die Antwort lesen konnte, klopfte es an meine Tür. Ertappt schloss ich die App wieder und schob das Smartphone in die Seitentasche des Rucksacks. »Kendra! Kommst du bitte runter?«, rief meine Oma. »Komme gleich!«, rief ich hastig und ließ meinen Blick noch einmal durch das Zimmer wandern.

Ich ging nirgendwo hin. Und selbst wenn, dann käme ich bald zurück. Es war nur eine Frage der Zeit, bis wir wussten, ob ich wirklich ein Vampir war. Diese geheimnisvolle Frau hatte meine Eltern gekannt. Vielleicht würde sie mir mehr erzählen als meine Großeltern, die mich großgezogen hatten und immer geschwiegen hatten? Und falls sie wirklich gewalttätig werden sollte, konnte ich immer noch die Notfallnummer der Behörde für dämonische Angelegenheiten anrufen. Ich wusste ja jetzt, wo die stand. Mit gemischten Gefühlen schulterte ich meinen Rucksack und stieg die Treppen hinab.

Im Wohnzimmer war der Esstisch geradezu festlich gedeckt. Der Duft von geschmortem Braten und dampfenden Kartoffeln hing in der Luft und das Gemüse glänzte in seinen Porzellanschalen. So aßen wir sonst nur zu Feiertagen.

»Wow«, entfuhr es mir bei dem Anblick des üppigen Essens. »Ihr wollt sie wirklich beeindrucken, was?«

»Hrmpf«, brummte mein Opa nur.

Langsam stellte ich meinen Rucksack auf das Sofa und warf einen schnellen Blick auf die Uhr.

»Wann wollte ›die Frau‹ kommen?«, fragte ich, während ich Anführungsstriche in der Luft formte.

»Sie dürfte gleich hier sein«, meinte meine Oma nervös. »Hast du alles gepackt?«

Ich nickte und deutete auf meinen Rucksack. »Wenn der Dämonentest negativ ist, bleibt alles beim Alten, richtig? Dann muss ich gar nicht weg, oder?«

In meinem Kopf ratterten bereits die wildesten Szenarien. Wie lief so ein Dämonentest ab? Ein Stäbchen in den Mund und ab ins Labor? Oder vielleicht eine Blutprobe? Vielleicht würde es sogar wie ein Schwangerschaftstest ablaufen – nur mit einem dämonischen Ergebnis. Ich gab die Frage weiter.

»Dämonen erkennen einander«, kam es von meinem Opa. »Die Frau wird dich ansehen und wissen, ob du auch einer bist. Bist du einer, wird sie sich eine Weile um dich kümmern.«

Was?

»Halt, halt, halt«, bremste ich ihn. »Diese Frau ist eine Dämonin? Und sie kommt hier her?«

Wie aufs Stichwort klingelte es an der Tür. Wir erstarrten. Mein Opa fing sich zuerst.

»Also gut«, brummte er und machte sich zur Tür auf.

Im Flur atmete er hörbar ein und aus und öffnete erst dann die Tür. Ich folgte ihm und auch meine Oma sah neugierig um die Ecke. Die Frau auf unserer Türschwelle erfüllte sämtliche Klischees eines Dämons. Langes, schwarzes Haar fiel ihr glatt über die Schultern, der Mantel reichte knapp bis zu ihren schwarzen Stiefeln. Und die Sonnenbrille – altmodisch und so dunkel, dass sie selbst an den Seiten kein Licht durchließ – verstärkte den Eindruck, dass sie sich in der Dunkelheit wohler fühlte. Während sie die Türschwelle betrat, konnte ich plötzlich nicht anders, als die Melodie von »Sunglasses at Night« in meinem Kopf zu summen. Wie passend.

»Guten Abend«, begrüßte uns die Frau förmlich, ohne auf unsere starrenden Blicke zu reagieren.

Ich konnte meinen Blick nicht von ihrer Sonnenbrille lösen, die wie eine Mischung aus Schwimmbrille und Steampunkbrille aussah. Angeblich hatten alle Dämonen besondere Augen, die sie verrieten. Würde die Frau die Brille im Laufe des Abends noch abnehmen? Was würde sie noch als Dämonin verraten?

»Mein Gott«, hauchte meine Oma und schlug sich die Hände vor den Mund. »Sie ist keinen Tag gealtert.«

»Kommen Sie rein«, bat mein Opa die Dämonin und scheuchte dabei meine Oma und mich mit einer Handbewegung aus dem Flur.

»Er hat sie hereingebeten«, flüsterte meine Oma entsetzt. »Jetzt gibt es kein Zurück.«

Wortlos, als wäre es das Normalste der Welt, zog die Fremde sich erst die Stiefel aus und folgte dann meinem Opa. Als wir alle im hell erleuchteten Wohnzimmer standen, konnte ich sie besser sehen: Sie hatte ihren schwarzen Mantel abgelegt und trug einen dunkelgrauen Strickpullover. Ihre Füße steckten in knallroten Wollsocken.

»Wir haben Sommer«, entfuhr es mir.

Ihr Kopf drehte sich in meine Richtung, doch ehe sie etwas sagen konnte, kam meine Oma dazwischen.

»Sie meint es nicht so«, warf sich meine Oma fast theatralisch vor mich. »Wollen Sie sich setzen? Ich habe gekocht.«

»Schon gut«, entgegnete die Fremde und setzte sich an den gedeckten Tisch.

Wir folgten ihrem Beispiel. Jetzt saß ich der Dämonin gegenüber. Ihre Fingernägel waren ebenso lang und unspektakulär wie meine. Eckzähne oder dergleichen sah ich nicht. Ich suchte im Stillen nach weiteren Anzeichen.

»Soll ich auftun?«, fragte meine Oma in die Runde. Ihre Stimme klang höher als sonst.

»Vielen Dank. Ich habe schon gegessen«, antwortete die Dämonin höflich.

Sie hatte sich noch immer nicht vorgestellt und auch meine Großeltern hatten uns einander nicht richtig bekannt gemacht.

»Kendra, Liebes?«, begann meine Oma und tat mir, ohne auf eine Antwort zu warten, von allem ein bisschen auf.

Mein Opa hielt stumm seinen Teller hin. Eine Weile hörte man nur das Klappern von Messer und Gabel. Mein Opa starrte stur auf seinen Teller und ich behielt die Frau im Blick.

Die Brille verbarg ihre Augen. War sie neugierig, gelangweilt oder sogar wütend? Meine Oma sah derweil besorgt zwischen mir und unserem Gast hin und her. Mein Blick blieb hartnäckig an die unbekannte Frau geheftet. Eine echte Dämonin in unserem Wohnzimmer. Ans Essen war nicht zu denken. Sollte ich sie nach meinen Eltern fragen? Die Gelegenheit war günstig und ich würde vielleicht nie wieder eine Chance wie diese bekommen. Bevor ich etwas sagen konnte, kam mir die Frau zuvor.

»Wann hast du zuletzt etwas gegessen, Kendra?«, begann die Dämonin das Gespräch.

»Genau jetzt.« Ich schob mir ein Stück Kartoffel in den Mund, kaute betont langsam und schluckte es ohne zu zögern herunter. Es fühlte sich falsch an.

»Ich bin normal. Ein ganz normaler Mensch.« Ich starrte zur Dämonin.

Die Sonnenbrille verbarg jegliche Reaktion der Fremden, falls es überhaupt eine gab.

»Kendra, sei höflich«, ermahnte mich meine Oma und lächelte die Frau an. »Sie ist eigentlich nicht so.«

Die Dämonin seufzte und stellte die nächste Frage: »Können wir dieses Theater sein lassen und zum Punkt kommen? Was genau wollt ihr von mir?«

Mein Opa legte seine Gabel beiseite und hielt den Blick gesenkt, als er fragte: »Ist sie wie ihr Vater?«

»Nein«, kam es sofort von der Frau. »War das alles?«

»Seht ihr, ich bin keine Dämonin!«, jubelte ich und strahlte meine Oma an.

»Ein Glück«, sagte sie erleichtert und drückte meine Hand.

Meine Welt war wieder in Ordnung. Zumindest für einen kurzen Moment.

»Das habe ich nicht gesagt«, zerstörte die Fremde meine Freude. »Ich sagte nur, dass du nicht wie dein Vater bist.«

Die Frau stand auf und schien uns bereits verlassen zu wollen.

»Warte«, erhob sich nun auch mein Opa. »Lass die Spielereien und sag die Wahrheit. Ist sie ein Dämon oder nicht?«

Die Frau schwieg und schien nachzudenken. Um sie herum bildeten sich wabernde, schwarze Schlieren. Ich blinzelte und versuchte, die Wolkenmasse auszublenden. Nicht jetzt. Wolken konnte ich jetzt wirklich nicht gebrauchen.

»Unter Dämonen gibt es einen Kodex«, erklärte die Fremde. »Jemand anderen zu verraten, gehört sich nicht. Also werde ich euch diese Frage nicht beantworten.«

So viel zu diesem Dämonentest.

»Das bist du ihr schuldig!«, schlug mein Opa mit der Faust auf den Tisch und verfehlte den Teller nur knapp.

»Vorsicht.« Die Stimme der Frau war jetzt tiefer. »Ich bin ihr nur *eine* Sache schuldig. Ihr wart diejenigen, die mich damals daran gehindert haben, mein Wort zu halten. Also macht mir das jetzt nicht zum Vorwurf.«

Um die Frau herum waberte die schwarze Masse noch bedrohlicher. Schnell sah ich weg.

»Dann halte dein Wort jetzt!«, schrie mein Opa. »Kümmere dich *jetzt* um sie!«

»Simon, bitte hör auf«, klammerte sich meine Oma an mich.

Ich schüttelte sie ab. »Kann ich vielleicht auch mal was sagen? Es geht hier um mich, also habe ich das Recht auf Antworten!«

Im Internet hieß es, dass Dämonen einen verfluchen konnten, wenn man sie verärgerte. Wenn etwas an dem Gerücht dran war, würde ich es bald herausfinden. Doch überraschenderweise beruhigte sich die Situation.

»Drei Fragen«, legte die Fremde fest und setzte sich betont langsam wieder.

Die Schlieren um sie herum waren nicht mehr zu sehen.

»Stelle deine Fragen weise«, ergänzte sie und klang damit wie jemand aus einem Fantasyfilm.

»Erste Frage: Was bist du mir schuldig?«

»*Dir* bin ich gar nichts schuldig, Kendra«, antwortete sie kurz und massierte sich den Nasenrücken. »Nächste Frage.«

»Aber ihr habt doch übers Worthalten geredet? Ich dachte …«, sagte ich und bemerkte noch beim Sprechen meinen Denkfehler. »Was bist … warst du Mama schuldig?«

»Ich habe deiner Mutter damals versprochen, dich aufzuziehen. Das Versprechen konnte ich nicht halten«, antwortete die Dämonin.

Meine Mutter hatte mich an eine Dämonin geben wollen? Als Baby?

»Stimmt das?«, wandte ich mich an meine Oma und sah, wie ihre Augen feucht wurden.

»Es war nicht rechtens«, verteidigte sie sich. »Dämonen können nicht das Sorgerecht von Menschen bekommen. Sie war kein Teil dieser Familie! Wir schon.«

»Aber Mama wollte mich ihr geben? Warum?«, fragte ich in den Raum.

»Weil sie immer etwas Gutes in Dämonen gesehen hat. Und wir wissen ja, wie das ausging!«, fluchte mein Opa.

»Wir waren wegen ihrer ganzen dämonischen Kontakte zerstritten und hatten lange nicht mehr miteinander geredet. Und dann wurde sie auch noch von einem Dämon schwanger …«, schluchzte meine Oma.

Mein Blick wanderte zu der Dämonin. Hatte sie auch etwas dazu zu sagen? Doch sie blieb stumm und ihre Augen hinter der Sonnenbrille verborgen. Ich hatte noch eine Frage übrig und wusste genau, was man von mir erwartete. Aber wollte ich wirklich riskieren, einer Wildfremden zugeschoben zu werden? Ich musste eine Frage überhört haben, denn alle schauten mich fragend an. Die Dämonin hatte sogar den Kopf leicht schräg gelegt und sah dadurch ein bisschen aus wie der Labrador von Laura. Ich verkniff mir ein Grinsen.

Mein Opa forderte erneut:»Du hast noch eine Frage. Stell sie.«

Ich überlegte kurz.»Und wenn ich keine dritte Frage stellen will?«

Mist. Zählte das schon als dritte Frage? Ich wurde nervös.

»Nun sei nicht so kindisch!«, fuhr mein Opa auf.

Die Stimme meiner Oma war deutlich sanfter, doch im Kern forderte sie dasselbe:»Kendra, wir wollen es doch einfach nur wissen.«

Tränen füllten meine Augen, als ich nachgab und leise fragte:»Bin ich ein Vampir?«

»Du möchtest hierbleiben, nicht wahr?«, umging die Frau meine Frage.

»Beantworte die Frage!«, forderte mein Opa von der Dämonin.

Seine Hände waren zu Fäusten geballt.

»Bin ich ein Vampir?«, wiederholte ich und wischte mir mit dem Ärmel die Tränen aus den Augen.

»Nein, Kendra«, antwortete unser Gast endlich.»Du bist kein Vampir.«

Meine Oma schluchzte und sackte auf ihrem Stuhl zusammen. Mein Opa atmete erleichtert aus und lockerte seine Hände. Nur ich fühlte keine Erleichterung, was mich irritierte. Hatte ich nicht allen Grund, glücklich zu sein? Mein Opa tröstete meine Oma und die Dämonin wandte sich zum Gehen. Unschlüssig stand ich auf und folgte der Frau in den Flur. Sie zog ihre Stiefel an und griff nach ihrem Mantel.

»Man sagt, Dämonen lügen«, warf ich ein, als wir allein waren.

Mein Opa und meine Oma lagen sich noch immer in den Armen und hatten sich nicht die Mühe gemacht, die Frau zur Tür zu bringen.

»Sagt man das?«, murmelte die Dämonin. »Hast du denn das Gefühl, ich würde lügen?«

Ich schwieg und die Frau zog sich wortlos ihren Mantel an. Jetzt ihr Urteil infrage zu stellen wäre nicht nur dumm, sondern auch gefährlich. Die meisten Dämonen sahen aus wie Menschen, dabei waren sie in Wahrheit irgendwelche Mischwesen mit übernatürlichen Fähigkeiten. Auch die Frau vor mir sah in Wahrheit sicher ganz und gar nicht menschlich aus. Auch wie stark sie war, wollte ich nicht herausfinden.

»Dann wünsche ich noch einen schönen Abend«, verabschiedete sich unser Gast und trat zur Tür hinaus.

Jetzt oder nie!

»Warte!«, rief ich und erstarrte.

Das war meine letzte Chance, um herauszufinden, was mit mir nicht stimmte. Und ich wollte nicht den Rest meines Lebens Angst vor aggressiven Wolken haben müssen.

»Was sind diese Stachelwolken und Schlieren, die ich manchmal sehe?«, fragte ich etwas zu laut.

Meine Oma, dicht gefolgt von meinem Opa, zwängten sich mit in den Flur.

»Du siehst Auren?«, erkundigte sich die Dämonin und wirkte überrascht.

Sie kam näher und je näher sie kam, desto deutlicher wurden die schwarzen, wabernden Schlieren um sie herum. Ich wich zurück, da ich vermutete, jeden Moment von Stacheln oder schweren Wolkenfetzen angegriffen zu werden.

»Hm«, kommentierte die Dämonin nichtssagend.

Ich schluckte schwer. Plötzlich strahlte die wabernde Wolke eine Art Wärme aus. Die Frau wirkte nun weniger gefährlich und etwas in mir fand es auf einmal gar nicht so abwegig, mit ihr zu gehen.

»Was ist los? Kendra?«, baute sich mein Opa bedrohlich an der Tür auf und zog mich etwas von der Frau weg.

Er sah die schwarze Wolke natürlich nicht.

»Kann ich noch eine letzte Frage stellen?«, fragte ich an die Dämonin gewandt.

»Natürlich kannst du«, antwortete sie ruhig.

Ich holte tief Luft, bereit für die alles entscheidende Frage: »Bin ich ein Mensch?«

Meine Oma öffnete den Mund, um etwas zu sagen, hielt aber plötzlich inne.

Die Mundwinkel der Dämonen zuckten kaum merklich. »Eine kluge Frage. Wirklich gut. Dann noch einen schönen Abend.«

Verdutzt sah ich zu meinem Opa, doch er schwankte noch gefährlich zwischen Wut und Überraschung.

»Das ist keine richtige Antwort!«, rief ich der Frau hinterher.

Diese blieb noch einmal stehen und erklärte kurz: »Ich lüge nie. Ich habe dir gestattet, noch eine Frage zu stellen. Ich habe aber nie behauptet, sie dir auch zu beantworten. Verstehst du das?«

Ein mulmiges Gefühl kroch in mir hoch. In der Schule hatten wir einen Englischlehrer, der alles wörtlich nahm. Meine Mitschüler lachten oft darüber. Für mich war es nur nervig. Aber was hatte die Dämonin heute wirklich gesagt? Sie hatte meiner Mutter versprochen mich aufzuziehen. Warum? Weil ich die Gene eines Vampirs in mir trug? Dann hatte sie bestätigt, dass ich kein Vampir war. Aber sie war der entscheidenden Frage ausgewichen: War ich noch ein Mensch? Ich bekam Kopfschmerzen.

»Dämonen verraten einander nicht«, flüsterte ich und fühlte, wie sich die Antwort tief in mir festsetzte. So viele Fragen, so wenige klare Antworten − alles nur ein Spiel. Ich war kein Mensch, aber auch noch kein Vampir wie mein Vater. Noch nicht. Gab es so etwas wie Halbvampire? Hätte ich nur mehr Interesse an der Dämonendebatte gehabt. Ein kalter Schauer lief mir über den Rücken, als sich mein Geist beruhigte und sich eine grausame Wahrheit formte: Wenn ich wirklich langsam zu einem Vampir wurde, brauchte ich jemanden, der mir den Weg zeigte. Jemanden, der keine Angst vor mir hätte. Meine Oma war vorhin so erleichtert gewesen.

»Ein Glück!«, waren ihre genauen Worte gewesen.

Ich wollte sie und meinen Opa nicht enttäuschen, wollte für sie die normale Kendra sein, die später nicht wegen ominöser Wolken von der Uni oder der Arbeit abgeholt werden musste. Doch jetzt war ich nicht mehr normal. Nicht menschlich genug. Während meiner Überlegungen hatte ich stumm auf meine Füße gestarrt. Jetzt hob ich den Blick und sah direkt ins Gesicht der Dämonin. Sie stand regungslos da und wartete. Ich lächelte traurig. Natürlich tat sie das. Sie wusste, was mit mir los war.

»Ich hole besser meinen Rucksack«, durchbrach ich die Stille und zog mich ins Wohnzimmer zurück.

Mein Opa stand wortlos in der Tür, während meine Oma hastig zur Seite trat, als ich in den Flur zurückkam. Ihr Gesicht war von einer tiefen, unbeschreiblichen Trauer gezeichnet.

»Nein, nicht unsere Kendra«, brachte sie zitternd hervor, während sich ihre Augen mit Tränen füllten.

Mein Opa nahm sie in den Arm und hielt sie fest. Ich schlüpfte in meine Jacke und warf mir den Rucksack über die Schultern. Die passenden Worte blieben mir im Hals stecken. War ich nur für eine Weile weg? Vielleicht nur ein Wochenende wie für einen Workshop? Oder war das ganze doch eher eine Ausbildung, bei der ich 3 Jahre fort sein würde? Auf gar keinen Fall war das hier ein Abschied für immer, oder?

»Ich«, begann ich, fand aber keine passenden Worte.

»Komm, Kendra«, forderte mich die Frau schließlich auf.

Ihre Stimme klang überraschend sanft. Die Wolke um sie herum strahlte weiterhin eine angenehme Wärme aus, die mich zu ihr lockte. Wie hatte sie die Wolke genannt? Aura?

Mein Blick wanderte zurück zu meiner Oma und meinem Opa. Meine Großeltern hatten mich großgezogen und trotz ihrer Eigenheiten sah ich sie wie meine Eltern an. Ich liebte sie und es tat mir unglaublich weh, sie so zu sehen. Noch immer standen sie Arm in Arm im Flur. Mein Opa löste seine linke Hand von seiner Frau und schloss stumm die Tür. Erst dann wurde mir bewusst, dass sie sich nicht verabschieden würden. Es brach mir das Herz. Fassungslos starrte ich auf die Haustür und zuckte zusammen, als das Licht im Flur erlosch und das Türfenster schwarz wurde. Das war es also? Wie in Trance steuerte ich auf die warme, wabernde Wolke zu und folgte der Stimme der Frau. Meine Umgebung nahm ich nur am Rande wahr und auch ihre Worte klangen wie weit entfernt, aber das war mir egal. War das gerade wirklich passiert? Was sollte jetzt aus mir werden?

Wie lange ich der Dämonin folgte, wusste ich nicht. In meinem Kopf rauschte es und alles um mich herum schien matt und farblos. Erst ein lautes Grollen holte mich in die Realität zurück.

»Ein Gewitter?«, hörte ich mich sagen.

Meine Stimme klang so erschöpft, wie sonst nur an den schlimmsten Montagmorgen.

»Der Wetterbericht ist auch nicht mehr das, was er mal war«, kommentierte meine Begleiterin trocken und zückte ein altes Klapphandy.

Mit einer Handbewegung lotste sie mich unter eine leere Bushaltestelle. Von einem Moment auf den nächsten ergoss sich ein sommerlicher Platzregen und prasselte unnachgiebig auf das Wartehäuschen.

»Es gewittert«, sagte die Frau gerade mürrisch ins Telefon.

Keine Begrüßung, keine Einleitung. Gelegentlich zuckten

nun auch Blitze über den Himmel. Ich las den Namen an der Bushaltestelle und ordnete ihn ein. Wir waren fast in Waltersdorf. Die Frau beendete ihr Telefonat und ließ ihr Klapphandy wieder in ihre Manteltasche gleiten.

»Wir fliegen heute nicht mehr«, informierte mich die Dämonin.

»Du kannst fliegen?«, entfuhr es mir überrascht.

Welche Art Flügel passte unter einen Pullover? Feenflügel vielleicht? Wie schon früher an diesem Abend legte die Frau den Kopf schief.

»Wir nehmen heute kein Flugzeug mehr. Für heute Nacht bleiben wir hier«, sagte sie und ergänzte mit einer leicht sarkastischen Note, »Hier in einem Hotel. Nicht hier auf der Straße.«

Sie setzte sich wieder in Bewegung. Ich verdrehte die Augen und trottete weiter hinter ihr her. Wir waren wirklich weit am Stadtrand. Außer Häusern und gelegentlichen Bushaltestellen gab es hier nichts.

»Viel Spaß bei der Suche nach einem Hotel«, murmelte ich.

Die Frau antwortete nicht, sondern ging zielstrebig weiter. Wieder blitzte es und kurz darauf folgte ein grollender Donner. Warum hatte ich keinen Schirm eingepackt? Moment! Plötzlich blieb ich stehen. Nur einen Moment später traf mich der kalte Sommerregen mit aller Wucht. Die Dämonin fluchte in einer fremden Sprache und kam zurück an meine Seite.

»Bleib in meiner Nähe, Kendra«, forderte sie mich auf. »Soweit ich weiß, bist du durchaus noch in der Lage dir eine Erkältung einzufangen.«

»Es regnet nicht mehr«, stellte ich fest und korrigierte kurz darauf, »Es regnet nicht in deiner Nähe.«

»Ganz recht«, seufzte die Dämonin und wiederholte, »Bleib bei mir, sonst wirst du noch nasser.«

Obwohl die Aurawolke der Frau schon längst verschwunden war, strahlte sie noch immer Wärme aus.

»Wie heißt du eigentlich?«, wollte ich wissen. »Und ist es ok, wenn ich dich duze?«, fügte ich hinzu, merkte aber selbst, dass es dafür längst zu spät war.

»Du darfst mich duzen«, sagte sie schlicht. »Und du kannst mich Marana nennen. Und jetzt komm, da hinten ist ein Taxistand.«

So folgte ich also Marana. Sie musste eng mit meiner Mutter befreundet gewesen sein – so sehr, dass sie als meine Adoptivmutter nominiert gewesen war.

Kapitel 2
Knigge für angehende Dämonen

Sicher kennt ihr diese Postkarten, auf denen motivierende Sprüche stehen.

Aber wie wäre es mit Postkarten für Dämonen?

„Alles Blute zum Geburtstag!", wäre doch der Klassiker für Sanguiniker wie Vampire.

Oder: „Ende gut, alles Blut."

„Du bist der Sinine meines Lebens", wäre perfekt für Sinine-Wasserdämonen.

Doch obwohl die Existenz von Dämonen und Halbdämonen schon damals seit einigen Jahren bekannt war, gibt es nach wie vor keine Produkte für Dämonen und Halbdämonen. Und es ist ein nicht unerheblicher Teil der Bevölkerung, der als dämonisch oder zumindest zum Teil dämonisch geschätzt wird. Auch heute werden Dämonen eher geduldet als wirklich akzeptiert. Wahre Integration liegt noch in weiter Ferne.

Was ich mit diesem Exkurs über Sprüchekarten eigentlich nur sagen will: Als ich in die Welt von Dämonen eintauchte, hätte ich mir mutmachende Zitate und Tipps von Freunden gewünscht. Oder eben wenigstens von Postkarten. Meinem Vergangenheits-Ich widme ich daher die nächsten Sprüche.

„Ein Mensch ist auch nur ein Dämon, der keine Auren sehen kann."

„Lieber ein menschlicher Dämon, als ein dämonischer Mensch."

„Auch in einer dunklen Aura kannst du Wärme finden."

Ich denke, das reicht für den Moment. Niemand (auch kein Dämon, übrigens) kann die Vergangenheit ändern.

Damals hatte ich niemanden, der meine Situation verstanden hat und mir Mut machen konnte. Ja, ich hatte nicht einmal Postkarten mit Sprüchen. Aber ich hatte Marana, die mich aufnahm und mich direkt in die Gesellschaft der Dämonen einführte. Trotzdem wäre eine Art Knigge für Dämonen und die, die es werden (wollen) hilfreich gewesen.

Ich war sprachlos. Die Dämonin war von einem Moment auf den anderen wie ausgewechselt.

»Vielen Dank!«, bedankte sie sich gerade lächelnd beim Mann vom Empfang.

Sie behielt das Lächeln noch bis zum Bereich mit den Fahrstühlen bei, dann rutschten ihre Mundwinkel wieder nach unten.

»Kanntest du den?«, fragte ich.

Immerhin hatten wir an einem Freitagabend nicht nur ein Hotel gefunden, sondern sogar die Suite bekommen. Dort würde man, wenn man dem Rezeptionisten Glauben schenken durfte, noch nicht einmal den Flugverkehr hören. Ohne Widerworte hatte der Mann das vergebene Zimmer umgebucht und uns den Raum zur Verfügung gestellt. Wie die Dämonin das gemacht hatte, blieb mir ein Rätsel. Marana schwieg und lief an den beiden Fahrstühlen vorbei.

»Äh, die hier fahren doch bis in die oberste Etage?«, wies ich auf zwei leerstehende Fahrstühle hin.

Als sie nicht anhielt, folgte ich ihr widerwillig.

»Im Ernst?«, murrte ich, als sie zielstrebig die Treppen ansteuerte.

Die ersten drei Treppen hielt ich noch mit Maranas Tempo mit, dann fiel ich zurück. Ich hatte Hunger und war von diesem Tag einfach nur geschafft. Jetzt lief ich fünf Etagen hinter einer Dämonin her. In unserem Stock angekommen, musste ich kurz durchatmen.

»Wir sind da«, verkündete die Frau und öffnete die nächste Tür, ohne auf die Nummer zu gucken.

Sie hielt mir die Tür auf, während ich staunend die elegant-moderne Etage betrachtete. Glas, Metall und Beton waren perfekt aufeinander abgestimmt. Wer hier ein Zimmer nahm, musste nicht auf Geld achten.

»Warst du schon mal hier?«, fragte ich die Dämonin und bekam wieder keine Antwort.

Stattdessen ging sie direkt ins Zimmer und ließ mich die Tür hinter ihr schließen. Sie hatte sich die Schuhe bereits ausgezogen und deutete mir mit einer Handbewegung, die Tür hinter mir abzuschließen. Ich drehte den modernen Türknauf in die »closed«-Position und zog mir ebenfalls die Schuhe aus. Gerade wollte ich sie etwas über die nächsten Tagen fragen, da seufzte sie plötzlich und unterbrach mich.

»Da ist eine Kaffeemaschine und ein Wasserkocher. Mach dir einen Tee, setz dich hin und trockne deine Haare ab. Oder geh am besten warm duschen. Ich muss telefonieren.« Mit diesen Worten verschwand sie im Nebenzimmer.

»Alles klar«, kommentierte ich und legte meinen Rucksack auf den nächsten Sessel.

Ich nahm mir im Bad eines der vielen Handtücher und trocknete schnell meine Haare. Danach schaltete ich in der Küche den Wasserkocher ein. Ich war bisher nur zwei Mal in einem richtigen Hotel gewesen: auf der Klassenfahrt in den Harz und mit Oma und Opa an die Ostsee. Aber beide Male waren es kleinere Hotelzimmer gewesen, in denen stets etwas gefehlt, geknarrt oder nicht funktioniert hatte. In dieser Suite hier funktionierte alles einwandfrei. Der Fernseher ließ sich problemlos einschalten und hatte sogar werbefreie Filme auf der Startseite. Die Musikanlage tippte ich nur probehalber an, aber auch sie funktionierte.

»Gerät koppeln?«, zeigte der Bildschirm an und der Name meines Smartphones erschien in der Bluetooth-Liste verfügbarer Geräte. Mein Blick wanderte zur geschlossenen Tür des Nebenzimmers. Kein Laut drang hindurch. Vermutlich war alles schallisoliert. Ich fischte mein Smartphone aus dem seitlichen Rucksackfach und koppelte es an die Musikanlage.

»Und los«, sagte ich und startete die Wiedergabe meiner Playlist »Feelgood«.

Sie hatte mir bisher immer in schwierigen oder stressigen Momenten geholfen und mich aufgeheitert. Jetzt würde sich zeigen, ob die Playlist auch in dieser Situation half. In der Küche war der Wasserkocher gerade fertig und leuchtete rot.

»Der zeigt sogar die Temperatur an«, murmelte ich und fragte mich, wie viel man üblicherweise für diese Suite bezahlen musste.

Marana hatte jedenfalls nichts gezahlt. Der Hotelmann hatte weder eine EC-Karte noch Ausweise verlangt und keine Fragen gestellt. Irgendetwas an der Frau war unheimlich. Aber das waren Dämonen ja ohnehin, oder? Waren sie und meine Mutter wirklich Freundinnen gewesen, oder hatte Marana sie vielleicht erpresst? In meinem Kopf entstand eine moderne Form von »Rumpelstilzchen«. Das ergab sogar überraschend viel Sinn. Keine menschliche Mutter würde ihr Baby einem Dämon freiwillig geben – es konnte nicht sein.

Ich füllte das kochende Wasser in eine Design-Teekanne und roch an der Teemischung, die ich mir ausgesucht hatte. Herrlich! Ich stellte die schwere Kanne auf einen Beistelltisch und holte mir eine Tasse aus dem Küchenschrank. Als ich die Türklinke vom Nebenzimmer hörte, drehte ich mich schnell wieder um und griff aus Höflichkeit noch eine zweite Tasse.

»Tee?«, fragte ich die Frau, die sich die Schläfen massierte. Sie schüttelte leicht den Kopf und setzte sich.

»Mach den Lärm aus«, kommentierte sie allerdings meine Playlist. Dann eben nicht, dachte ich bei mir und schaltete die Musik wieder aus. Mit meiner Tasse Tee setzte ich mich zu der Dämonin. Sie sah müde aus.

»Also: Woher kanntest du meine Mutter eigentlich?«, wollte ich erneut ein Gespräch beginnen, doch im selben Moment vibrierte Maranas Handy.

So wurde das doch nie was!

»Hm?«, fragte sie tonlos. Nach einer kurzen Pause wandte sie sich an mich: »Kannst du Skype?«

»Ich kenne das Programm. So viel muss man ja nicht machen«, gab ich zurück.

Sie stellte das Klapptelefon auf laut.

Eine Männerstimme war nun zu hören: »Und?«

»Sie kann Skype«, antwortete die Dämonin.

»Skypen. Das heißt ›Sie kann skypen‹. Oder ›sie kennt Skype‹«, korrigierte der Fremde. »Wie auch immer. Hi, Mädchen. Nimm dir das Tablet und öffne das Programm. Dann sag mir den Code durch.«

Fragend sah ich mich um. Dann entdeckte ich ein Tablet auf der Kommode neben der Tür. Ich nahm das Gerät in die Hand und befolgte die Schritte der fremden Männerstimme. Obwohl ich für Skype noch nie einen Code hatte eingeben müssen, forderte dieses Gerät tatsächlich einen an. Ich las ihn laut vor. Kurz darauf erschien ein Männergesicht auf dem Bildschirm und ich hielt das Gerät schnell von mir weg zu Marana hin. Diese zuckte sogar zusammen, dann nahm sie mir das Tablet jedoch ab.

»Jetzt zeig schon her«, forderte sie den Mann ohne weitere Einleitung auf.

»Willst du uns nicht bekannt machen?«, fragte dieser stattdessen.

Marana seufzte und ratterte in monotoner Stimme herunter: »Nikola, Kendra. Kendra, Nikola. Jetzt zeig her.«

»Seeeehr erfreut, Kendra!«, tönte es aus dem Tablet.

»Äh, ja. Gleichfalls?«, antwortete ich höflicherweise. Der Typ hatte einen Frauennamen?

»Nun mach schon«, wurde die Dämonin ungeduldig.

Der Mann gab nach und wurde schlagartig ernst: »Das hier ist das Symbol. Kein Tattoostudio hat es in letzter Zeit gestochen. In den sozialen Medien taucht es nur bei den späteren Opfern auf.«

Ich schaute Marana leicht über die Schulter und sah ein verschnörkeltes schwarzes Tattoo.

»Noch nie gesehen«, kommentierte die Frau.

Auch mir sagte das Tattoo nichts. Worüber redeten sie hier gerade? Und hatte der Mann gerade wirklich was von Opfern gesagt?

»Hast du was bei den Opfern gefunden?«, fragte nun Marana. Mir wurde mulmig. In was war ich hier hineingeraten? Was planten die beiden Fremden hier? Nervös spielte ich an der Kante meines Handys. Im Zweifelsfall konnte ich einfach diese Dämonenbehörde anrufen. Ich beruhigte mich wieder und hörte den beiden weiter zu.

»Ich habe die Parameter angepasst und nach einem Muster in den verschiedenen Kanälen gesucht. Reddit, Instagram, ein paar Kids auf TikTok – keiner dieser Menschen war bei einem Tätowierer oder hatte in naher Zukunft einen Termin in einem Tattoostudio. Bei Herkunft, Geschlecht und Religion gibt es ebenfalls keine nennenswerten Gemeinsamkeiten«, erklärte der Mann.

»Komm zum Punkt«, unterbrach Marana Nikola. »Was hatten sie gemeinsam? Was ist das Motiv?«

»Nun«, druckste der Mann herum. »Sie waren alle jung?«

»Das kann doch nicht wahr sein«, murmelte Marana. »Das ist unsere einzige Spur?«

Der Mann bejahte und nahm die Zeichnung aus der Kamera: »Das letzte Opfer wurde am Mittwoch gefunden. Es war gerade mal 19.«

»Die Abstände werden also auch kleiner. Bald haben wir täglich ein Opfer«, bemerkte Marana. »Schick mir das Foto. Ich werde später die Bibliothek durchforsten. Rechne aber nicht allzu schnell mit Ergebnissen.«

»Na du hast ja jetzt Kendra. Zu zweit ist die Masse an Büchern leichter zu bewältigen«, sagte der Mann und lächelte ein vampirisches Lächeln in die Kamera.

Und ich meine kein verschmitztes Lächeln, sondern ein tatsächlich vampirisches Lächeln – mit ausgeprägten Eckzähnen. Mir wurde flau im Magen. Dieser Mann war ein Vampir, wie mein Vater. Hatte er auch schon getötet?

»Wir werden zu dritt sein«, korrigierte die Dämonin Nikola. »Ich habe Eliza Bescheid gesagt. Sie geht mir bei dem Fall zur Hand.«

Stille.

»Ist das eine gute Idee?«, fragte Nikola schließlich vorsichtig.

»Solange ich in Kendras Nähe bin, wird sie ihr nichts tun«, meinte Marana.

Schwang da Unsicherheit in ihrer Stimme mit? Und warum ging es immer gleich um Gewalt, sobald Dämonen im Spiel waren?

»Wer ist Eliza?«, wollte ich wissen, doch beide übergingen meine Frage.

Ich kam mir vor wie ein Kind, das sich nicht ins Gespräch der Erwachsenen einmischen sollte. Um dem Ganzen die Krone aufzusetzen, wechselten sie sogar noch die Sprache. War das Russisch? Tschechisch? Ich verstand kein Wort. Maranas Handy vibrierte erneut. Sie unterbrach das Gespräch mit Nikola und schaute aufs Display.

»Die lassen nicht locker«, sagte sie wieder auf Deutsch und ignorierte das Geräusch.

»Nun, du hast ihnen auch noch nicht endgültig abgesagt«, antwortete Nikola.

»Das werde ich«, stellte Marana klar. »Sobald ich mit Sicherheit ausschließen kann, dass es ein Mensch ist.«

»Worum geht es denn?«, versuchte ich mich ins Gespräch einzuklinken und wurde wieder ignoriert.

»Hat der D'Schar noch etwas gesagt?«, wollte Nikola wissen.

Marana schüttelte den Kopf.

»Es war keiner aus seinem Gebiet, sagt er. Er spricht morgen Abend aber mit ein paar Dämonen aus den betroffenen Bezirken, dann können wir das hoffentlich eingrenzen«, erklärte sie.

»Ich geh dann mal«, murmelte ich beleidigt und schnappte mir meinen Rucksack.

Die Dämonin schaute nicht einmal vom Tablet auf, als ich ins Nebenzimmer ging und die Tür hinter mir schloss. Sollte Marana doch das Bett im Durchgangszimmer nehmen. Ich warf das Handtuch auf einen Stuhl, zog mir die noch klammen Klamotten aus und streifte mir ein trockenes Shirt über. Dann beanspruchte ich auch das breite Doppelbett für mich. Wütend starrte ich die Zimmerdecke an. In mir tobten die verschiedensten Gefühle.

Da war eine Menge Wut. Wut auf meine Oma und meinen Opa, denen letztendlich nur wichtig gewesen war, ob ich eine Dämonin war oder nicht. Ich war immer noch Kendra! Sie hatten sich nicht einmal richtig verabschiedet. Und auf diese fremde Frau war ich auch wütend. Meine Mutter hatte ihr damals so sehr vertraut, dass ich von ihr hätte großgezogen werden sollen. Und jetzt antwortete sie nicht auf meine Fragen, ignorierte mich und schloss mich bewusst aus. Und ich wollte

Antworten. Ich wollte wissen, was mit mir geschah. Ihr Schweigen nutze mir gar nichts. Da hätte ich genauso gut zuhause bleiben können.

Meine Wut wurde zu Trauer und mir stiegen Tränen in die Augen. Ich wollte einfach nur nach Hause. Ich drückte das dicke Kopfkissen an mich und igelte mich ein. Dicke Regentropfen prasselten ans Fenster. Aus dem Nebenzimmer hörte ich nichts. Ich lauschte dem Regen und schlief nach einer Weile ein.

Der Tee vom Abend weckte mich irgendwann in der Nacht. Durch die großen Bodenfenster fiel das Licht der Straßenbeleuchtung ins Zimmer und half mir bei der Orientierung. Das hier war nicht mein Zimmer. Ich war im Hotel. Marana hatte die Bettdecke über mich ausgebreitet – ich schob sie schnell von mir. Wo war die Toilette gewesen? Im Halbdunkel schlich ich aus meinem Zimmer und durchquerte das Durchgangszimmer. Marana war nirgends zu sehen. Vorsichtig schaltete ich das Licht ein: Doch das Bett war tatsächlich unberührt.

»Was auch immer …«, murmelte ich und durchquerte das riesige Hotelzimmer.

»Endlich!«, atmete ich auf, als ich das Bad gefunden hatte.

Obwohl ich Marana auf meinem Weg nirgendwo gesehen hatte, schloss ich die Badtür hinter mir ab. Auf dem Rückweg ins Bett wollte ich Gewissheit. Ich drückte jeden Lichtschalter, den ich finden konnte und sah in allen Räumen nach: Die Dämonin war nicht hier. Ein Blick auf die Uhr verriet, dass es drei Uhr nachts war.

»Vielleicht ist sie nachtaktiv«, versuchte ich mich selbst zu beruhigen.

Ich schaltete die Lichter wieder aus und suchte dabei nach Zetteln oder anderen Abwesenheitsnotizen. Nichts.

»Sie würde dich nicht einfach in irgendeinem Flughafen-Hotel aussetzen. Das hätte keinen Sinn«, füllte ich die Stille und legte mich schließlich wieder ins Bett.

Ich träumte verrückte Sachen über aggressive Stachelwolken und viel zu lange Eckzähne. Sogar Mama tauchte im Traum auf – obwohl ich mich nicht an ihr Gesicht erinnerte, konnte ich eindeutig spüren, dass sie es war. Sie wollte mir irgendetwas sagen. Mich … warnen?

Als ich aufwachte, fühlte ich mich jedoch nur allein und schlapp.

»Guten Morgen«, sagte Marana.

Sie saß am Fußende des Bettes. Erschrocken setzte ich mich auf. Jetzt war ich hellwach.

»Kannst du nicht anklopfen?!«, fuhr ich sie an.

»Ich habe geklopft«, behauptete die Dämonin. »Du musst es überhört haben.«

»Weil ich geschlafen habe, vielleicht?«, entgegnete ich und bemerkte erst dann das Tablett mit einer Tasse.

Was für eine Teesorte war das? Der Duft war verlockend, fast beruhigend. Aber warum … warum fühlte sich das auf einmal so falsch an?

»Hast du Hunger?«, folgte Marana meinem Blick und schob das Tablett in meine Richtung.

Ein flaues Gefühl breitete sich in meinem Magen aus, als ich den Tasseninhalt erkannte. Blut. Mein Magen krampfte und ich stieß das Tablett instinktiv von mir.

»Nein«, sagte ich entschieden.

Täuschten mich meine Sinne? Blut konnte doch unmöglich so gut riechen … oder?

»Willst du es nicht wenigstens einmal probieren?«, fragte Marana und schien meine Gedanken lesen zu können.

»Nein«, wiederholte ich, ärgerte mich aber über meinen Magen, der im selben Moment knurrte. »Ich bin kein Vampir«, stellte ich klar und stieg aus dem Bett. »Das hast du selbst gesagt.«

Marana hielt das Tablett fest und nahm es wieder an sich.

»Noch nicht«, entgegnete Marana in ihrem typischen, unergründlichen Tonfall. Ihre Worte hingen wie eine unheilvolle Drohung in der Luft.

»Wo hast du das überhaupt her?«, fragte ich. »Ich bin mir sicher, dass nicht mal ein Hotel wie dieses Blut auf der Speisekarte hat!«

Ich war angeekelt und entsetzt. Dann bekam ich plötzlich Angst. »Du warst letzte Nacht nicht da«, sagte ich und zog meine Schlüsse daraus.

Ich schob mich langsam von der Dämonin weg. Jedes kleine Kind wusste, dass Dämonen logen. Und jeder mit etwas Verstand wusste, dass Dämonen gefährlich waren. Marana hatte jemanden verletzt, wenn nicht sogar ermordet und sein Blut genommen. Waren das die Opfer, von denen sie und der Mann geredet hatten? Wie hatte Mama mich nur dieser Frau anvertrauen können? Noch immer saß die Dämonin am Bettende und sah in meine Richtung.

»Bist du fertig?«, fragte sie kühl.

Konnte sie Gedanken lesen?

»Merk dir deine Worte«, sagte sie und stand vom Bett auf.

Ich drückte mich an die Wand, als sie an mir vorbeiging und die Tasse mit Blut in die Küche brachte.

Verdutzt fragte ich: »Das ist alles? Meintest du ›Merk dir *meine* Worte‹?«

Marana schien trotz ihrer makellosen Aussprache keine Muttersprachlerin zu sein.

»Ich meine, was ich gesagt habe«, antwortete sie, ergänzte aber nichts.

Diese Frau verwirrte mich. Schnell zog ich mich an und nahm meinen Rucksack. Mit meinen Fingern fuhr ich mir durch die Haare und hoffte, ich würde nicht vollkommen verschlafen aussehen. Ich ging betont ruhig zum Zimmerausgang und schlüpfte in meine Schuhe.

»Also ich gehe jetzt«, sammelte ich meinen ganzen Mut.

Vom nahegelegenen Flughafen fuhren genügend Busse, irgendwie würde ich schon wieder nach Hause kommen. Das hier war Zeitverschwendung.

Die Dämonin stellte das Tablett in der Küche ab und antwortete mit nur einem Wort: »Nein.«

Um sie herum bildete sich eine tiefschwarze Wolke, die mich im Nu eingeholt und umhüllt hatte. Sie ließ mich nicht los und schien mich erdrücken zu wollen. Erschöpft fiel ich auf meine Knie und keuchte. Die Schwärze umfloss mich und ließ mir keinen Raum. Keinen Bewegungsraum und keinen Raum zum Atmen. Ich bekam Angst.

So schnell die Wolke erschienen war, so schnell verschwand sie auch wieder. Ich blinzelte und drückte mich vom Boden ab. Erst beim dritten Mal kam ich auf die Beine. Als ich stand, hielt ich mich schwankend am Türrahmen fest. Ich wollte etwas sagen, doch ich war zu sehr mit Atmen beschäftigt. Obwohl die Schwärze verschwunden war, hallte das erdrückende Gefühl der Angst in mir wider.

»Entschuldige«, klang Maranas Stimme auf einmal warm und sanft. »Das wird nie wieder passieren.«

Sie bot mir ihren Arm an und ich nahm ihn an. Aber nur, weil ich befürchtete, jeden Moment umzukippen.

Erst auf dem Sofa fand ich meine Stimme wieder: »Was war das?«

Ich zitterte noch immer. Die Angst hielt mich fest umklammert und ließ mich einfach nicht los. Erst die rote Stachelwolke während meiner Prüfung und jetzt diese alles einnehmende Schwärze.

Die Frau wandte ihr Gesicht ab und antwortete:»Das war meine Aura. Es wird nicht wieder vorkommen.«

Ihre Aura? Sie hatte das Wort doch schon einmal benutzt? Ihr Handy vibrierte und ich seufzte. Jetzt ging das wieder los. »Ich muss da rangehen«, entschuldigte sie sich in sanftem Ton.»Erhole dich noch ein bisschen.«

Das ließ ich mir nicht zweimal sagen. Noch immer fühlten sich meine Beine wie Wackelpudding an. Meine Hände hatten immer noch nicht aufgehört zu zittern. Ich schluckte schwer und versuchte, ruhig zu atmen. Es war ja nichts passiert.

»Noch nicht«, hörte ich meine innere Stimme sagen.

Ich atmete weiter und versuchte, meinen Körper wieder in den Griff zu kriegen. Aus dem Nebenzimmer hörte ich die Worte der Dämonin laut und deutlich. Sie hatte die Tür offengelassen und sprach wieder auf Deutsch.

»In Ordnung«, hörte ich sie gerade sagen.»Aber nur das Wochenende. Ich habe anderweitig zu tun.«

Ihre Stimme klang erhaben und strahlte Macht aus. Die gleiche Macht, die in ihrer sogenannten Aura gewesen war. Ich kniff die Augen zusammen und sah kleine schwarze Schwaden von ihr ausgehen. Es war zweifellos die gleiche Wolke, nur kleiner und nicht sofort zu sehen. Wieder bekam ich Angst. Die Dämonin spürte meinen Blick und wimmelte den Anrufer kühl und kurz ab. Dann kam sie zu mir. Die schwarzen Auraschwaden legten sich wie schlafende Schlangen ganz eng um den Körper der Frau.

»Du kannst sie immer noch sehen?«, fragte sie und ich nickte stumm.

»Soso«, seufzte sie und wechselte dann das Thema.»Ich weiß, du hast viele Fragen. Ich werde versuchen sie dir zu beantworten, doch im Moment gibt es wichtige Dinge zu erledigen. Denkst du, du kannst dich noch eine Weile gedulden?«

»Was auch immer«, murmelte ich und zuckte die Schultern. Ich hatte hier ohnehin kein Mitspracherecht.

»Was denkst du gerade, Kendra?«, fragte Marana.

Plötzlich strömte alles auf einmal aus mir heraus: »Seit ich mit dir gegangen bin, habe ich nichts, rein gar nichts über meine Eltern oder über meinen Dämon… ismus? Nichts über die ganze Sache hier erfahren!«

Meine Stimme bebte. Sogar beim Ausatmen hörte man mir meine Verzweiflung an. Die Augen der Dämonin blieben hinter der Sonnenbrille verborgen und gaben keine Reaktion preis.

Ich redete weiter: »Ich dachte, du hilfst mir mit der ganzen Sache. Mama muss sich doch etwas dabei gedacht haben, damals? Und jetzt schweigst du die ganze Zeit oder sprichst Russisch oder ignorierst mich. Ich weiß rein gar nichts über dich und dieses Aura-Ding!«

Ich stoppte und starrte mit gesenktem Kopf auf meine geballten Fäuste. Ich versuchte, mich zu beruhigen, doch es gelang mir nicht.

»Bist du fertig?«, fragte Marana wie schon zuvor.

»Echt jetzt?!«, wallte die Wut wieder in mir auf. »Kannst du mir nicht einmal ganz normal antworten?«

Einen Moment herrschte Stille.

Dann antwortete Marana: »Deine Mutter und ich haben zusammen in London studiert. Wir haben zusammen an einem Projekt gearbeitet und sogar eine Zeit lang in einer WG gewohnt.«

Ich wollte mehr hören und unterbrach sie nicht, obwohl sich bereits neue Fragen auftaten.

»Sie sah in mir eine enge Freundin. Als ich von ihrem letzten Willen erfuhr, war ich jedoch überrascht. Letztendlich wurdest du dann deinen Großeltern zugesprochen. Zum damaligen Zeitpunkt warst du ein Mensch. Keine Spur von Dämonin zu spüren. Jahrelang war es ruhig um dich. Dann rief dein Großvater an.«

Den Teil der Geschichte kannte ich.

»Und zu deinen anderen Fragen: Ich werde dir helfen, so gut ich kann. Ich weiß nicht, was sich deine Mutter bei ihrem letzten Willen gedacht hat, aber ich verstehe, wie wichtig dieser Brauch den Menschen ist. Ich werde also versuchen, ihren letzten Wunsch so gut es geht zu erfüllen«, sagte sie.

Dann ergänzte sie kurz: »Und das war kein Russisch, das war Serbisch. Das mit der Aura erkläre ich dir später. Genügt das vorerst?«

Eine Frage schwebte noch greifbar im Raum.

Ich stellte sie: »Hat sie gewusst was du bist?«

Die Frau ließ sich Zeit mit der Antwort, dann sagte sie: »Sie hat gewusst, dass ich eine Dämonin bin.«

»Und trotzdem wollte sie dir ein Baby anvertrauen«, schlussfolgerte ich.

»Achte mehr auf deine Worte«, ermahnte mich Marana kühl. »Man gewinnt sonst den Eindruck, du würdest vorschnell urteilen.«

Ich spürte ihren Blick sogar durch die Sonnenbrille hindurch. Mein Satz hatte sie getroffen. Erst als ich nachgab und »ok« sagte, drehte sie sich wieder weg.

»Wir müssen nun doch eine Weile in Berlin bleiben«, erklärte Marana und ich erkannte den Wortfetzen vom Telefonat wieder.

Ich war erleichtert, denn das bedeutete auch, dass ich immer noch zurückkonnte, falls Marana nicht die war, die sie vorzugeben schien.

»Ich hole uns ein Taxi. Bitte schau dir noch einmal die Tasse genauer an. Trink es, oder kipp es weg. Der Zimmerservice soll keinen Schreck bekommen«, brachte die Dämonin das Blut wieder zur Sprache.

»Wo hast du das überhaupt her?«, wagte ich erneut zu fragen.

»Ich habe niemanden dafür getötet, wenn du dir darüber

Sorgen machst«, entgegnete sie monoton und zog sich zum Telefonieren ins Nebenzimmer zurück.

Dieses Mal achtete sie darauf, die Tür zu schließen. Ich ging wie versprochen in die Küche und sah mir die Tasse an. Obwohl ich nun wusste, was die rote Flüssigkeit war, fand ich den Geruch nach wie vor nicht unangenehm. Sollte ich nicht wenigstens einmal kosten?

Schnell kippte ich die Flüssigkeit ins Waschbecken. Dieser Gedanke kam nicht von mir! Ich nahm mir ein frisches Glas und trank zwei Gläser Wasser hintereinander. Dann stellte ich die blutige Tasse in die Spüle und ließ den Wasserhahn laufen. Erst als das Wasser nicht mehr rot war, nahm ich meine Hände zum Auswaschen und stellte die Tasse verkehrt herum neben die Spüle. Ich schluckte schwer und verfluchte meine Gedanken. Hätte ich nicht doch wenigstens einmal probieren sollen?

»Alles in Ordnung?«, fragte Marana und ich nickte. »Das Taxi kommt in 10 Minuten, wir müssen los.«

Ich kehrte der Tasse den Rücken zu.

»Wohin fahren wir? Worum ging's beim Telefonat? Hat das was mit den Tattoos zu tun?«, fragte ich und holte meinen Rucksack.

Kurz überprüfte ich, ob alle Reißverschlüsse zu waren. Die Dämonin hatte mir immer noch nicht geantwortet.

»Kendra?«, seufzte Marana.

Sie war eindeutig mit mir überfordert.

»Können wir uns darauf einigen, dass du dir die Fragen bis zum Ende des Tages aufhebst? Vieles davon ist nicht für Menschenohren bestimmt«, begründete sie.

»Aber bis zum Abend kann ich mir doch nie im Leben alle Fragen merken!«, rief ich empört.

»Umso besser«, kommentierte die Frau. »Dann bleiben nur die wichtigen Fragen übrig.«

»Ja aber«, begann ich, doch ich wurde sofort unterbrochen.

»Kendra«, schien Marana nun am Ende ihrer Geduld zu sein. »Hier die wichtigsten Regeln, für die nächsten Stunden: Keine Fragen, keine Widerworte, keine rassistischen Äußerungen«, zählte sie auf.

»Ich bin nicht rassistisch!«, stellte ich klar.

Die Dämonin konterte:»Du hältst Dämonen für lügende, mordende Wesen, die unfähig sind, ein Baby aufzuziehen. Findest du nicht, dass diese Worte von einem Rassisten kommen könnten?«

Ich schluckte schwer. Mein Vater hatte meine Mutter getötet und im Radio hörte man oft genug von Straftaten, die von Dämonen begangen wurden. Noch nie hatte ich etwas Positives über Dämonen in den Nachrichten gehört. War ich deshalb voreingenommen? Marana wartete noch immer auf eine Antwort.

»Ich wollte dich nicht beleidigen«, murmelte ich.

»Darum geht es nicht«, erklärte die Frau und massierte sich den Nasenrücken.»Du gehörst jetzt zu mir. Alles, was du tust und sagst, hat auch Auswirkungen auf mich und meinen Ruf. Also halte dich an die Regeln, verstanden?«

»Knigge für angehende Dämonen«, murmelte ich, nickte aber und fügte hinzu:»Ja, verstanden.«

Kurz darauf saß ich im Taxi und wusste nicht, wohin genau wir eigentlich fuhren.

Kapitel 3
Mit anderen Augen

Manchmal kehre ich an Orte zurück, an denen ich als Kind stundenlang gespielt habe und fühle, wie eine unerklärliche Sehnsucht in mir aufsteigt. Diese Plätze, die früher meine Welt waren, kommen mir heute so klein und unbedeutend vor. Und doch tragen sie all die Erinnerungen, die mich zu dem gemacht haben, was ich bin. Es ist wie Sehnsucht, gemischt mit schönen, aber vergangenen Erinnerungen. Man sieht durch ein Fenster seinem vergangenen Ich zu und möchte helfen, trösten, motivieren und kann doch nur aus der Gegenwart heraus zusehen.

Besucht euren alten Kindergarten, eure alte Schule – vielleicht auch euren alten Kietz, wenn ihr umgezogen seid: Dann wisst ihr, welches Gefühl ich meine.

Noch heute schaue ich zurück in die Zeit, in der ich die Welt mit anderen Augen sah. Als Dämon geht man anders an die Dinge heran und wird achtsamer. Im Vergleich zu heute war ich damals nahezu blind und taub für meine Umwelt. Ich sah nur das, was ich für wichtig hielt und blendete alles andere aus. Fremdes und Neues sortierte ich nach nützlich und unwichtig – darunter auch die Dämonendebatte. Es fiel mir schwer, all das zu akzeptieren. Wie sollte ich all das in mein Leben integrieren? Aber mit jedem neuen Tag in dieser Welt sah ich Dinge, die mich veränderten – ob ich es wollte oder nicht.

Aber obwohl ich seitdem offener, wachsamer und auch erwachsener geworden bin, werde auch ich eines Tages nur eine Erinnerung sein, auf die jemand zurückblickt.

Wir fuhren auf die Schnellstraße, kamen wieder an der Wohnsiedlung vorbei und bogen direkt an meiner Schule auf die nächste Straße ab.

»Keine Fragen«, rief ich mir in Erinnerung und schluckte meinen Frust herunter.

Spätestens Sonntag wüsste ich, ob ich meine Klassenkameraden je wiedersehen würde. Vielleicht wusste die Dämonin einen Trick, wie man diese Auren abschaltete oder sogar endgültig loswurde. Maranas Handy vibrierte. Entweder wurde mein Gehör besser, oder ich hatte mich auf dieses Geräusch eingeschossen.

»Du bekommst ganz schön viele Anrufe«, kommentierte ich, doch die Dämonin hatte das Gespräch bereits angenommen.

»Hm?«, fragte sie in den Hörer.

Keine Begrüßung, kein Vorstellen.

»Wo?«, sagte sie als Nächstes in den Hörer. Dann legte sie auf und wandte sich direkt an den Taxifahrer: »Die Adresse hat sich geändert. Lassen Sie uns direkt am S-Bahnhof Köpenick raus.«

»Geht klar«, antwortete der Fahrer und wechselte die Spur.

Ich schaute fragend zu Marana, doch sie hatte sich bereits wieder in Schweigen gehüllt. Ich seufzte. Keine Fragen. Ich sah weiter aus dem Fenster und erkannte einige Orte sogar wieder. Das Eiscafé, in dem ich vor kurzem meinen achtzehnten Geburtstag gefeiert hatte, lag genau an der Regattastrecke der Spree. Hier stand auch das altmodische, weinrote Haus mit dem schwarzen Dach. Hier wohnte eindeutig ein Dämon, hatten Melissa, Laura und ich gemutmaßt. Noch vor ein paar Wochen waren Dämonen einfach eine eigene, übernatürliche Gesellschaft gewesen. Sie waren gefährlich und jeder wusste das, doch niemand konnte aktiv etwas gegen sie tun, dafür gab es weltweit einfach zu viele. Am besten war es, man mied sie.

Jetzt saß ich im Taxi mit einer Dämonin und konnte diesem übernatürlichen Thema nicht mehr aus dem Weg gehen. Inzwischen waren wir in der Altstadt Köpenick und fuhren am Schloss und dem Rathaus vorbei. In der Schule hatten wir das Buch »Der Hauptmann von Köpenick« lesen müssen und danach einen Ausflug durch die Innenstadt gemacht. Das Taxi fuhr parallel zu den Gleisen der Straßenbahn und polterte über das Kopfsteinpflaster. Dann bogen wir in eine kleine Straße ein, die ich fast übersehen hätte. War das nicht die Mittelpunkt-Bibliothek? Schon überquerten wir eine weitere Brücke und bogen schließlich in die Bahnhofstraße ein. In der Ferne sah ich das riesige Einkaufszentrum auf der linken Seite. Was hatte die Dämonin hier vor? Die Ampel schaltete auf Grün. Der Taxifahrer gewährte einem Linienbus Vorfahrt und wir konnten unsere Fahrt fortsetzen. Direkt am S-Bahnhof ließ er uns wie vereinbart aussteigen. Neben uns stand ein weiteres Taxi, dessen Fahrer gerade eine Zigarette rauchte.

»Vielen Dank«, verabschiedete sich Marana von dem Fahrer und gab großzügig Trinkgeld.

»Wohin müssen wir?«, fragte ich und beeilte mich, um mit ihr schrittzuhalten.

Immerhin gab es im Moment kaum Menschen, denen ich ausweichen musste. Zur Mittagszeit würde es weitaus belebter sein.

»Wenn wir da sind, sprich bitte nicht. Ich übernehme die Konversation«, wich sie meiner Frage aus.

Natürlich wich sie wieder meiner Frage aus. Normalerweise hätte mich das wütend gemacht, aber meine Neugier war stärker. Mühsam schluckte ich meine Widerworte herunter. Obwohl kaum Autos unterwegs waren, bestand Marana darauf, die Ampel zu nehmen. Ich seufzte und starrte das rote Ampellicht genervt an. Endlich wechselten wir die Straßenseite und steuerten auf das Einkaufszentrum zu.

»Es hat noch gar nicht offen«, bemerkte ich.

Die Drehtüren am Haupteingang waren unbeleuchtet und starr.

»Hier entlang«, forderte mich Marana auf und bog an der Seitenwand des riesigen Betonklotzes ab. Vor einer Tür mit der Aufschrift ›Nur Personal‹ hielt sie abrupt an. Sie zückte ihr Handy und gab wieder ohne jede Begrüßung Befehle durch.

»Forum Köpenick. Den Code für den Eingang T6, jetzt«, sagte sie mit einer unheimlichen Ernsthaftigkeit in der Stimme. Kurz darauf tippte sie auf der kleinen Metalltafel und öffnete uns die Tür.

»Danke, Nik«, verabschiedete sie sich und legte auf. »Na los.«

Sie trieb mich zur Eile und hetzte regelrecht durch den Gang ins Innere vom Forum Köpenick. Wir liefen an dem Springbrunnen vorbei, auf dem ich mit meinen Freunden schon oft zusammengesessen hatte. Er war bereits in Betrieb und sprudelte vor sich hin. Vor einem Modeladen, in dem ich auch schon gewesen war, standen zwei nervös wirkende Frauen. Sie trugen Shirts mit dem Logo des Ladens und Namensschildchen, die sie als Angestellte identifizierten. Marana ging zielstrebig auf sie zu.

»Wo ist er?«, fragte sie ohne Vorwarnung und überrumpelte die Angestellten damit.

»Er ist einfach umgekippt! Er hat nur die heutigen Lieferungen einsortiert, nichts weiter! Ihm ging es gut und plötzlich …«, redete die eine Angestellte los, während die andere Marana und mich musterte.

»Ähm. Sie sind doch von der Polizei?«, wurde die größere der beiden Frauen skeptisch.

Hilfesuchend sah ich zu Marana. Diese hatte bereits eine Lüge parat.

»Nein, BfdA. Das hier ist meine Praktikantin. Wenn Sie uns nun zu ihm führen könnten?« Marana verschränkte ihre Arme vor dem Oberkörper.

Die Frauen sahen sich verunsichert an, dann lotsten sie uns durch den Laden. Ich spürte, wie sich mein Magen verkrampfte. Was hieß hier denn bitte BfdA? Tat Marana gerade so, als wären wir von der Behörde für dämonische Angelegenheiten? Ich schwieg und spielte notgedrungen mit. Vielleicht war die Dämonin ja wirklich bei der Behörde angestellt.

Wir gingen an den Umkleidekabinen vorbei, dann gaben die beiden Frauen den Blick auf etwas frei. Ich sah den toten Jungen auf dem Boden und blieb abrupt stehen.

Nicht so die Dämonin. Sie hockte sich zu dem Körper herunter und untersuchte ruhig seine Handgelenke, seine Oberarme und seinen Nacken. Ich schluckte und wandte den Blick ab. Es war das erste Mal, dass ich eine echte Leiche sah. Als ich mich wieder umdrehte, zwang ich mich, auf seine Kleidung zu schauen. Der Junge trug ebenfalls Angestelltenkleidung, doch sie schien ihm zu groß und saß unförmig. Wie alt mochte er sein?

»Sollten wir nicht auf die Spurensicherung warten?«, fragte eine der Angestellten zögerlich.

Marana beachtete sie nicht und zog dem Jungen wortlos die Schuhe aus.

»Ich meine, weil die Polizei das eigentlich immer sagt«, stammelte die Frau weiter.

»Aber Sie wissen sicher, was Sie tun«, fügte sie leise hinzu, ehe sie ganz verstummte.

»Hm«, murmelte Marana, während ich einen Blick auf das Tattoo erhaschte – dasselbe, das Nikola gestern über Skype gezeigt hatte.

Die Dämonin krempelte die Socken des Jungen wieder hoch, ließ die Schuhe aber neben der Leiche liegen.

»Wir gehen«, sagte sie knapp und verließ zügig den Laden.

Die beiden Angestellten blickten ihr verdutzt hinterher. Auch ich brauchte einen Moment, um mich zu fassen, bevor ich ihr eilig folgte.

»Was zum Teufel war das?«, fragte ich, doch Marana tat das, was sie am besten konnte: sie schwieg.

Wir nahmen denselben Weg, auf dem wir hereingekommen waren und behielten das schnelle Tempo noch eine ganze Weile bei. Marana ging zügig voraus, immer zwei Meter vor mir. Warum hetzte sie so? Folgte uns jemand? Unauffällig drehte ich mich um, aber niemand war hinter uns. Hastig folgte Marana.

Die Bahnhofstraße füllte sich allmählich. Jogger, Gassigänger und einige Radfahrer tauchten aus den Schatten der Morgendämmerung auf.

Eisladen, Bäcker, Bank, Blumenladen.

Wir liefen die gesamte Straße entlang und sprachen kein Wort.

Optiker, Imbiss, Ampel, Paketshop.

Das wachsartige Gesicht des Jungen ließ mich nicht los. Er hatte im ersten Moment wie eine Puppe gewirkt. Ich versuchte, das Bild abzuschütteln und sah in Richtung Marana. Sie lief jetzt leicht versetzt vor mir. Wie hatte sie den toten Jungen ganz ohne Ekel anfassen können? Tat sie so etwas öfter? Möglicherweise war sie wirklich bei der BfdA und dort in einer Art Polizei-Sondereinheit? Meine Gedanken kreisten um immer mehr Fragen.

In einem kleinen Park am Ende der Bahnhofstraße setzte sich Marana auf eine Bank am Wasser. Ich nahm neben ihr Platz und bemerkte, wie sie wieder zu ihrem Handy griff. Ich tat, als würde ich auf das Wasser vor uns starren, hörte aber stattdessen genau auf die Worte der Dämonin.

»Er hatte es auch«, stieg sie sofort ins Gespräch ein. »Das letzte Mal war am Mittwoch, jetzt ist es Samstag.«

Ich richtete meinen Blick auf einen Schwan, der gemächlich auf uns zuschwamm, doch aus den Augenwinkeln beobachtete ich die Gesichtszüge der Dämonin.

»Das geht zu schnell«, murmelte Marana und massierte sich die linke Schläfe.

Als sie meinen Blick bemerkte, ließ sie die Hand sinken. Ertappt wandte ich meinen Blick wieder ab.

»Sag ihr einfach, sie soll herkommen«, sagte die Dämonin mit einem Anflug von Genervtheit. »Sie darf auch das Hotel aussuchen. Aber sie soll auf *drei* Betten achten.« Marana beendete das Telefonat und ließ ihren Blick über das Wasser schweifen.

Ich vergewisserte mich, dass niemand in der Nähe war, dann fragte ich: »Es hört niemand zu, oder? Darf ich dir eine Frage stellen?«

Die Dämonin seufzte, nickte aber leicht.

»Arbeitest du wirklich für die Dämonenbehörde? Oder bist du eine Art Privatdetektivin?«, fragte ich neugierig.

Eine Dämonin, die Verbrecher jagte – das klang nach einem Buch, das ich lesen würde.

»Nein, nicht mehr – zumindest offiziell. Aber irgendwie schon«, antwortete Marana ausweichend.

Ich beließ es dabei und wollte mehr über diesen Tattoo-Mörder wissen. Dämonen erkannten andere Dämonen. Würde Marana erkennen, ob ein anderer Dämon den Angestellten getötet hatte? Ich spürte ein leises Unbehagen in mir aufsteigen. Um nicht wieder in die falsche Ecke gestellt zu werden, entschied ich mich, meine Frage vorsichtig zu formulieren.

»Hast du herausgefunden, was die genaue Todesursache war?«

Falls sie es wusste, ließ sie sich nichts anmerken.

»Lass uns einfach eine Weile hier sitzen«, bat die Dämonin und lehnte sich auf der Holzbank zurück.

Sie wirkte müde und irgendwie erschöpft. Kein Wunder, wenn sie nachts nicht schlief. Trotzdem ließ ich ihr den Freiraum und fragte nicht weiter. Ich nahm meinen Rucksack ab und ließ meinen Blick schweifen. Vor mir lag die Baumgarteninsel – eine Insel, die man nur mit Boot erreichte. Ich erkannte

Gartenlauben und entdeckte einen beschäftigten alten Mann am Ufer. Auf dem Wasser war um diese Zeit noch niemand unterwegs. In unserer Nähe quietschten die Straßenbahnen, wenn sie um die Kurve bogen. Ab und an hupte ein Auto. Sonnenstrahlen flimmerten durch die Baumkronen der Parkbäume und warfen tanzende Schatten auf den ausgedorrten Boden.

Es wirkte alles so normal und doch schlich sich eine Frage in meinen Kopf. Würde ich überhaupt noch in der Sonne sitzen dürfen, wenn ich wie mein vampirischer Vater wurde? Würde ich irgendwann tatsächlich Blut trinken müssen? Und die Frage aller Fragen: Würde ich irgendwann töten, so wie er es getan hatte?

In meinem Kopf sammelten sich immer mehr Fragen zu meinem zukünftigen Dasein als Dämonin. Ein kleiner Teil von mir wehrte sich aber dagegen und flüsterte mir immer mal wieder Gegenargumente zu.

»Du hast das Blut im Hotel nicht getrunken«, lobte mich meine innere Stimme.

»Du sitzt in der Sonne und verbrennst nicht. Du hast keine Vampirzähne wie dieser Freund von Marana«, lauteten weitere Beweise für mein Normalsein.

Aber ich sah diese Auren und war sogar direkt von ihnen betroffen – Und das war ein Mensch üblicherweise nicht. Nach einer Weile schmulte ich wieder zu Marana.

»Nimmst du die Brille eigentlich je ab?«, fragte ich und erwartete nicht wirklich eine Antwort.

»Nein, nicht in der Öffentlichkeit«, antwortete die Dämonin überraschend und richtete sich etwas auf.

Hatte ich sie geweckt? Durch die dicken, schwarzen Gläsern und die blickdichten Seitenteile konnte ich nicht erkennen, ob ihre Augen geschlossen oder offen waren.

»Im Hotelzimmer hattest du sie auch auf. Da war keine Öffentlichkeit«, warf ich ein.

»Angewohnheit«, erwiderte sie und erhob sich von der Bank.

Sie verbarg ihre Augenfarbe absichtlich von mir! Man sagte, Dämonen hätten unnatürliche Augenfarben und besondere Musterungen. Daran konnte man sie immer erkennen. Einmal hatte ich einen Jungen mit violett schimmernden Augen im Bus gesehen. Als ich meinen Freunden davon in der Schule erzählt hatte, waren wir die darauffolgenden Tage alle wachsamer gewesen und hatten den Leuten öfter in die Augen geschaut. Ich hatte den Jungen nicht wieder getroffen. Und dann war da noch Heiko mit seinen eisblauen Augen. Bei ihm hatte ich jedoch nie eine dieser Aurawolken bemerkt. War er also doch nur ein Mensch?

»Ich zeige dir meine Augen irgendwann. Aber nicht jetzt«, erklärte Marana und beendete das Thema. »Hast du Hunger? Wir können beim Bäcker etwas für dich holen.«

Ich schüttelte den Kopf.

»Alles gut. Ich habe gar keinen Appetit«, lehnte ich ab.

»Na schön«, meinte Marana.

Sie wirkte nicht zufrieden mit meiner Antwort, darum fügte ich hinzu: »Mir geht es gut, wirklich.«

Die Dämonin lächelte flüchtig. Ihre Mundwinkel zuckten nur kurz nach oben, aber ich bemerkte es sofort.

»Was ist so lustig?«, wollte ich die Ursache für das Lächeln herausfinden.

»Du bluffst schon wie ein Dämon«, kommentierte sie und streckte sich.

Etwas vibrierte.

»Dein Handy«, konnte ich das dumpfe Geräusch sofort zuordnen.

Die Dämonin griff routiniert in ihre Jackentasche und holte das Klapphandy hervor.

»Hm?«, eröffnete Marana wie gewohnt das Telefonat.

Sie gab mir ein Handzeichen und bedeutete mir, ihr zu folgen.

»Wo genau? Hier gibt es drei Haltestellen«, sagte sie gerade ins Telefon und sah sich dabei um.

»Ah«, kam es von ihr, als sie die richtige Richtung gefunden hatte.

Wir überquerten die große Kreuzung und verpassten gleich zwei Mal die Anschluss-Ampel. Wer stellte diese Ampeln eigentlich ein? Eine Straßenbahn bog quietschend um die Ecke kann an unserer Haltestelle zum Stehen.

»Das ist die 60«, sprach die Dämonin in den Hörer und bedeutete mir kurz darauf mit einer Geste, einzusteigen.

»Bis später«, verabschiedete sie sich mit gesenkter Stimme und ließ das Klapphandy wieder in ihrer Manteltasche verschwinden.

»Welches Ticket brauchen wir?«, fragte mich Marana.

»Bis wohin wollen wir denn?«, gab ich zurück.

»Bis nach Schöneweide«, sagte sie.

»Schöneweide ist Endstation!«, mischte sich ein älterer Herr mit grauem Haar in unser Gespräch ein.

»Vielen Dank«, gab Marana höflich zurück und neigte sogar leicht den Kopf.

Dann wandte sie sich wieder an mich und fragte: »Kannst du die Tickets auswählen? Nehmen wir ein Gruppenticket?«

Ich war überrascht, dass ich ihr in einer Sache tatsächlich überlegen zu sein schien.

»Brauchen se nicht. Hier kontrolliert keener«, meldete sich der Mann wieder zu Wort.

Dieses Mal schenkte die Dämonin ihm nur ein kühles Lächeln. Ich wählte zwei Einzeltickets und deutete auf die schlecht lesbare Anzeige.

»Hast du Münzen?«, fragte ich und Marana nickte.

Aus ihrer anderen Manteltasche holte sie 2€-Münzen heraus und steckte sie in den Automatenschlitz. Eine der Münzen fiel immer wieder scheppernd direkt durch den Automaten. Maranas schwarze Aura flackerte kurz bedrohlich auf, legte sich aber schnell wieder. Sie probierte kleinere Münzen und hatte Erfolg. Endlich gab der Automat ein gequältes Geräusch von sich und warf das Restgeld aus. Die Dämonin nahm die zwei schmalen Karten und steckte sie in den gelben Entwerter. Die Tickets waren jetzt doppelt entwertet, aber das war ein häufiger Touristenfehler. Bei einer Kontrolle würde es kaum auffallen.

»Dis müssen se nich machen!«, sagte der Mann.

Um Marana herum stellten sich die schwarzen Auraschwaden wieder auf. Ich handelte und zwang die aufkeimende Angst hinunter.

»Die Tickets sind bereits entwertet. Aber doppelt hält besser«, sagte ich freundlich und deutete auf zwei freie Plätze am Ende des Gangs.

Marana ließ von dem alten Mann ab und folgte mir.

»Möchtest du in Fahrtrichtung sitzen?«, fragte ich Marana und setzte mich, ohne ihre Antwort abzuwarten, gegen die Fahrtrichtung.

Maranas Auraschwaden waren verschwunden. Ich atmete erleichtert auf.

»Du erstaunst mich, Kendra«, sagte die Dämonin und ließ sich schräg gegenüber nieder.

Mehr kam nicht. War das etwa ein Kompliment? Und wenn ja: Wofür? Marana drehte ihren Kopf und sah aus dem Fenster. Da sie offensichtlich kein Gespräch führen wollte, holte ich aus meinem Rucksack mein Buch hervor und begann zu lesen.

»Das ist geschummelt«, erinnerte mich meine innere Stimme.

Das Buch hatte ich mir als Belohnung für die überstandenen Abi-Prüfungen geholt. Ich blendete meine Gedanken aus und las das Vorwort. Ich las immer das Vorwort und auch die

Danksagung, wenn es beide Dinge im Buch gab. In diesem Vorwort erklärte der Autor die Bedingungen, unter denen er die Geschichte geschrieben hatte. Es gab tatsächlich fünf Versionen der Story: Das Buch, das ich in den Händen hielt, war ebendiese fünfte Version. Ich blätterte um und stieg in die Geschichte ein.

Viel zu früh wurde die Endstation angekündigt und ich legte das Buch widerwillig weg.

»Das ging ja schnell«, kommentierte ich den kurzen Fahrtweg und setzte noch beim Aussteigen meinen Rucksack ab. »Warte kurz.«

Ich stellte mich an die Seite und ließ die Passagiere an mir vorbeiströmen. Dann steckte ich das Buch zurück in den Rucksack, hantierte noch an den Verschlüssen herum und setzte mir den Rucksack schließlich wieder auf. Marana stand am Übergang zur S-Bahn und schien nach etwas oder jemandem Ausschau zu halten, dann drehte sie sich wieder zu mir. Die Leute um uns herum waren bereits zu den S-Bahn-Gleisen gehetzt oder rannten weiter zu den nahegelegenen Bushaltestellen.

Und obwohl wirklich keiner in der Nähe stand, sprach sie mit gesenkter Stimme: »Ich rede gleich mit ein paar Leuten. Ich möchte, dass du nichts sagst, nichts fragst und auch nichts unternimmst – egal, was passiert.«

»Das ist ganz schön viel auf einmal«, entgegnete ich.

»Versprich es«, forderte die Dämonin.

»Na schön«, gab ich nach. »Und was genau *darf* ich so lange machen?«

Marana schien nachzudenken.

Dann gab sie mir eine Aufgabe: »Achte auf die Auren der anderen. Wenn es sich ergibt, merke dir auch die Augenfarbe – aber ohne zu starren. Vielleicht lernst du sogar etwas.«

»Wir reden mit Dämonen?!«, flüsterte ich etwas zu laut zurück.

»Auch«, sagte Marana. »Jetzt komm. Und kein Wort mehr.« Und wieder folgte ich der Dämonin ins Ungewisse. Wir liefen an einem Bauzaun und einer Imbissbude vorbei. Dann blieb Marana kurz stehen und ließ ihren Blick über eine Gruppe Obdachloser schweifen. Noch nie hatte ich eine so große Gruppe von Menschen auf einmal gesehen. Unter ihnen waren junge und alte Männer sowie zwei Frauen, die lautstark mit einem bärtigen Mann im Rollstuhl diskutierten. Ich versuchte, über all das hinweg zu sehen und hielt nach Auraschwaden Ausschau. Doch entweder war ich zu weit weg, oder keiner dieser Leute war ein Dämon.

Neben mir formte sich Maranas tiefschwarze Aura zu einem langen gewundenen Strang. Wie eine Schlange schob sich die Aura zu einem der Obdachlosen. Nervös spielte ich am Rucksackträger und sah zur Dämonin neben mir. Doch diese hielt den Blick auf ihr Ziel gerichtet: eine Gestalt auf einer Art schmutzigem Bettlaken. Die Auraschlinge umkreiste den Mann, der gerade über einen Witz der lauten Frauen lachte. Dann schloss sich die schwarze Schlinge und schien zu pulsieren. Mitten im Lachen verstummte der Mann und richtete seinen Blick auf Marana. Sein Sitznachbar boxte ihm lachend in die Seite und folgte seinem Blick. Als der Mann sich erhob und zu uns kam, zog die Dämonin die Schlinge blitzschnell wieder zurück. Im nächsten Moment war wieder kaum etwas von ihrer Aura zu sehen.

»Es ist helllichter Tag«, begrüßte der Obdachlose Marana. »Ist das nicht gefährlich für Leute wie euch?«

Sie ging nicht darauf ein und fragte ohne Vorwarnung: »Es ist wieder einer tot. Er muss letzte Nacht hier gewesen sein. Hast du was bemerkt?«

Der Obdachlose trat von einem Bein auf das andere.

»Es kommen hier viele Menschen vorbei. Ohne Uhrzeit und ne grobe Beschreibung bringt das hier gar nichts«, sagte der Mann.

Er roch ungewaschen und zeigte beim Sprechen gelbliche Zähne.

»Zwischen 22 und 23 Uhr war der Junge mit ein paar Freunden hier unterwegs. Heute gegen 8 Uhr kippt er tot um. Also: Hast du etwas bemerkt?«, gab Marana Infos zu der toten Aushilfe von vorhin preis.

Einer ihrer Anrufer musste ihr diese Info gegeben haben, denn auch mir waren diese Sachen neu.

»Hier sind viele junge Leute abends unterwegs. Gibt halt ne Hochschule in der Nähe«, sagte der Mann und zuckte die Schultern.

Maranas Aura baute sich bedrohlich hinter ihr auf. Der Mann bemerkte die Aura nicht, oder er zeigte es zumindest nicht. Anders als ich, die mit wachsender Furcht die zuckende Schwärze hinter der Dämonin beobachtete.

»Wasn mit ihr los?«, fragte der Mann beiläufig, ehe er schlagartig ernst wurde.

Die Aura hatte sich wie ein Stacheldraht um den Mann geschlungen und fuhr wie in Zeitlupe einen Stachel nach dem anderen aus.

»Nichts tun«, rief ich mir in Erinnerung und beobachtete besorgt das Geschehen.

»Ich weiß nichts«, sagte der Obdachlose und hob beschwichtigend beide Hände. »Aber vielleicht hat ja einer von *denen* was mitbekommen?«

Er nickte in Richtung des gesperrten Tunnels, der auf die andere Straßenseite führte.

»Und du hast nichts bemerkt? Gar nichts?«, hakte Marana nach, entlockte dem inzwischen sichtlich unruhig gewordenen Mann aber nichts mehr.

»Mir sagt doch keiner von denen was«, zuckte er die Schultern und trat unsicher einen Schritt von uns weg.

Aber erst als Marana die Aura auflöste, traute sich der Mann wieder zu seiner Gruppe zurück.

»Er hat deine Aura überhaupt nicht bemerkt«, sagte ich und warf einen Blick zu Marana.

Diese schüttelte den Kopf. »Falsch, es hat sie sehr wohl bemerkt.«

Sie hatte wieder alles wörtlich genommen.

»Ich meinte ›er hat nichts gesehen‹«, sagte ich mit gesenkter Stimme, da jetzt wieder vermehrt Leute an uns vorbeiströmten.

Marana reagierte nicht und schaute mich nur kühl an, bevor sie mich an meine Aufgabe erinnerte.

»Kein Wort. Und nicht eingreifen«, zählte sie die ihr wichtigsten Punkte auf.

»Ja«, antwortete ich gedehnt.

Ich war kein Kleinkind mehr, dem man sagen musste, wie es sich zu benehmen hatte. Marana führte mich zu der gesperrten Unterführung, die schon seit Jahren geschlossen war.

»Wegen Brandschaden gesperrt«, verkündete ein verblasstes Schild.

Es tat sich hier seit Jahren nichts. Der Bahnhof war renoviert worden, doch den Tunnel hatte niemand angerührt. Manchmal war ich mit Freunden zum Shoppen im Zentrum Schöneweide, doch Bauarbeiter am Tunnel hatte ich noch keine gesehen. Als die Dämonin den hohen Bauzaun vor der gesperrten Treppe plötzlich aushakte und versetzte, fiel mir die Kinnlade hinunter.

»Das geht doch nicht!«, rief ich ungläubig.

Ich drehte mich um und spürte die Blicke der Passanten unangenehm auf uns ruhen. Wieso konnten sich Dämonen nicht einfach an die Regeln halten wie alle anderen auch? Mir gefiel die ungewollte Aufmerksamkeit gar nicht.

»Kommst du?«, fragte Marana und ich quetschte mich durch den Spalt des Zaunes.

Sie schloss den Zaun wieder hinter uns. Die Menschen starrten uns an, einige schüttelten den Kopf, andere warfen uns böse Blicke zu. »Komm weiter«, sagte die Dämonin, als wir die Treppe zur Unterführung herunterstiegen.

Ich schluckte meine unzähligen Fragen hinunter und folgte ihr widerwillig. Hier im Tunnel schien ein merkwürdiges Licht. Ein bisschen wie das orangefarbene Licht der alten Laternen mit diesen rauen Betonpfeilern. An den Wänden entdeckte ich aber keine Leuchten oder Laternen, vielmehr schienen die Wände selbst das Licht auszustrahlen. War das Magie? Hatten sich meine Augen vielleicht verändert?

Im Tunnel lagen weitere Obdachlose auf notdürftigen Decken oder in Schlafsäcken auf dem Boden. Das unnatürliche Licht schien sie nicht weiter zu kümmern. Im Gegensatz zu der Gruppe von »oben« hatten diese Menschen hier aber etwas Bedrohliches an sich. Ich kniff die Augen zusammen und entdeckte bei einer Gestalt am Rand bläuliche, pulsierende Fäden. Sie bildeten eine Art Knäuel und schwammen wie ein Schwarm Fische über der schlafenden Gestalt. Je länger ich hinsah, desto schneller und chaotischer schwammen die Fäden. Marana tippte mich an. Ich zuckte zusammen.

»Nicht starren«, erinnerte sie mich und ging weiter.

Ich löste meinen Blick und streifte die einzelnen Personen jetzt immer nur flüchtig mit Blicken. Dadurch bekam ich allerdings nicht richtig mit, ob sie wirklich Auren hatten, oder ob sich lediglich das mysteriöse Tunnellicht auf ihren Körpern brach. Die Blicke der Leute folgten uns, doch niemand sprach uns an. Ich hatte das Gefühl, hier nicht willkommen zu sein. Schnell schloss ich zu Marana auf und hielt mich dicht bei ihr.

»Na sowas«, rief plötzlich eine Männerstimme ganz in der Nähe.

Ich sah mich um, doch da war niemand.

»Wen haben wir denn?«, hörte ich die Stimme jetzt noch näher.

Dann trat aus einem Graffiti an der Wand ein Mann. Erschrocken zuckte ich zusammen und machte einen Schritt zur Seite. Beinahe wäre ich gegen Marana gestoßen. Diese verzog keine Miene und hielt ihren Blick auf den Fremden gerichtet. Ich betrachtete das Gesicht des Mannes. Trotz des gedämpften Lichts stachen seine türkis-silbernen Augen deutlich aus der dämmrigen Umgebung hervor. Schnell sah ich auf einen Fleck hinter ihm, um nicht zu starren. Der Mann grinste und ließ ähnlich wie die Gestalt von eben blaue Fäden um seinen Körper wirbeln. Nur dieser Auraschwarm war weitaus größer und wirkte gefährlicher. Die Fäden waren dicker und dichter. Sie schienen sich sogar nach und nach zu verdichten.

»Ich wusste nicht, dass Sie hier sind«, neigte Marana leicht den Kopf. Dann fügte sie in offiziellem Ton hinzu: »Ich erhebe keinen Anspruch auf Ihr Territorium.«

Der Auraschwarm des Mannes wurde ruhiger und auch er wirkte gleich etwas weniger angespannt.

»Und ich wusste nicht, dass *Sie* hier sind. Was unter anderen Umständen ein Problem wäre«, sagte unser Gegenüber und musterte nun auch mich.

»Hm«, kommentierte er und wandte sich an Marana. »Was ist mit ihr? Ich habe so etwas noch nie gesehen.«

Was meinte er? Ich setzte diese Frage ganz weit nach oben in meiner gedanklichen Merkliste. Wie der Typ aus der Wand gekommen war, erschien mir nun weniger wichtig.

»Das ist irrelevant«, erwiderte Marana knapp und berichtete ihm vom Vorfall.

Abschließend sagte sie:»Damit sind es jetzt insgesamt 38 Tote, 12 davon allein in Treptow-Köpenick. Es liegt nahe, dass der oder die Täter zumindest hier durchgekommen sein müssen.«

Der Mann sah sich um und antwortete mit lauter Stimme:»Ich kümmere mich darum.«

Als ich meinen Kopf nach den schlafenden Gestalten umdrehte, sah ich, dass alle von ihnen aufgestanden waren. Der Mann hatte also auch ihnen geantwortet. Wieder in normaler Tonlage forderte er uns auf, ihm zu folgen.

»Wir reden woanders weiter«, erklärte er und ging durch dieselbe Wand, durch die er gekommen war.

Marana tat es ihm gleich und war im nächsten Moment verschwunden. Ich fühlte mich an einen gewissen Zauberlehrling erinnert und trat wie er, jedoch mit ausgestreckter Hand zuerst, durch die Wand. Hier sah es genauso aus wie im Tunnel und ich meine wirklich genauso. Das Licht ging direkt von den Wänden aus und ab und an sah man ein Graffiti. Die Leute aus diesem Tunnelgang lagen allerdings nicht, sondern liefen geschäftig an uns vorbei. Sie machten auch nicht den Eindruck, als seien sie obdachlos. Einige von ihnen hatten blaue Auren um sich, andere wurden von andersfarbigen Wolken umgeben. Ich entdeckte sogar eine orangene Wolke und sah ganz schnell wieder weg. Jeder nickte unserer Gruppe kurz zu. War der Mann, der aus der Wand kam, etwa so etwas wie ein Prominenter? Und befanden wir uns überhaupt noch in Schöneweide, oder waren wir längst in einer völlig anderen Welt? Fragen über Fragen, doch die wichtigste von allen blieb: Was genau war an mir so ungewöhnlich?

»Wir sind gleich da«, entschuldigte sich der Mann und verschwand durch ein weiteres Graffiti.

Diesmal ging ich entschlossener durch die Wandbemalung. Der Tunnel, den wir betraten, war mit moosgrünen Fliesen bedeckt und jeder Schritt hallte wider. Im Gegensatz zu den vorherigen, identisch aussehenden Gängen, war dieser hier völlig leer. Nach einer Weile endete er abrupt vor einer angerosteten Metalltür. Mühelos öffnete der Mann die Tür und hielt sie uns auf.

»Kommen Sie herein«, lud er uns höflich ein und schloss die schwere Tür nahezu lautlos. »Ich kann Ihnen vermutlich nichts anbieten?«

Er ging auf einen Schreibtisch am Fenster zu und setzte sich auf den Chefsessel dahinter. Ich kniff die Augen zusammen und versuchte, etwas zu erkennen, doch das Fenster war aus Milchglas und ließ keinen Blick nach draußen zu. Marana lehnte derweil das Angebot unseres Gastgebers ab und setzte sich auf einen der beiden Stühle, die vor dem Schreibtisch standen. Unsicher nahm ich neben ihr Platz. Da sie nichts sagte, war es wohl in Ordnung.

»Ich bin Maquin Fischer, der D'Schar von Berlin. Nach diesem Gespräch werde ich entscheiden, wie lange Ihr Aufenthalt hier gestattet ist«, erklärte er förmlich.

Auf seinem Schreibtisch stand ein Namensschild. Er hatte Maquin ähnlich wie »Martin« ausgesprochen.

Marana nahm seinen formellen Ton auf und antwortete ebenso: »Ich bin Marana, dies ist mein Mündel Kendra. Ich ersuche um Aufenthalt in diesem und den umliegenden Bezirken, bis die Todesfälle geklärt sind.«

»Hm. Ich befürchte, Ihre Anwesenheit könnte Missverständnisse aufwerfen. Das wäre mit Unruhen verbunden, die ich im Moment nicht gebrauchen kann, verstehen Sie?«, antwortete der Mann reserviert.

Seine türkis-silbernen Augen fixierten Marana, doch sie ließ ihre Sonnenbrille ungerührt auf.

Nach einer kurzen Pause antwortete meine Begleiterin: »Ich verstehe, dass Sie keine weiteren Unruhen wünschen, besonders nach den Todesfällen, die bereits für genug Aufruhr gesorgt haben. Darum sollte es auch in Ihrem Interesse sein, wenn Kendra und ich dem Töten ein Ende setzen.«

Wieder herrschte kurz Stille, ehe der unwirkliche Dialog weiterging.

»Ich bin der Überzeugung, dass ich auch ohne Ihre Hilfe die Todesfälle aufklären und beenden kann«, erklärte Maquin und entlockte Marana damit ein flüchtiges Lächeln.

Der Mann bemerkte es sofort und korrigierte sich: »Ich bin fest davon überzeugt, dass ich wieder Frieden in unsere Gemeinde zurückbringen kann.«

»Schon eher«, entgegnete Marana.

Es schien, als würde sie Gefallen an diesem Spiel finden. War sie im Begriff, die Oberhand zu gewinnen?

Der Mann räusperte sich und sagte: »Ich komme zu dem Schluss, dass Ihre Anwesenheit in Berlin nicht nur nicht zwingend notwendig, sondern auch unangebracht ist. Daher bitte ich Sie, mein Gebiet im Laufe der nächsten fünf Stunden zu verlassen. Das ist mehr als genügend Zeit.«

Maquin erhob sich und machte eine Handbewegung zur Tür: »Darf ich bitten? Ich begleite Sie zum Ausgang.«

Der Mann trat zur Tür und hielt sie uns abermals auf. Ich griff nach meinem Rucksack, der zu meinen Füßen stand und wollte aufstehen, doch Marana legte sanft ihre Hand auf meine. Verwirrt blickte ich zu ihr auf, aber wie immer verbarg ihre Sonnenbrille jede Reaktion. Also blieb ich sitzen und hörte weiter zu.

»Ich nehme zur Kenntnis, dass unsere Anwesenheit in Ihrem Gebiet nicht erwünscht ist«, griff Marana den Wortlaut von Maquin auf. »Aber ich fürchte, Ihrer Bitte kann ich nicht nachkommen. Daher ersuche ich nochmals höflich um die Gewährung des gewünschten Aufenthalts.«

Der Mann kehrte wieder zum Schreibtisch zurück und setzte

sich. Um ihn herum schwamm nun wieder gut sichtbar der blaue Auraschwarm.

»Ich habe Ihre erneute Bitte gehört und werde sie mit gleicher Begründung abweisen, sofern es keinen triftigen Grund für Ihre Anwesenheit hier gibt«, führte Maquin den Dialog weiter.

Die beiden Dämonen führten ein verbales Schachspiel. Zur Untermauerung seiner Position ließ der Mann seinen Auraschwarm weiter anwachsen, bis die blaue Masse wie stürmische Wellen um ihn tobte. Ich meinte sogar, das Rauschen der Aura zu hören. Marana, welche die ganze Zeit ihre Aura zurückgehalten hatte, strahlte nun etwas von ihrer tiefschwarzen Aura aus.

Auch sie verstärkte die Wirkung ihrer Worte damit: »Der Grund ist derselbe geblieben, jedoch scheinen Sie ihm nicht die angemessene Priorität beimessen zu wollen. Da es sich bei den Todesfällen um eine Verletzung des Kodex handelt, bin ich für die Aufklärung und Beendigung verantwortlich. Meine Anwesenheit ist daher, entgegen Ihrer Annahme, zwingend notwendig.«

Um Marana kräuselten sich schwarzen Auraschwaden wie ein Nest aus Schlangen. Obwohl sie nicht wie vorhin auf ihren Gegenüber zielte, wirkte die Erscheinung dennoch bedrohlich. Mir lief es eiskalt den Rücken runter. Dem Dämon auf der anderen Seite des Schreibtischs schien es ähnlich zu gehen.

Maquin schwieg etwas länger als die Male zuvor, dann seufzte er und erklärte: »Ich komme zu dem Schluss, dass Ihre Anwesenheit zwar Unruhen auslösen könnte, sie aber dennoch nicht zu vermeiden ist. Ich gestatte Ihnen daher den Aufenthalt in ganz Berlin, bis die Todesfälle aufgeklärt sind. Ferner erbitte ich eine Berichterstattung und Rücksprache, bevor der oder die Täter bestraft werden.«

Fast direkt darauf antwortete Marana: »Vielen Dank. Ich habe Ihre Bitte zur Kenntnis genommen, möchte Ihnen aber höflichst in Erinnerung rufen, dass die Bestrafung des Täters oder der Täter in meinen Aufgabenbereich fallen und eine Berichterstattung nur optional stattfinden wird.«

Ich kam nicht mehr mit. Redeten alle Dämonen so, wenn sie unter sich waren? Würde ich auch so sprechen lernen müssen? Maquin wirkte angesäuert, zog seinen Auraschwarm aber wieder zurück. Marana tat es ihm gleich.

»Ich zeige Ihnen den Ausgang«, wiederholte der Mann kühl.

Das Gespräch war beendet. Ohne ein weiteres Wort trat ich zuerst in den gefliesten Tunnel, dann folgte Marana.

»Guten Tag«, verabschiedete sie sich höflich und Maquin erwiderte den Gruß steif.

Als die Tür hinter uns zufiel, atmete ich erleichtert auf.

»Nicht jetzt«, bremste mich meine Begleiterin, bevor ich etwas sagen konnte.

Grummelnd verkniff ich mir die Frage und trottete neben ihr her.

Kapitel 4
Aurenlesen für Anfänger

Erst in den letzten Jahren habe ich Interesse an vielen Dingen entwickelt. Zuvor waren mir Themen und Nachrichten, die mich nicht direkt betrafen, gleichgültig. Ich interessierte mich weder für politische Parteien – bis ich wählen durfte – noch für neue Technik, weil mein Smartphone und Laptop mir völlig reichten. Am wenigsten aber interessierten mich Dämonenangelegenheiten. Natürlich bekam ich mit, wenn in unserer Gegend etwas vorgefallen war, aber sonst?

Vielleicht kennt ihr das? Ihr hört Radio und schaltet nach den Nachrichten beim Sport oder Wetter schon aus. Vielleicht auch erst bei den Verkehrsmeldungen. So war es bei mir mit den Dämonen-Updates. Sie kamen sogar erst nach dem Sport und fassten neue Regelungen knapp zusammen. Welche neuen Gesetze gab es und welche Integrationskonzepte waren am vielversprechendsten? Ich wusste es nicht. Wie gesagt: Es betraf mich nicht, also hörte ich nicht hin.

Inzwischen verfolge ich die neuen Regelungen gebannt und gehe sogar auf Demonstrationen. Die Presse schreibt regelmäßig von Dämonstrationen – einem Wortwitz, den sie nicht müde werden zu benutzen.

Während ihr euer Leben lebt, treffen andere Menschen (und Dämonen) Entscheidungen, die euch früher oder später schließlich doch betreffen. Deshalb haltet eure Ohren stets offen und seid jedem Thema in irgendeiner Weise aufgeschlossen. Ihr wisst nie, wann ihr das Wissen gebrauchen könntet.

Wir traten aus dem schattigen Tunnel und stiegen die grauen Betontreppen hinauf. Die Sonne strahlte heiß vom Himmel und ich blinzelte geblendet in das grelle Licht. Wo waren wir? Ich suchte nach einem Schild oder einem Anhaltspunkt.

»Das ist der Spreetunnel«, kommentierte Marana meine Orientierungslosigkeit.

»Ist das nicht ganz woanders?«, fragte ich ungläubig. Die Dämonin drehte den Kopf und schien etwas zu suchen.

»Friedrichshagen«, murmelte sie nachdenklich. Ich folgte ihrem Blick, konnte aber nichts Außergewöhnliches entdecken. Wenn es hier Dämonen gab, hatten sie ihre Auren versteckt.

»Hast du Hunger?«, fragte Marana plötzlich.

Ich zuckte die Schultern und meinte: »Nicht so richtig. Aber wenn du was willst, nur zu.«

Im selben Moment biss ich mir auf die Zunge. Als ob eine erwachsene Dämonin mich um Erlaubnis fragen müsste!

»Mach dir um mich mal keine Sorgen«, entgegnete die Frau und führte mich eine kleine Allee hinauf.

Wir bogen in eine Nebenstraße ein und begegneten schlendernden Pärchen aller Altersklassen.

»Ganz schön beliebt hier«, sagte ich beiläufig.

Marana ließ sich auf den Smalltalk ein. »Wenn man durch den Spreetunnel geht, kann man von dort aus bis nach Rübezahl laufen. Dort gibt es auch den Müggelturm – Ebenfalls ein beliebtes Reiseziel.«

»Dann warst du hier schon mal?«, wollte ich wissen.

»Früher«, antwortete Marana und beendete unseren kurzen Dialog wieder.

Sie sah sich um und runzelte die Stirn. Nur ein paar Meter weiter wurden wir von zwei Leuten, einer Frau und einem Mann, angehalten.

»Wir müssen Sie bitten, mitzukommen«, sagte der Mann.

Die Frau ergänzte kühl:»Es sind nur ein paar Fragen.«

Auch ich hatte Fragen. Diese beiden Menschen – sie waren tatsächlich Menschen, da keine Spur einer Aura an ihnen zu erkennen war – trugen keine Uniform. Polizei konnte ich also ausschließen. Hatte das Ordnungsamt Uniformen? Aber wir hatten den Bauzaun in Schöneweide bewegt, nicht in Friedrichshagen. Verfolgten die das so streng? Oder ging es um den Vorfall mit dem Jungen im Forum Köpenick?

»Einverstanden«, erwiderte Marana kühl. Die Auraschwaden um sie herum lagen entspannt an.

»Dann hier entlang, bitte«, forderte uns die Frau auf und brachte uns zu einem auffällig unauffällig aussehenden Auto.

Weder am Nummernschild noch an den Fahrertüren fand ich einen Hinweis auf die beiden Fremden. Der silberfarbene Viertürer hatte hinten getönte Scheiben, sodass man nicht hineinsehen konnte. Dieses Auto hatte etwas Unheimliches an sich.

Der Mann öffnete die hintere Tür und machte eine Kopfbewegung die unmissverständlich»einsteigen«sagte. Marana ließ mir stumm den Vortritt und ich rückte durch. Es fühlte sich an wie in einem Polizeifilm: Ein massives Gitter trennte die Vordersitze von den Rückbänken. Die Tür knallte zu und die beiden Fremden redeten gedämpft außerhalb des Wagens.

Ich nutzte den kurzen Moment der Ungestörtheit und fragte:»Was soll das jetzt? Wer sind die?«

»Die nennen sich Behörde für dämonische Angelegenheiten. BfdA, ganz formell«, antwortete Marana ruhig.

Also gehörte sie doch nicht zu ihnen? Waren die jetzt sauer, weil sich Marana als eine von denen ausgegeben hatte?

Die Dämonin fand zum Glück noch Worte, die mich beruhigten:»Keine Sorge, ich stehe bereits mit ihnen in Kontakt. Und da du für sie ein Mensch bist, sollten sie dich in Ruhe lassen.«

Na gut, dann hatte Marana wohl alles im Griff. Jetzt musste ich nur noch dafür sorgen, dass ich mich so normal wie möglich verhielt – so menschlich wie möglich. Die Fahrer- und Beifahrertür gingen fast zeitgleich auf, als die Frau und der Mann zu uns in den Wagen stiegen.

»Sollen wir irgendwo vorbeifahren?«, fragte die Frau und nickte in meine Richtung. »Wir können das Mädchen vorher irgendwo auf dem Weg rauslassen.«

»Nicht nötig«, hielt sich die Dämonin kurz. Schweigen.

»Na schön«, gab die Frau schließlich auf und ihr Partner startete das Auto.

Die ganze Fahrt über blieb es still. Da ich in Maranas Aura aber keinen Hinweis für Gefahr oder Anspannung lesen konnte, entspannte ich mich ein wenig. Stumm sah ich aus dem Fenster und erkannte hier und dort Orte wieder. Ging es hier nicht zum Gartencenter? Opa und ich hatten dort jeden Frühling neue Pflanzen für den Vorgarten geholt. Im Herbst war ich dort immer mit Oma, um reduzierte Restposten zu shoppen. Die Erinnerung an den plötzlichen Abschied von meinen Großeltern schlich sich in meinen Kopf. Kein Wort, keine Umarmung. Nichts. Opa hatte die Tür einfach zugemacht, als ob ich nie da gewesen wäre.

Ich linste erneut zu der Dämonin neben mir. Auch sie sah schweigend aus dem Fenster und schien in Gedanken versunken. Ihre Aura war ruhig, sanft fließend. Wie ein sachter Nebel, der jede Anspannung in sich auflöste. Seit wann konnte ich eigentlich Gefühle aus den Auren lesen? Erst die wütende Aura während der Prüfung, dann Maranas fordernde, beängstigende und nun friedliche Aura. Wurden die Auren wirklich zahlreicher oder bildete ich mir das nur ein? Aus dem Auto neben uns an der Ampel bemerkte ich ein ockerfarbenes Wabern. Durch die getönten Scheiben wirkte die Farbe verfälscht, vermutlich war es ein hellerer Gelbton. Fragend sah ich zu Marana, doch sie zeigte keinerlei Reaktion. Zwischen den Menschen entdeckte ich regelmäßig Gestalten, die von einer farbigen Wolke umgeben waren. Mir wurde schlagartig bewusst, dass diese Dämonen für Menschen einfach nur Menschen waren. Ich wurde wirklich besser im Aurensehen, nur konnte ich mich nicht darüber freuen.

Die Behördenleute lenkten das Auto in ein verlassenes Industriegebiet. Es fuhren keine Autos mehr und auch Passanten waren kaum noch zu sehen. Die Geschäfte hier waren geschlossen und würden ihrem Zustand nach zu urteilen auch nicht mehr öffnen. Hier gab es nichts. Mir wurde mulmig zumute. Ohne, dass ich etwas gesagt hatte, änderte sich Maranas Aura und verströmte Sicherheit und Wärme. Ich fühlte mich gleich besser.

»Wir sind da«, kommentierte der Fahrer das nichtssagende graue Gebäude, auf das wir zufuhren.

Es wirkte unfertig. Überall ragten Metallstreben und rohen Beton hervor. Vielleicht war es einer dieser modernen Architektur-Stile? Der Fahrer hielt gerade ein Kärtchen an eine Schranke und suchte schließlich in der Tiefgarage einen Parkplatz. Es gab mehr als genug zur Auswahl. Wir hielten in der Nähe eines Aufgangs, der mit einem grünen Leuchtschild gekennzeichnet war. Marana öffnete, ohne zu warten, die Autotür und stieg aus. Ich wollte auf meiner eigenen Seite aussteigen, scheiterte aber an der Kindersicherung. War Maranas Seite etwa nicht verschlossen gewesen? Etwas unbeholfen rutschte ich auf den anderen Sitz und stieg hinter der Dämonin aus. Der Mann war ebenfalls ausgestiegen und hielt seine Fahrertür wie erstarrt fest. Er schaute unruhig erst zu Maranas offenen Wagentür und dann zur Dämonin. Sein unruhiger Blick verriet, dass er sich ebenfalls fragte, wie sie die Kindersicherung überwunden hatte.

»Nur als Tipp: Dämonen können Angst riechen«, kommentierte die Dämonin den Blick des Mannes.

Konnte das wirklich stimmen? Die Behördenleute sahen sich fragend an. Der Mann wandte sich wortlos ab und übernahm die Führung. Die Frau lief hinter Marana und mir. Wenn das hier wirklich eine Art Amt für Dämonenaktivitäten war, dann wüssten sie sicher auch von Maranas Aktion heute Morgen. Immerhin hatte sie sich als jemand von der BfdA ausgegeben und die Leiche ohne Handschuhe untersucht. Plötzlich fiel mir wieder ein, dass Marana eine Meisterin der Worte war. Ihre Äußerung »Keine Angst, ich stehe mit ihnen in Kontakt« musste also gar nichts Gutes bedeuten! Vielleicht kannten die Leute sie hier schon, weil sie öfter an Tatorten auftauchte? Hielten die Behördenleute sie eventuell sogar für die Mörderin?

Ich sah aus den Augenwinkeln zu Marana, um einen Hinweis aus ihrer Aura zu lesen. Doch die schwarzen Ranken waren eng angelegt und wirkten ruhig. Sie hatte die Situation also unter Kontrolle, nahm ich an. Wir verließen den kahlen Treppenflur und traten durch eine schwere Metalltür. Die Gänge wirkten wie in jedem x-beliebigen Bürogebäude: grauer, nichtssagender Boden, fest verschraubte Metallbänke in den Ecken und Zimmerpflanzen, die längst bessere Tage gesehen hatten. Ich sah und hörte keine Menschen auf den Gängen. Es kam mir merkwürdig vor. Jedes Mal, wenn wir abbogen, spähte ich in die angrenzenden Gänge und suchte nach Menschen. Doch alle Türen waren geschlossen und ließen, sofern sich dahinter Menschen verbargen, keine Geräusche durch. Arbeitete hier überhaupt jemand? War das hier eine Falle? Marana blieb ruhig und ich orientierte mich an ihr.

»Einen Moment, bitte«, sagte die Frau, bevor sie an die Tür klopfte. Sie verschwand kurz im Raum und kam fast sofort wieder heraus.

»Sie werden bereits erwartet«, erklärte die Frau und trat von der offenen Tür zurück.

Der Mann musterte uns misstrauisch, während wir den Raum betraten.

Er schloss die Tür hinter uns, rief jedoch: »Sagen Sie Bescheid, wenn etwas ist. Wir sind direkt vor der Tür.«

»Das wird nicht nötig sein«, erklang eine freundliche Frauenstimme vom anderen Ende des Raumes.

Sie gehörte einer ebenso freundlich lächelnden Frau mit gelockten Haaren. War sie die Leiterin? Mit dem grauen Kunststoff-Schreibtisch und den in die Jahre gekommenen Aktenschränken erinnerte mich der Raum an das Schulleiter-Büro meiner Schule.

Die Frau fragte: »Kann ich Ihnen etwas anbieten? Kekse? Einen Kaffee? Mir ist bewusst, dass Sie als nachtaktive Rasse tagsüber mit Müdigkeit geschlagen sind.«

Die Frau verwirrte mich: Erst redete sie über Kekse, dann über Rassen. Ihr altmodischer Kleidungsstil und ihre hohe Stimme ähnelten meiner damaligen Kindergärtnerin. Nur, dass die nie über Dämonen geredet hatte.

»Und wer bist du?«, fragte die blonde Frau mich direkt.

Marana kam mir zuvor: »Das ist Kendra.«

Schweigen. Ich bemerkte, dass Marana nie Nachnamen nannte. Die Behördenfrau machte keine Anstalten etwas zu sagen, lächelte aber unverändert in meine Richtung. Sollte ich etwas sagen?

Marana durchbrach die Stille: »Ich war mit ihr unterwegs, als Ihre Leute uns aufgelauert haben.«

Jetzt sah die Frau endlich zur Dämonin und nicht mehr zu mir.

»Nicht doch. Sicher, die Streifen sind manchmal etwas grob, aber das liegt daran, dass sie noch unbeholfen sind. Wir alle sind das gewissermaßen. Aber niemand lauert hier irgendjemandem auf«, versicherte sie uns und bot uns erst jetzt einen Platz an.

»Und doch sind wir hier«, kommentierte Marana die Situation kühl, setzte sich aber auf einen der beiden Schalenstühle.

Die Frau ignorierte sie und wandte sich nochmal an mich: »Kekse? Nein?«

Ich schüttelte den Kopf und ließ mich auf den Stuhl sinken. Meinen Rucksack stellte ich zwischen meine Beine. Die Frau legte beide Hände auf den Tisch und verschränkte die Finger ineinander.

»Na schön, kommen wir doch gleich zur Sache. Können Sie uns schon eine Rückmeldung bezüglich der laufenden Anfrage geben?«, eröffnete sie das Gespräch.

Innerlich seufzte ich. Erst ein Dämonen-Wortduell, jetzt auch noch Behördensprache. Dennoch versuchte ich, dem Gespräch zu folgen. Scheinbar erfuhr ich nur so etwas über die Dämonin, mit der ich nun notgedrungen die nächste Zeit verbringen würde.

»Ja«, antwortete Marana.

Begeistert unterbracht die Frau: »Hervorragend! Das sind erfreuliche Nachrichten! Somit hätten wir unsere erste Mensch-Dämonen-Einheit! Ich kann es kaum erwarten, Herrn Glitzenho... «

»Stopp.« Mit einem einzigen Wort brachte Marana die Frau abrupt zum Verstummen. »Ja, ich kann Ihnen eine Rückmeldung geben. Und nein, ich werde Ihrer Einheit nicht beitreten.«

Das Lächeln der Behördenfrau schwankte unentschlossen, als würde es nicht wissen, ob es bleiben oder verschwinden sollte.

»Aber ich verstehe das nicht. Sie arbeiten doch ohnehin an dem aktuellen Fall. Uns wurde heute Morgen gemeldet, dass Sie erneut an einem der Tatorte waren. Warum also nicht zusammen ermitteln?« Die Frau blieb hartnäckig und lieferte sofort Argumente für diese Mensch-Dämonen-Einheit: »Sie hätten hier die neueste Technik, ein eigenes Büro, Ihnen stünde selbstverständlich ein Diensttelefon zu und Sie könnten auch Haustiere mit ins Büro bringen.«

Die Frau hielt kurz inne und fügte dann noch hinzu:»Sie als Sanguiniker erhalten natürlich außerdem regelmäßige Blutrationen aus unserer Blutbank. Ganz auf Ihre natürlichen Bedürfnisse zugeschnitten.«

Was bedeutete Sanguiniker? War das Maranas Dämonen-Art? Schon wieder eine Frage, die ich mir merken musste.

»Nein, ich bleibe dabei«, ließ sich Marana nicht auf das Angebot ein.

Unser Gegenüber besaß jedoch eine Kämpfernatur und blieb hartnäckig:»Sie haben eine wichtige Rolle in der Dämonengesellschaft. Sie könnten ein wichtiges Zeichen in dieser Zeit voller Herausforderungen setzen! Es gibt nicht viele Dämonen, die das Zusammenleben mit Menschen befürworten. Ich bitte Sie, denken Sie noch einmal darüber nach: Diese Welt befindet sich im Umbruch und Sie könnten eine erhebliche Rolle spielen!«

Maranas Aura zuckte jetzt wie die nervösen Schwänze aufgebrachter Katzen.

Die Dämonin ließ sich Zeit mit ihrer Antwort und wählte Ihre Worte wie immer äußerst sorgfältig:»Ja, ich spiele eine wichtige Rolle in der Dämonengesellschaft. Aber ich setze auch ohne Ihre Einheit genug Zeichen für ein harmonisches Zusammenleben von Menschen und Dämonen. Und Sie irren sich. Es gibt viele Dämonen, die ein Zusammenleben nicht nur befürworten, sondern bereits harmonisch mit Menschen koexistieren.«

Die Behördenfrau griff Maranas letzten Satz auf:»Und wo sind dann bitte diese Dämonen? Wir haben Plakate aufgehangen und deutschlandweite Aufrufe gestartet. Das Gehalt ist überdurchschnittlich hoch, die nötige Einarbeitung wird gewährleistet und die Prämien sind auf die speziellen Bedürfnisse zugeschnitten. Und es gibt bisher unterdurchschnittlich viele Anmeldungen für eine gemischte Einheit.«

Marana massierte sich die Schläfen, bevor sie ruhig antwortete: »Das Problem ist die Registrierung. Die Geschichte zeigt, dass die Kennzeichnung von Bevölkerungsgruppen oft Vorboten für Slums oder Schlimmeres war. Denken Sie nur an die Juden.«

»Das kann man nicht vergleichen!«, empörte sich die Frau und stemmte die Hände in die Seite.

»Und doch ist das Muster dasselbe«, beharrte Marana auf ihrer Meinung.

»Deutschland hat aus diesem dunklen Kapitel der Geschichte gelernt. Es wird keine neuen Lager oder etwas dergleichen geben. Unser Ziel ist ein friedliches Zusammenleben. Teilen Sie diese Vision, sollten Sie aktiv an ihrer Verwirklichung mitarbeiten.«, ließ die Behördenfrau nicht locker.

»Haben Sie schon Hinweise zu den Tathergängen finden können?«, wechselte Marana schlagartig das Thema.

Der Behördenfrau gefiel der plötzliche Wechsel nicht, denn sie runzelte die Stirn.

Trotzdem antwortete sie: »Bisher gibt es noch kein Täterprofil, wenn Sie das meinen. Die örtliche Polizei hat keinerlei Spur und auch wir stehen quasi bei null. Aber mit jemandem aus der Dämonengesellschaft hätten wir eine realistische Chance, den Täter aufzuspüren.«

Sie hatte ihre Bitte praktischerweise in die Antwort gepackt. Maranas Aura hing wie erschlafftes Seegras in der Luft – sie hatte genug von dieser Diskussion.

»Dann gehen Sie bereits davon aus, dass der oder die Täter dämonisch sind?«, fragte Marana, schien aber keine Antwort zu erwarten, denn sie stand bereits vom Stuhl auf.

Ich tat es ihr gleich und setzte meinen Rucksack wieder auf.

»Üblicherweise stirbt niemand von einer Tätowierung«, verteidigte sich die Behördenfrau und erhob sich ebenfalls. »Sie haben die Erfahrung und das Wissen. Sie könnten einen wertvollen Beitrag zur Lösung dieses Falls beitragen. Aber Ihre Entscheidung steht wohl fest. Schade.« Ihr freundlicher Ton und ihr Lächeln waren verschwunden. Die Dämonin wandte sich zum Gehen, hielt an der Tür aber inne.

»Ich werde nicht nur zur Lösung dieses Falles *beitragen*, ich werde ihn *lösen*. Guten Tag«, versprach Marana und öffnete die Tür.

Sie ließ mir den Vortritt. Die Frau und der Mann, die uns hierhergefahren hatten, sprangen fast synchron von den Stühlen im Gang auf und beäugten uns genau.

»Alles in Ordnung?«, fragte der Mann in den Raum hinein und nickte seiner Partnerin daraufhin zu.

»Wir gehen jetzt«, stellte Marana klar und drehte allen Anwesenden den Rücken zu.

»Auf Wiedersehen«, murmelte ich und folgte ihr schnell.

Zum Glück hatte sie sich den Weg gemerkt, denn für mich sah hier alles gleich aus.

»Achte mehr auf deine Worte«, sagte meine Begleiterin in gedämpften Ton zu mir.

»Ich hab doch nur Tschüss gesagt?«, zuckte ich die Schultern. »Hätte ich auch ›Guten Tag‹ sagen sollen? Aber das ist doch eine Begrüßung?«

Ich wusste wirklich nicht, was ich dieses Mal falsch gemacht hatte.

»Du hast *Auf Wiedersehen* gesagt. Das bedeutet, dass du ein Wiedersehen mit diesen Leuten nicht ausschließt. Das könnten sie positiv auffassen und auf eine Zusammenarbeit mit dir hoffen. Andererseits könnten sie es auch als Drohung auffassen. Das lässt zu viel Interpretationsspielraum«, erklärte mir die Dämonin ausführlich.

»Ist das wirklich so kompliziert? Muss ich jetzt bei allen Sachen penibel auf meine Wortwahl achten?«, fragte ich genervt. Wir bogen ins Treppenhaus ab und erreichten kurz darauf die Tiefgarage, in der wir angekommen waren.

»Noch nicht. Aber eines Tages wirst du verstehen, dass eine präzise Wortwahl, wie du es nennst, dir das Leben retten kann«, entgegnete Marana schließlich.

Ihr Handy vibrierte, obwohl wir in einer Tiefgarage waren. Ohne mit der Wimper zu zucken klappte sie es auf und begann das Gespräch mit ihrem gewohnten »Hm?«. Der Empfang schien jedoch nicht optimal zu sein, denn sie hielt das Handy über ihren Kopf und drückte wahllos auf die Tasten. Plötzlich hörte ich eine Frauenstimme aus dem alten Lautsprecher des Telefons schallen.

»Hörst du mir zu? Ich bin am Flughafen!«, klang die Frau am anderen Ende gestresst.

»Ich höre dich. Du bist ganz laut«, erwiderte Marana und hielt das Klapphandy nun weit von ihrem Ohr weg.

»Hörst du mich jetzt? Ich bin am Flughafen und nehme das nächste … ah! Da ist eins!«, unterbrach sich die Anruferin abrupt.

Im Hintergrund hörte man eine Männerstimme schimpfen: »Nein, das ist mein Taxi. Steigen Sie aus, ich habe es gerufen! My Taxi!«

Die Frauenstimme lachte abfällig und forderte den Fahrer auf: »Fahren Sie los, Sie bekommen das Dreifache.«

Ein Motor brummte und der schimpfende Mann war nicht mehr zu hören.

»Wo waren wir? Ah, ja. Ich bin unterwegs. Treffen wir uns vor dem Hotel? Die Adresse hab ich dir per SMS geschickt«, sagte die unbekannte Stimme aus dem Handylautsprecher.

»Eliza, bitte errege keine unnötige Aufmerksamkeit«, seufzte Marana.

»Ich doch nicht«, antwortete diese Eliza fröhlich.

»Stiehl keine Taxen und bezahle den Fahrer bitte nachher auch«, redete die Dämonin wie mit einem Kind. Dann sagte sie etwas in einer mir unbekannten Sprache. War das wieder Serbisch? Die Frau antwortete in der gleichen Sprache, offenbar belustigt.

Als Marana das Handy zusammenklappte, seufzte sie erneut.

»Eliza?«, fragte ich. »Ist sie eine Freundin? Ist sie auch eine Dämonin?«

»Sie ist eine Vampirin. Sie wird dich später genauer unter die Lupe nehmen. Wir müssen jetzt zum Hotel. Sie wird bald dort sein und ich möchte nicht, dass sie allein ankommt«, erklärte Marana, ohne zu verraten, warum sie es vermied, später dort zu sein.

Erst Nikola, jetzt diese Frau. Marana kannte gleich zwei Vampire. Ich ermahnte mich, vorsichtig zu bleiben.

Wir verließen die Tiefgarage, liefen eine Weile im Gewerbegebiet entlang und trafen schließlich auf eine Straßenbahnlinie. Marana musterte den Fahrtenplan und verglich ihn mit dem Tramnetz auf der Rückseite. Dann holte sie ihr Handy wieder aus der Manteltasche und rief jemanden an.

»Ich bin's. Wie komme ich von hier zum Köpenicker Hexahotel?«, fragte sie in den Hörer.

Kurz darauf sagte sie: »Ich weiß nicht, wer diese Siri ist. Antworte einfach.«

Marana sprach vermutlich mit Nikola, der wie eine Mischung aus Techniker und Mädchen für alles wirkte. Eine Weile herrschte Stille, dann beendete sie das Gespräch mit einem nichtssagenden »Hm« und legte auf.

»Wir müssen später zwar ein Stück laufen, aber die nächste Tram können wir nehmen.«

»Was hat es eigentlich mit deinem ›Hm‹ auf sich?«, fragte ich Marana, während wir allein an der Haltestelle standen.

»Es ist unverbindlich«, erwiderte sie knapp.

»Guten Morgen oder guten Tag wäre auch unverbindlich«, konterte ich.

Marana griff wieder nach ihrem Handy und murmelte ihr »Hm« in den Hörer. Offenbar hatte ich das Vibrieren diesmal überhört. Dann hielt sie mir das Gerät hin und sagte: »Für dich.«

Wer rief auf ihrem Handy für mich an? Konnten es meine Großeltern sein?

»Ja?«, fragte ich in den Hörer, doch es kam keine Antwort.

Ich hörte gar nichts. Marana streckte die Hand aus und ich gab ihr das Handy zurück.

»Da war niemand«, sagte ich leicht enttäuscht.

»Wenn am anderen Ende jemand gefragt hätte, ob du dich bedingungslos in seine Dienste stellen willst, hättest du dich mit deiner unbedachten Antwort bereits beschwören lassen«, belehrte mich Marana.

Ich verstand kein Wort.

»Was für Dienste? Beschwören wie in ›einen Geist beschwören‹?«, fragte ich verwirrt.

»Man kann keine Toten beschwören, aber Dämonen. Wenn das geschieht, wirst du durch ein Band an deinen Herren oder deine Herrin gebunden, bis es gelöst wird«, erklärte Marana und hinterließ noch mehr Fragen.

»Aber muss man dafür nicht Zauberer oder Magier sein? Nicht jeder kann einfach Dämonen beschwören, oder?«, fragte ich unsicher.

Auf einmal hoffte ich, dass ich nie von irgendwem beschworen oder gebunden wurde. Es klang unheimlich und auf die Art der Dienste war meine Begleiterin nicht eingegangen, vermutlich ganz bewusst nicht.

»Im Grunde kann es jeder lernen«, fiel Maranas Antwort überraschend aus.

Sie setzte sich in Bewegung, als eine Straßenbahn einfuhr und ich tat es ihr nach. Zielstrebig steuerte sie auf den Fahrkartenautomaten zu und kaufte zwei neue Tickets. Sie hatte sich sogar gemerkt, welche Tasten ich vorhin gedrückt hatte und bezahlte gerade.

»Sind unsere schon abgelaufen?«, fragte ich. »Es sind doch noch nicht zwei Stunden um, oder doch?«

Hatte das Treffen in Schöneweide und der Aufenthalt in der Behörde wirklich so lange gedauert? Ich hatte kein Gefühl für die Zeit, die vergangen war.

»Es spielt keine Rolle«, verfiel die Dämonin wieder in ihre kurzen Sätze.

Ihre Arten zu reden, unterschieden sich wirklich stark voneinander. Es schien, als hätte sie für jede Situation ein anderes Auftreten. Noch immer wusste ich nicht, wer diese Frau wirklich war. Sie war eine Freundin meiner Mutter gewesen, also konnte sie nicht böse sein. Und obwohl sie wissen musste, dass mein Vater, ein Vampir, sie getötet hatte, war sie mit gleich zwei Dämonen dieser Sorte befreundet. Kannten Dämonen überhaupt die Bedeutung von Freundschaft? Es fiel mir schwer, mir vorzustellen, wie jemand mit einer so wortkargen und einzelgängerischen Person befreundet sein konnte.

Unsere Straßenbahn war deutlich voller als heute Morgen, sodass wir keinen Sitzplatz mehr ergattern konnten. Zwischen den Menschenmengen blitzten vereinzelt rot-weiße Schals und Trikots vom FC Union auf.

»Oh, heute ist wohl wieder ein Spiel«, flüsterte ich Marana zu und deutete auf die Fans.

Wir hatten uns ans Ende des Waggons gestellt und konnten durch die ganze Tram gucken.

»Hm«, entgegnete sie nur monoton.

Sie schenkte den Fußballfans keine Beachtung, ich hingegen ließ meinen Blick schweifen und bemerkte, wie ich nach Auren

Ausschau hielt. Maquin Fischers Aura hatte ein kräftiges Blau gehabt, das sich deutlich von den bläulichen Auren der anderen Dämonen im Tunnel abgehoben hatte. Und die Augen … auf der Straße würde er sicher sofort alle Blicke auf sich ziehen. Ich dachte an den Jungen aus dem Bus zurück. Damals hatte er seine Augen nicht versteckt, so wie zum Beispiel Marana die ganze Zeit. Trug Maquin, wenn er unterwegs war, etwa auch eine Sonnenbrille, oder ließ er Menschen seine Augen sehen?

In der Bahn entdeckte ich keine Auren, fühlte mich aber irgendwie beobachtet. Die Fußballfans um uns herum verstummten und warfen immer wieder verstohlene Blicke in unsere Richtung. Beziehungsweise galten ihre Blicke eher Marana. Mit ihrem komplett schwarzen Outfit und der antiken Sonnenbrille war ihr dämonisches Erscheinungsbild unverkennbar. Zum Glück sprach uns keiner von den Fans darauf an. Zwar stießen sie sich gegenseitig neckend mit dem Ellenbogen an und lachten verstohlen, aber direkt an uns wandten sie sich nicht.

»Nixenstraße«, verkündete die Ansage gerade.

Ich wurde hellhörig und versuchte, mir die Bedeutung des Straßennamens zusammenzureimen. Gab es tatsächlich echte Nixen? Oder waren es in Wahrheit eigentlich Dämonen, die nur so aussahen wie Fische? Ich behielt die Frage für später im Hinterkopf und ging im Geiste meine offenen Fragen durch. Natürlich hatte ich einige von ihnen vergessen. Da waren die Fragen zu den Farben der Auren und den Augenfarben. Dann wollte ich mehr über die Bedeutung von Maquin als D'Schar von Berlin erfahren. Was hatte es mit dem Gespräch über »sein Gebiet« und der »Aufenthaltserlaubnis« auf sich? Und diese Behördenfrau hatte auch viele Fragen aufgeworfen. Ich strengte mich an, doch bekam nicht mehr alle zusammen.

Was soll's. Am wichtigsten war nur eine Frage: »Was an mir war anders?« Was hatte Maquin gemeint, als er sagte, er hätte ›so etwas‹ noch nie gesehen? Alle anderen Fragen waren zweitrangig.

Wir stiegen an der großen Kreuzung aus, an der wir heute Morgen schon gewesen waren und liefen am Wasser entlang in die malerische Altstadt von Köpenick. Marana sah zur Uhr vom Rathaus und legte an Tempo zu. Das rote Backsteingebäude war gerade Ort einer Hochzeit. Am Eingang stand das Brautpaar, umgeben von den strahlenden Gästen. Vier Kinder warfen Blütenblätter und lachten. Ich konnte nicht stehenbleiben, um mehr zu sehen.

»Haben wir es eilig?«, fragte ich verwundert und versuchte, mit ihrem Tempo Schritt zu halten.

Alle Fragen ohne Bezug zu Dämonen hatte Marana bisher zumindest mit einer kurzen Antwort gewürdigt.

»Beeil dich einfach etwas«, entgegnete sie ohne eine genauere Erklärung.

Also folgte ich ihr schweigend und stellte mir vor, wie diese Frau vom Telefonat, Eliza, sein würde. Sie schien von der Art her anders als Marana zu sein. Möglicherweise hatte sie mehr Antworten für mich? Hauptsache ich lernte, wie ich aggressiven Aurawolken aus dem Weg ging. Vielleicht kannte diese Frau auch noch andere Tricks?

Wir ließen gerade das Schloss Köpenick hinter uns und überquerten die nächste Brücke. Hier fuhren Motorboote neben kleinen Tretbooten und in der Ferne entdeckte ich ein Partyfloß. Ich hatte schon fast vergessen, dass es in Berlin so viel Wasser gab. Der Schriftzug unseres Hotels ließ sich bereits von der Brücke aus lesen, denn wir waren nur noch wenige Schritte entfernt.

»Gibt's noch irgendetwas, worauf ich gleich achten muss?«, fragte ich sicherheitshalber und erwartete so etwas wie die Aufgaben am S-Bahnhof Schöneweide.

Aber Marana wirkte abgelenkt und murmelte nur: »Sei einfach höflich.«

Ich zuckte die Schultern und sagte nur: »Ok.«

Vor dem Hotel standen einige Menschen herum. Die meisten rauchten oder telefonierten. Einer der Raucher hatte eine rotorange Aura, die bei unserem Näherkommen wie Blitze aufleuchtete. Genau so hatte die Wolke während meiner Prüfung ausgesehen! Also war dieser Dämon so wie Jonas? Ich musste unbedingt Marana fragen, wie gefährlich diese Dämonen mit roten Auren waren und wie man sich gegen sie wehrte. Marana ließ derweil einen schwarzen Auranebel los, der die rötliche Aura des Mannes nur kurz berührte. Er blinzelte und zog seine Aura hastig zurück. Die Zigarette fiel ihm aus der Hand, bevor er seinen Trolley nahm und schnellen Schrittes in die entgegengesetzte Richtung verschwand. Marana wusste genau, wie man Dämonen und Menschen auf Abstand hielt. Vielleicht brauchte ich selbst eine schwarze Aura.

Wir traten durch die große Glastür des Hotels. Maranas Blick glitt über die Hotelgäste, bis er an einer bestimmten Person hängenblieb. Auch ohne ihre dominante Aura hätte ich sofort erkannt, wer Eliza war. Sie stach aus der Menge heraus wie eine leuchtende Flamme. In einem der Leder-Loungesessel saß eine rothaarige Frau von atemberaubender Schönheit, gekleidet in ein elegantes, knallrotes Kleid. Die Blicke aller Gäste, egal ob sie gerade ankamen oder abreisten, hafteten an ihr. Und Eliza genoss es. Bei ihrem Anblick musste ich schlucken. Sie erhob sich und schritt uns entgegen, ignorierte dabei einen Mann, der gerade versucht hatte, sie anzusprechen und begrüßte stattdessen Marana.

»Endlich sehen wir uns wieder«, sagte sie mit einem strahlenden Lächeln. Selbst ihre Stimme war melodisch und angenehm. War sie wirklich die gleiche Dämonenart, wie mein Vater? Ich konnte es mir nicht vorstellen.

»Eliza, Kendra. Kendra, Eliza«, stellte uns Marana nüchtern vor. Jedoch fügte sie leise und mit einem bedrohlichen Unterton hinzu:»Kendra steht unter meinem Schutz.«

Die Rothaarige seufzte theatralisch:»Hältst du das wirklich für nötig? Ich bin gekränkt.«

Ihre dunkelviolette Aura schmiegte sich wie eine schützende Hülle um Marana, obwohl die Vampirin physisch einen guten Meter von ihr entfernt stand. Marana ließ diese Aura-Umarmung ohne Kommentar geschehen.

»Hast du schon ein Zimmer besorgt?«, lenkte Marana kühl vom Thema ab.

Eliza zog eine Schlüsselkarte aus ihrem Koffer und sagte:»Sechster Stock. Premium.«

Selbstbewusst übernahm Eliza die Führung. Noch immer zog sie alle Blicke auf sich.

An den Fahrstühlen meinte Marana plötzlich:»Ich nehme die Treppen. Kendra?«

Verwirrt und überrascht blickte ich zu der Dämonin. Hinter mir gab einer der zwei Fahrstühle ein ›Pling‹ von sich.

»*Ich* werde den Aufzug nehmen«, merkte die Rothaarige an. »Kendra?«

Ich musterte ihre Aura, doch die dunkelvioletten Schwaden wirkten nicht bedrohlich.

»Sechs Etagen sind mir zu viel«, gab ich zu und trat zu der anderen Dämonin in den Fahrstuhl.

Sie lächelte und winkte Marana, als sich die Tür des Aufzugs schloss.

»Also, Kendra«, eröffnete die Frau sogleich ein Gespräch. »Wie lange gedenkst du bei Mara zu bleiben?«

»Äh, ich weiß nicht«, antwortete ich ehrlich.»So lange bis ich weiß, wie man als Dämon unter Menschen leben kann?«

Einen genauen Zeitraum hatten weder Marana noch ich bisher festgelegt. Von meinen Großeltern mal ganz zu schweigen.

»Aber du hast doch bisher bei Menschen gelebt, oder nicht? Wo genau liegt jetzt das Problem?«, fragte sie.

Die Frage brachte mich aus dem Konzept, daher erklärte ich holprig: »Seit Kurzem kann ich Auren sehen – vorher war das nie der Fall. Manchmal sind sie so stark, dass sie mich völlig aus der Bahn werfen. Deshalb kann ich so nicht normal weiterleben, oder? Also nicht wie ein Mensch, meine ich. Das ist nicht rassistisch gemeint.«

»Das ergibt keinen Sinn, meine Kleine«, erkannte die Rothaarige und verließ den Fahrstuhl in unserer Etage.

Marana erwartete uns bereits und fragte mich: »Alles in Ordnung?«

Wie hatte sie so schnell die Treppen nehmen können? Hatten »Sanguiniker« übermenschliche Schnelligkeit?

»Was? Ja, alles ok«, hatte ich fast vergessen zu antworten.

»Wieso?«

Marana blieb mir eine Antwort schuldig und schwieg. Als ich zu Eliza sah, lächelte diese nur verschmitzt. Auch sie hatte spitz zulaufende Eckzähne, die sie nur beim Lachen entblößte. Kaum im Zimmer angekommen, schob Eliza ihren Rollkoffer ins Nebenzimmer und machte es sich auf dem Maxibett am Fenster bequem. Direkt daneben stand ein weiteres Maxibett – im Grunde bestand der gesamte Nebenraum nur aus einer riesigen Bettfläche. Ich sah mich um, entdeckte aber nur eine Miniküche und ein geräumiges Bad.

Marana hatte das Hotelzimmer ebenfalls gemustert und fragte die Rothaarige: »Hat dir Nikola nicht gesagt, dass wir *drei* Betten brauchen?«

Die Vampirin tat, als hätte sie nichts gehört.

»Eliza?«, wurde Maranas Ton ernster.

Ihre schwarze Aura strahlte Macht aus und zuckte wieder wie Katzenschwänze.

Eliza zuckte die Schultern und erklärte:»Wir können ihr doch ein Einzelzimmer irgendwo unten buchen? Es ist schon so lange her, dass wir nur zu zweit …«

»Das war nicht meine Frage«, erinnerte Marana die rothaarige Vampirin und baute ihre Aura weiter auf.

Ich trat einen Schritt zurück, denn die schwarze Masse löste ein mulmiges Gefühl in mir aus. Eben noch hatte sie vor Macht gestrotzt, doch nun wirkte sie bedrohlich und gefährlich. Zögernd wich ich noch weiter zurück, weg von den beiden Frauen.

»Doch, Nikola hat's mir gesagt«, nörgelte Eliza und schob die roten Absatzschuhe von ihren blassen Füßen.

»Hast du meinen Wunsch absichtlich ignoriert?«, fragte Marana und es wurde deutlich, dass sie die Situation zu einem Machtspiel machte.

Sie trat hier noch dominanter auf als im Gespräch mit Maquin. Und schon dort hatte ich ihr Auftreten unheimlich gefunden. Jetzt erhob sich die Vampirin vom Bett und baute auch ihre Aura auf. Dunkelviolette Auraschwaden breiteten sich wie Krakenarme aus und eroberten fast ein Drittel des Schlafzimmers.

Mit Autorität in der Stimme sagte Eliza:»Ich habe Nikolas Empfehlung zur Kenntnis genommen und sie bewusst ignoriert. Außerdem nehme ich von *ihm* keine Befehle entgegen, wie du weißt.«

Als Maranas Aura der violetten Aura der Vampirin näherkam, lenkte die Rothaarige aber ein und fügte nahezu untergeben hinzu:»Er hat es nicht als deinen ausdrücklichen Wunsch definiert. Andernfalls hätte ich dieser Empfehlung natürlich eine ganz andere Priorität zugeteilt.«

Inzwischen stand ich im angrenzenden Raum und beobachtete das Zusammenspiel der beiden Dämoninnen. Fast gleichzeitig zogen die Frauen ihre Auren zurück. Die Spannung, die bis eben in der Luft gelegen hatte, war fast augenblicklich verflogen.

»Ich kann auch das Sofa nehmen«, schlug ich vor und legte meinen Rucksack auf ein weißes Ledersofa.

Für eine Nacht würde das ohne Probleme gehen. Und Marana hatte ja gesagt, dass wir nur übers Wochenende in Köpenick sein würden. Kurz überlegte ich: Hatte sie wirklich ›übers Wochenende in Köpenick‹ gesagt? Oder war es ›in Berlin‹ gewesen? Ich war mir nicht sicher.

»Ich frage nach einem anderen Zimmer«, ging Marana nicht auf meinen Vorschlag ein. Zu Eliza sagte sie erneut: »Kendra steht unter meinem Schutz.«

Dann verließ sie das Zimmer und schloss die Tür ohne ein weiteres Wort hinter sich.

»Sie kann ja so herrisch sein!«, beklagte sich die Vampirin und nahm auf einem Sessel Platz.

Ich setzte mich auf das Sofa und spielte nervös an meinen Fingern.

»Was war das eben?«, fragte ich in der Hoffnung, dass diese Frau gesprächiger war als Marana.

»Ach, das war nur Geplänkel«, tat sie den Vorfall von eben mit einer lässigen Handbewegung ab. »Hierarchien eben.«

Ich wusste nicht, was das bedeutete.

Auch auf die Gefahr hin, zu viel Unwissenheit preiszugeben, fragte ich: »Hierarchien? Gibt es so etwas bei Dämonen?«

Der Frau entglitten kurz die Gesichtszüge, dann fing sie sich wieder und lächelte verschmitzt.

»Oh, ich sehe schon. Wir haben einiges nachzuholen, Kendra«, sagte sie nachdenklich. »Es gibt seit jeher Hierarchien unter den Dämonen. Stell es dir wie eine abgewandelte Nahrungskette vor – die Starken stehen oben, die Schwachen unten.«

»Steht Marana über Ihnen?«, fragte ich.

Das Lächeln der Vampirin erlosch und machte einem zornigen Blick Platz. Erst jetzt fiel mir auf, dass ihre zuvor dunkelbraunen Augen winzige violette Sprenkel hatten, die leicht pulsierten. Unheimlich.

»Du kannst mich duzen«, erklärte die Vampirin und wirkte verärgert.

»Ich wollte nicht unhöflich sein! Ich kenne noch nicht alle Regeln der Dämonengespräche und Hierarchien«, entschuldigte ich mich hastig.

Die Rothaarige behielt ihren Ton vorerst bei: »Du warst nicht unhöflich, aber das verstehst du noch nicht. Hierarchien – Mara steht oben, weit oben. Ich stehe unter ihr, das stimmt.«

»Aber über Nikola«, schlussfolgerte ich aus dem Gespräch von eben.

Sie nickte.

»Üblicherweise erkennen Dämonen auf den ersten Blick, ob ein anderer Dämon über oder unter ihnen steht. Bei Vampiren ist es natürlich etwas komplizierter, aber das brauche ich dir ja nicht zu erzählen«, erklärte sie.

Wieder nahm sie an, dass ich bereits über Vampire Bescheid wüsste.

Um weder als dämonenfeindlich noch als unhöflich rüberzukommen, formulierte ich meine Frage möglichst neutral: »Ich verstehe noch nicht ganz, worauf es für Vampire ankommt. Was meinst du mit kompliziert?« Im letzten Moment konnte ich mir das »Sie« verkneifen.

Die Frau musterte mich erneut. »Wie alt bist du eigentlich, Kendra?«

»Achtzehn. Letzten Monat hatte ich Geburtstag«, antwortete ich.

»Verstehe«, murmelte Eliza. »Das geht ja noch.«

Eliza räusperte sich und begann erneut: »Die Hierarchie ist wie eine Nahrungskette. Große Fische oben, kleine Fische unten. Ganz oben stehen die Akari, ganz unten die … ach, die wirst du schon erkennen. Unter den Akari sind die Umbrae und dann kommen die Vampire. Marana steht über mir und wenn wir einen Umbra treffen, könnte auch er …«

Sie hielt inne und suchte nach den richtigen Worten. Ich hatte den Faden schon längst zwischen all diesen fremden Begriffen verloren. Akari? Umbrae? War das Latein?

Die Frau wählte eine Metapher: »Wenn wir beide an einem Tisch im Restaurant säßen und Marana käme dazu, müssten wir ihr unsere Plätze anbieten und den Tisch räumen. Wenn ein Umbra zu uns käme, wäre es dasselbe. Ein anderer Vampir hingegen würde die Sache verkomplizieren.«

Die braunen Augen der Rothaarigen ruhten auf mir. Die lila Sprenkel waren kaum mehr erkennbar, aber zweifellos noch da. Ich hatte während ihrer Erklärung ab und an genickt.

»Hier die Frage: Nikola stößt zu uns an den Tisch. Wie verhältst du dich, wie verhalte ich mich?«, testete die Rothaarige mich.

Ich überlegte und beantwortete den einfacheren Teil: »Da du über ihm in der Hierarchie stehst, kannst du sitzen bleiben.« Und weil ich mich nicht als vollwertige Vampirin sah, ergänzte ich: »Aber ich müsste aufstehen und ihm Platz machen?«

Eliza grinste.

»Sehr schön, richtig. Jetzt erkläre mir, warum du für Nikola aufstehen würdest«, forderte sie weiter.

»Weil ich keine Aura habe, die funktioniert?«, versuchte ich mich an einer Erklärung.

Würde ich überhaupt eine bekommen? Konnte ich mir die Farbe aussuchen?

»Was funktioniert nicht?«, erklang es hinter mir.

101

Ich zuckte erschrocken zusammen, da ich die Tür gar nicht gehört hatte.

»Alles in Ordnung?«, fragte mich Marana und entlockte der Rothaarigen damit einen Seufzer. Wieder.

»Du übertreibst es, Mara«, teilte sie ihre Meinung offen mit. Auch ich wusste nicht, warum sie mir so häufig die gleiche Frage stellte.

»Alles gut«, antwortete ich betont lässig.

Marana fasste nun das Gespräch mit dem Rezeptionisten kurz zusammen: »Wir bleiben heute Nacht hier, sie bringen uns nachher ein Gästebett hoch.«

»Na dann ist ja alles gut«, sagte Eliza und erzählte von ihren Plänen. »Kendra könnte ein bisschen Unterricht von einer erfahrenen Vampirin gebrauchen. Und zufällig stehe ich zur Verfügung. Ich könnte sie in die Bibliothek begleiten und dort unterrichten, während du in Ruhe deine Recherchen vorantreibst. Was sagst du? Klingt doch gut, oder?«

Der Plan gefiel mir, auch wenn ich mich dabei ziemlich egoistisch fühlte. War mein Verlangen, mehr über Vampire und meine neue dämonische Seite zu erfahren, wirklich so groß, dass ich Marana allein auf die Suche nach dem Tattoo-Mörder schickte? Fast ärgerlich stellte ich fest, dass meine innere Stimme die Frage sofort bejahte. Andererseits war ich für sie ohnehin nur ein Klotz am Bein. Die Entscheidung war für mich schnell getroffen. Doch Marana schien länger zu brauchen.

Sie begann plötzlich, mit ihrer Hand komplexe Muster in die Luft zu zeichnen. Ich hielt den Atem an und erwartete etwas Magisches – vielleicht ein schimmerndes Portal oder ein mystisches Buch, das aus dem Nichts auftauchte. Doch nichts geschah.

Hinter mir fauchte Eliza und wiederholte mit zusammengebissenen Zähnen: »Du. Übertreibst.«

Ich sah zu Marana und dann zu ihrer Freundin. Keine der beiden erklärte mir die aktuelle Situation.

»Wir werden gemeinsam gehen«, erklärte Marana und deutete auf meinen Rucksack. »Hast du da auch ein Notizbuch drin?«

Ich schüttelte den Kopf.

»Dann kannst du ihn hier lassen«, sagte sie und warf Eliza einen fragenden Blick zu. »Können wir los?«

»Ich ziehe mich nur kurz um«, antwortete die Rothaarige, während sie die Träger ihres Kleides von den Schultern schob. Schnell sah ich weg, als das Kleid lautlos zu Boden glitt.

»Liza«, sagte Marana resigniert und schloss die Tür zum Schlafzimmer einen Spalt.

»Wir sind gleich so weit«, entschuldigte sie sich bei mir und schloss die Tür schließlich ganz.

Kapitel 5
Crashkurs in Dämonenkunde

Als kleines Mädchen verschlang ich damals jegliche Bücher über Zauber-Internate und Pferdehöfe, auf denen es übernatürliche Fälle zu klären gab. Was sie alle gemeinsam hatten: Die Hauptfigur verließ ihre gewohnte Umgebung und musste neue Freunde finden, hatte mit Heimweh zu kämpfen und wuchs letztendlich zu einer reiferen Person mit neuen Erfahrungen heran. Ich flehte meine Großeltern an, mich auf ein magisches Internat mit Privatlehrern zu schicken - am liebsten eines mit Pferden. Sie lehnten ab.

Wenn ich an meine erste Zeit als frische Dämonin zurückdenke, sehe ich Gemeinsamkeiten zu diesen Kinderbüchern. Heimweh, eine mysteriöse Mordserie und vampirische Privatlehrer. Noch heute habe ich dank meiner Ausbildung bei Mara und Eliza einen nicht unbedeutenden Ruf in der Dämonengesellschaft - und das ist äußerst wichtig, wenn man sich so viele Freiheiten nehmen möchte, wie ich.

Wenn mich heute jemand nach dieser Zeit fragt, lächle ich nur geheimnisvoll und schweige. Eliza und auch Mara haben ihren eigenen Ruf, den ich durch meine Erzählungen schädigen könnte.

Da weder Eliza noch Mara Fantasy-Bücher lesen und diese Zeilen sie hoffentlich nie erreichen werden, kann ich euch hier zumindest so viel sagen: Mara war eine geduldige Lehrerin, mit der ich oft mehrere Stunden in Bibliotheken verbracht habe. Schweigend, versteht sich. Eliza war das genaue Gegenteil. Wenn ich nicht unter Maras Schutz gestanden hätte, wäre ich in ihrem Unterricht vermutlich ums Leben gekommen. Nein, ich wäre *ganz sicher* ums Leben gekommen.

Die Mittelpunktbibliothek in Köpenick hatte nur noch zwei Stunden geöffnet. Marana stürzte sich sofort in die Arbeit und ließ Eliza und mich im Lernraum zurück.

»Wenn du jetzt noch ein Wort sagst!«, warnte Eliza und warf Marana einen scharfen Blick zu.

Marana verließ schließlich den abgetrennten Bereich und verschwand zwischen den Bücherregalen.

»Immer dieses Theater!«, schimpfte Eliza, als sie meinen fragenden Blick auffing. »Sie ist nachtragend wegen einer alten Geschichte, aber das ist lange her. Machen wir weiter. Restaurant? Hierarchie? Du gibst Nikola den Vortritt, weil …?«

Die Rothaarige ließ mir keine Chance, nach der Sache aus der Vergangenheit zu fragen. Ich behielt es aber im Hinterkopf und sammelte meine Gedanken zu der Metapher von vorhin.

»Ist seine Aura stärker als die, die ich bekommen werde?«, fragte ich zögernd.

»Hast du seine Aura schon gesehen?«, fragte Eliza.

Als ich verneinte, grinste sie wissend. Sie wartete meine nächste Antwort ab.

»Ich mache ihm Platz, weil er älter ist?«, versuchte ich es erneut.

Hoffentlich war das Thema Alter bei Vampiren kein Tabu. Eliza nickte und ich entspannte mich wieder.

»Er ist älter als du, richtig. Daher war deine Reaktion völlig richtig. Dämonen können von Geburt an instinktiv Auren lesen und deuten, aber du wirst alles neu lernen müssen, weil du als Mensch geboren wurdest. Und du hast wirklich keinerlei Vorbildung?«

Eliza seufzte, als ich den Kopf schüttelte und griff nach meinem Notizbuch. Marana hatte es in einem Kiosk für mich gekauft. Dort kritzelte Eliza jetzt ein Diagramm hinein. »Ganz oben die Akari. Dann die Umbrae, dann Vampire«, erläuterte sie, während sie schrieb.

Die Linie neben dem Wort Akari begann ganz oben auf der Seite und verlief circa fünf Zentimeter nach unten. Die Linie neben dem Wort Umbrae begann im letzten unteren Zentimeter der Akari-Linie und zog sich dann ihrerseits wieder knapp fünf Zentimeter nach unten. Eliza wiederholte den Schritt mit dem Wort Vampire und hielt dann inne.

»Hierarchien sind meist eine klare Sache, aber es kommt auch ab und an zu Problemen. Ein Umbra steht in der Hierarchie üblicherweise über uns. Aber ein sehr mächtiger Vampir kann einen schwachen Umbra durchaus übertrumpfen«, erklärte Eliza und tippte mit der Spitze des Kugelschreibers auf die Bereiche, in denen sich die einzelnen Linien überschnitten.

»Wo genau stehen Dämonen mit blauer Aura? In Schöneweide gab es gleich mehrere davon«, fragte ich.

Eliza überlegte einen Moment, dann erst antwortete sie: »Du meinst vermutlich Sinine? Das sind Wasserdämonen. Die stehen irgendwo unter uns. In etwa hier.«

Sie ergänzte auf der Skizze einen Strich und schrieb »Sinine« daran.

»Sie sind schwächer als Vampire, allerdings sind sie Schwarmdämonen und umso stärker, je mehr von ihnen sich zusammentun.«

Ich nickte und konnte mir nach und nach ein erstes Bild von der Dämonengesellschaft machen.

Die Vampirin wirkte zufrieden und fuhr fort: »Neben dem Alter ist das Auftreten das wichtigste Kriterium, um in der vampirischen Hierarchie aufzusteigen. Je mächtiger dein Ruf, desto höher steigst du auf.«

»Was für einen Ruf?«, fragte ich. »Sowas wie Promis?«

Eliza nickte und erklärte: »Genau. Nehmen wir Nikola als Beispiel. Er war ein Erfinder, wenn auch zu Lebzeiten wenig erfolgreich. Als Vampir konnte er seine Arbeit jedoch fortsetzen. Heute kennt man seinen Namen noch immer – sowohl bei Menschen als auch bei Vampiren.«

Ich schwieg, denn ich konnte mit Nikola nichts anfangen. Ich kannte Einstein aus der Schule. Aber Nikola?

»Nikola Tesla?«, fragte Eliza mit einem belustigten Grinsen, bevor sie in schallendes Gelächter ausbrach.

Ich wurde rot und befürchtete, man könnte ihr Lachen in der ganzen Bibliothek hören. Als sie sich wieder gefangen hatte, standen ihr Tränen in den Augen.

»Köstlich. Das erzähle ich ihm bei Gelegenheit«, sagte sie und brachte mich in Verlegenheit.

»Ich wollte nicht unhöflich sein«, entschuldigte ich mich.

Doch die Vampirin führte bereits ein neues Beispiel an: »Vielleicht sollte ich ein prominenteres Beispiel nehmen. Sagen wir … die Blutgräfin. Ist sie dir ein Begriff?«

»Ja!«, antwortete ich erleichtert und zählte einige Dinge auf, die ich noch aus Büchern und einigen Filmen im Gedächtnis hatte. »Sie hat im Blut von Jungfrauen gebadet und war wunderschön. Und sie war eine Herrscherin, weil ihr Mann im Krieg gefallen war – eine mächtige Frau. War sie eine echte Vampirin?«

Ich hatte Geschichtsunterricht nie viel abgewinnen können, aber dieser hier machte Spaß. Es fühlte sich wie die wahre Geschichte an, die nur Dämonen wirklich kannten.

Eliza lächelte, wollte aber noch eine Sache wissen: »Und? Kennst du ihren Namen?«

Ich musste nicht lange überlegen und antwortete: »Elisabeth Bathory.«

Die Rothaarige strahlte nun über beide Ohren. Ihre violette Aura pulsierte und bildete dabei verschiedene ineinandergeschlungene Formen.

»Es heißt Erzsébet Báthory, aber das sei dir vergeben. Du nennst mich ja ohnehin schon Eliza«, antwortete die Rothaarige und ich starrte sie ungläubig an.

»Du?!«, entwich es mir.

Ich bekam Angst und mir wurde flau im Magen. Hatte Marana deshalb Bedenken gehabt, mich mit ihr allein zu lassen? Vorsichtig fragte ich:»Sind die Legenden denn wahr?«

Die Blutgräfin lachte erneut.

»Legenden ... Sie sind die Grundlage für einen guten Ruf. Es spielt keine Rolle, wie viel Wahrheit in ihnen steckt. Jeder Vampir mit einem weniger bekannten Ruf steht unter mir. So einfach ist das«, beendete sie ihre Erklärung.

Ich zögerte kurz, akzeptierte ihre Antwort aber vorerst. Eliza – oder besser gesagt Elisabeth – war bisher freundlich gewesen und hatte mir in einer Stunde mehr Fragen beantwortet als Marana in den letzten zwei Tagen. Und ich hatte noch viele weitere. Meine Angst war wieder verschwunden und ich war wieder im Hier und Jetzt.

»Vorhin hast du etwas von einer offiziellen Lebenszeit gesagt«, erinnerte ich mich.»Werde ich also erst nach meiner normalen ... äh, menschlichen Lebenszeit zum Vampir?«

Vielleicht könnte ich doch noch eine Weile mein bisheriges Leben weiterführen.

Die Rothaarige runzelte die Stirn und meinte dann:»Du hast eine seltsame Vorstellung, Kendra. Nein, du lebst eine Weile als Mensch, dann erwachst du und alterst langsamer oder eben gar nicht mehr. Sterben kannst du trotzdem – also kein Grund, übermütig zu werden.«

»Was bedeutet erwachen? Hat das etwas mit dem Aurasehen zu tun? Das kann ich erst seit ein paar Wochen richtig«, wollte ich mehr Antworten.

Eliza gab sie mir:»Es beginnt mit dem Wahrnehmen von Auren, ja. Viele Jungvampire wurden daher häufig zuerst für

Seher gehalten. Dann folgt das Nachlassen des Appetits. Auch andere menschliche Bedürfnisse lassen nach. Schließlich kommt der Appetit auf Blut. Aber mach dir da keine Sorgen, Liebes, ich helfe dir bei der Umgewöhnung. Danach geht der ganze Spaß erst los.«

Die Rothaarige zwinkerte mir verschwörerisch zu.

»Wie lange dauert es wohl noch, bis ich Blut trinken muss?«, fragte ich.

Würde ich eines Tages Menschen anfallen und töten? Nein, so weit durfte es nie kommen. Ich würde nie, wirklich nie zu einem Monster werden, das schwor ich mir.

»Das ist unterschiedlich. Ich bin mit neun Jahren erwacht und habe fast zeitgleich mit dem Erkennen von Auren Blut getrunken. Nikola hingegen ist erst kurz vor seinem offiziellen Tod erwacht und hat nächtelang gegen das Bluttrinken angekämpft. Letztendlich hat es ihm nichts genutzt«, erklärte die Vampirin und schlug die Beine übereinander. »Jetzt bekomme ich doch tatsächlich Appetit.«

Sie musterte mich mit einem undefinierbaren Blick.

Dann stellte sie mir eine Frage: »Sag, Kendra: Wirst du wie Nikola einen aussichtslosen Kampf gegen deine Natur führen, oder willst du zu einer mächtigen Vampirin heranwachsen, die keinem Mann ihren Platz im Restaurant anbieten muss?«

Der Ton Elizas ließ keinen Zweifel an der Antwort, die sie von mir erwartete. Ich wusste genau, was ich sagen sollte, fürchtete jedoch die Konsequenzen.

»Wenn es so weit ist, werde ich nicht dagegen ankämpfen«, antwortete ich mit einem mulmigen Gefühl.

Elizas Blick wanderte zu einem Punkt hinter mir. Ich drehte mich um und entdeckte Marana hinter mir.

»Mir geht es gut«, versicherte ich ihr, bevor sie Eliza wieder kränken würde.

»Sie macht sich gut. Wirklich gut«, lobte mich die Rothaarige vor Marana.

Ich hatte doch gar nichts gemacht?

»Ah, ja?«, entgegnete diese skeptisch. Dennoch schien sie aus einem anderen Grund zurückgekehrt zu sein.

»Du hast etwas gefunden?«, wurde ich neugierig.

Marana schüttelte jedoch den Kopf und sagte: »Nichts. Aber der D'Schar hat sich gemeldet. Ich treffe mich in dreißig Minuten mit einer Moloi. Ihr könnt euren ... Unterricht derweil fortsetzen.«

Moloi? Ich verstand kein Wort. Und sie hatte wieder diesen Begriff gesagt. Gleich würde ich Eliza danach fragen.

»Warte, du hast ihn doch heute Morgen erst aufgesucht, oder? Und jetzt unterschlägt er dir eine Moloi? Das hätte ihm doch früher einfallen können?«, empörte sich Eliza.

Marana beruhigte sie: »Sie war heute Morgen noch gar nicht hier. Sie ist auf der Durchreise und gerade erst in Berlin gelandet. Vielleicht weiß sie mehr zu dem Symbol.«

»Und du willst uns nicht dabeihaben?«, fragte die Rothaarige. Sie schmollte und ihre Augen funkelten vor Enttäuschung.

Doch Marana ging nicht weiter darauf ein und verabschiedete sich: »Allein bin ich schneller. Wir sehen uns später im Hotel.«

»Ok«, sagte ich und Eliza schwieg beleidigt.

Erst als Marana gegangen war, erklärte sie mir warum: »Eine Moloi ist eine starke Hexe. Nenn sie aber niemals Hexe, das gehört sich nicht. Es gibt nur sehr wenige Dämonen die noch Magie beherrschen, daher sind diejenigen, die es können umso gefragter. Ich hätte so gerne eine gesehen ...«

»Echte Magie? So mit Hexenbesen und Zaubertränken?«, fragte ich erstaunt.

Innerlich hoffte ich so sehr auf ein Ja. Ein Kindheitstraum würde in Erfüllung gehen!

»Und können Vampire auch Magie lernen?«, fragte ich etwas zu aufgeregt.

Eliza brach in ein warmes Lachen aus. »Deine Fantasie ist wirklich erfrischend!« Dann trennte sie Fiktion von Realität. »Hexenbesen? Nein. Zaubertränke? Oh ja. Dennoch sind Moloi keine Hexen wie sie die Menschen oft darstellen. Sie sind starke Frauen, die ihr Wissen aus den Wäldern ziehen. Bei Vampiren, nun, wir ziehen unser Wissen für gewöhnlich aus Büchern oder haben Ahnen, die uns Magie lehren. Sofern du also keine magisch begabten Familienmitglieder hast oder einen magiebegabten Lehrer findest, wird das nichts mit der Magie, Kendra.«

Mein Vater war laut meinen Großeltern bestraft worden und ich wollte definitiv keinen Kontakt zu seiner Seite der Familie. Aber Magie zu lernen, würde diese ganze Dämonensache viel erträglicher machen.

»Aber dann blieben doch immer noch Bücher? Aus Zauberbüchern könnten auch Vampire Magie lernen, richtig?«, gab ich noch nicht auf.

Eliza seufzte und erklärte:»Jegliche magischen Schriften wurden vor langer Zeit vernichtet. Hier in diesen Breitengraden nannte man es Hexenverfolgung, in anderen Regionen der Welt fand Gleiches nur unter anderen Namen statt. Und weil Menschen noch nie echtes Interesse an Dämonen gezeigt haben, verbrannte man damals einfach alles mit einem Funken Magie als *Hexe*. Auch Vampire. Und nein, ich beherrsche keine klassische Magie, falls du das fragen wolltest.«

Eliza kam meiner Frage zuvor. Sie bemerkte meinen enttäuschten Blick und tätschelte mir meine Hand.

»Nicht doch, Kendra. Es gibt so viele Vorteile als Vampirin. Wir besitzen unsere eigene Form von Magie, die keine andere

Dämonenart hat. Komm, ich zeige es dir einfach!«, meinte die Rothaarige und erhob sich.

Im nächsten Moment stand sie im Türrahmen und winkte mich zu sich.

»Na los!«, lockte sie mich und verschwand aus meinem Blickfeld.

Schnell griff ich nach dem Notizbuch und klemmte den Kugelschreiber hastig wie ein Lesezeichen zwischen die Seiten. Das Gummiband würde hoffentlich alles beisammenhalten.

Eliza war nirgends zu sehen, als ich den Lernbereich verließ. Ich schlenderte zwischen den hohen Bücherregalen entlang und machte mich auf den Weg zur Mitte der Bibliothekshalle. Von dort aus konnte man in die unteren Etagen sehen. Keine Eliza.

Stattdessen sah mich ein Bibliothekar und rief:»Bitte zum Schluss kommen, wir schließen gleich!«

Ich gab ihm ein kurzes Handzeichen und lief über den Betontreppenflur zurück zum Bibliothekseingang. Dort fand ich Eliza, die von dem Angestellten von eben zugetextet wurde.

»Na endlich«, sprach sie an dem Mann vorbei zu mir.»Jetzt kann ich dir den ersten Teil von Spaß zeigen.«

Mit diesen Worten verunsicherte sie nicht nur den Mann, sondern auch mich. Sie hob das Buch in ihrer Hand und fuchtelte damit spielerisch vor der Nase des Bibliothekars herum.

»Kendra, er möchte, dass ich das Buch zurückgebe. Aber ich will nicht«, redete sie wie ein kleines Kind.

Dann änderten sich ihre Tonlage und ihre Körpersprache. Ihre Aura stellte sich wie ein violetter, lebendiger Thron hinter ihr auf.

»Ich. Behalte. Das. Buch«, sagte sie mit einem unheimlichen Nachdruck, während ihre Augen den Angestellten wie eine Klinge durchbohrten.

Dieser war auf einmal wie erstarrt.

Sein Blick wurde leer und seine eben noch aufgeregte Stimme wiederholte nun ruhig und monoton:»Sie behalten das Buch.«

Er wirkte wie ein Zombie aus einem Trashfilm. Ungläubig starrte ich die Blutgräfin an.

»Hypnose?« flüsterte ich, als hätte mir jemand den Boden unter den Füßen weggezogen.

Sie nickte und freute sich sichtlich über meinen überraschten Blick. Marana hatte stets darauf geachtet, alle Gespräche über Dämonen von Menschen fernzuhalten. Eliza schien das nicht zu kümmern – Sie nahm sie sogar als Beispiele für ihre Fähigkeiten.

»Dann gehen wir jetzt«, grinste Eliza und drückte mir das Buch in die Hand.

»Lexikon der Dämonologie«, las ich leise und sah zurück zu dem Mann.

Dieser hielt seinen Blick noch immer leer in die Ferne gerichtet und ließ uns problemlos mit dem Buch passieren.

»Das war lustig«, sagte Eliza und schien dabei wirklich Spaß zu haben. »Irgendwelche Fragen?«

Sie nutzte meine Neugier bewusst aus.

»Bleibt er jetzt so?«, machte ich mir Sorgen, doch Eliza winkte sofort ab.

»Noch ein, zwei Minuten, dann ist er wieder der Alte und weiß nicht mal, dass ein Buch fehlt«, versicherte sie mir und lenkte mich in einen Park ganz in der Nähe der Bibliothek. »Hier lang.«

»Kann ich das auch lernen?«, fragte ich.

Unbehagen und Neugier kämpften in meinen Inneren gegeneinander. Ich hieß es nicht gut, dass die Vampirin da einen Menschen mit reingezogen hatte, wollte aber mehr über die Möglichkeiten eines Vampirs wissen.

»Wer weiß? Jeder Vampir bekommt seine ganz eigene Fähigkeit. Da ich schon als Kind sehr überzeugend sein konnte, habe ich vermutlich die Gabe der Hypnose bekommen«, sprach Eliza von sich.

Wenn dieser Teil der Vampirlegenden wahr war, vielleicht stimmten dann noch andere Dinge? In meinem Kopf spukten die verschiedensten Vampirgeschichten, in denen jeder Autor Vampiren andere Fähigkeiten zugesprochen hatte. Aus Angst, Eliza zu beleidigen, verkniff ich mir aber jegliche Fragen zu Nebelgestalten, Fledermaustransformationen und Wolfshaustieren. Wobei es mich nicht wundern würde, wenn die Rothaarige tatsächlich einen zahmen Wolf hielt.

»Deine Aura ist noch aktiv«, erinnerte ich Eliza.

Doch die Vampirin zuckte nur die Schultern.

»Na und? So weise ich jeden Dämon, der uns über den Weg läuft, sofort in seine Schranken. Und Menschen halten genug Abstand und zollen mir den gebührenden Respekt. Siehst du?«, sagte sie und intensivierte ihre Aura sogar noch.

Jetzt trug sie die violette Masse wie ein stolzer Pfau. Ich bemerkte, wie ich automatisch etwas Abstand zu ihr nahm. Natürlich nur, weil ich die Masse nicht berühren wollte, so redete ich mir ein. Andere Dämonen sah ich nicht, sicher hätten sie aber genauso gehandelt, wie die Rothaarige es mir erklärt hatte. Die Menschen verhielten sich, als könnten sie die Aura sehen und hielten tatsächlich Abstand.

»Wieso wirkt die Aura auch auf Menschen?«, fragte ich mit gedämpfter Stimme, da in wenigen Metern Entfernung Menschen zusammen vor einem Geschäft warteten.

»Es ist eher wie ein Instinkt«, erklärte Eliza. »Stell dir vor, du betrittst einen Raum, in dem es gerade einen Streit gab. Du spürst die Spannung in der Luft, obwohl keiner mehr spricht. Oder du besuchst jemanden und weißt sofort, ob du willkommen bist oder nicht. Dieses unbewusste Gefühl − das ist die Wirkung einer Aura.«

Inzwischen waren wir in Sichtweite vom Schlossplatz Köpenick und folgten einem schmalen Weg aus Kopfsteinpflaster. Wir kamen direkt zum Wasser und liefen dort weiter.

»Ich werde dir Teil zwei unseres spaßigen Ausflugs wohl erst später zeigen können«, teilte mir Eliza bedauernd mit.

»Worum geht es dabei?«, mischten sich Neugier mit Hoffnung. Zu was wäre ich wohl alles in der Lage? Ich verfluchte mich für das Gefühl, das in mir aufstieg. War das Abenteuerlust? Es war gänzlich falsch, so zu fühlen. Dämonen waren gefährlich und Vampire töteten. Mein Vater und sogar Eliza, die Blutgräfin.

»Was können Vampire noch?«, fragte ich etwas unverfänglicher und hoffte, Eliza würde zumindest die häufigsten Vorurteile in real und fiktiv aufteilen.

Leider tat sie das nicht:»Das zeige ich dir, sobald du so weit bist. Solange du nicht vollständig erwacht bist, kannst du das meiste ohnehin noch nicht lernen. Hast du schon Hunger?«

Ich seufzte und schüttelte den Kopf.

Dann fragte ich:»Woran erkenne ich, dass es Zeit ist?«

»Oh das merkst du schon. Im Moment hast du lediglich keinen Appetit. Aber irgendwann wird daraus ein nagender Hunger. Und ohne Leitung hättest du vermutlich angefangen, alle möglichen Dinge zu essen, damit er endet. Aber du hast ja jetzt mich. Sobald dein Appetit zu Hunger wird, gehen wir zusammen aus. Das wird großartig!«, erzählte Eliza und klatschte vor Aufregung in die Hände.

Ihre Aura, die noch immer wie Pfauenfedern aufgestellt war, zuckte freudig.

Die Vampirin bemerkte meinen Blick und meinte:»Du starrst, Kendra. Aber das habe ich anfangs auch getan. Es ist einfach zu faszinierend. Und wenn du erst einmal herausgefunden hast, wie man damit umgeht: Es ist fantastisch!«

»Werde ich auch eine Aura haben? Kann ich damit andere Auren auf Abstand halten? Und kann ich sie dann selbst sehen, oder bleibt das nur für andere Dämonen sichtbar?«, fragte ich.

»Du siehst sie bereits und spürst sie auch. Mit der Zeit wirst du immer erfahrener und eines Tages wird sie automatisch auf deine Gefühle reagieren«, beantwortete Eliza meine Frage. »Und du kannst keine Auren auf Abstand halten, nur Dämonen.«

Wieder beobachtete ich wie ihre violette Aura vor Aufregung pulsierte und zuckte.

»Kann man sich die Farbe aussuchen, oder hängt das von den Augen ab?«, wollte ich wissen.

Die Vampirin musterte mich interessiert und lobte mich: »Du hast ja doch schon etwas gelernt.«

Wir waren wieder vor dem Hotel angekommen und unterbrachen unser Gespräch daher. Im Gegensatz zu Marana machte sich die Vampirin aber keine Mühe, ihre Aura zu verbergen. Ohne auf ihre Umgebung zu achten, durchschritt Eliza das Foyer unseres Hotels.

»Wieso …«, setzte ich zu einer Frage an, als wir in den Aufzug stiegen.

Eliza ließ mich nicht ausreden und nahm eine andere Frage an.

»Wieso Mara nie Aufzug fährt? Nun, sie hat wohl Angst vor engen Räumen. Schon die ersten Fahrstühle hat sie gemieden – Ihr wird übel davon. Aber psssst«, erzählte Eliza und lächelte verschwörerisch.

Ich versprach es und wartete, bis wir wieder im Hotelzimmer waren, bevor ich meine eigentliche Frage stellte: »Warum verbirgt Marana ihre Aura, aber du nicht? Es ist doch etwas ganz Natürliches, oder?«

Die Vampirin lächelte sanft und versicherte mir: »Oh ja, es ist vollkommen natürlich. Aber Maras Aura versetzt die Leute immer in Unruhe, deshalb hält sie sie lieber zurück.«

»Verstehe«, sagte ich, während mir Teile von Maquins Erklärungen bekannt vorkamen.

»Der D'Schar hat etwas Ähnliches gesagt«, meinte ich. »Aber was genau ist ein D'Schar eigentlich?«

»Ach richtig, das ist auch noch etwas das du wissen musst«, antwortete mir Eliza und durchsuchte nebenbei die Schränke in der Küche. »Jeder Kontinent, jedes Land und sogar jede Stadt hat einen D'Schar. In manchen Fällen auch jeder Bezirk. Sie sind die heimlichen Herrscher über die Dämonen. Die Menschen haben ja ihre eigenen Herrschaftsformen und Vertreter.«

Die Rothaarige beendete ihre Suche und setzte sich zu mir auf das Sofa. Was auch immer sie gesucht hatte, sie hatte es nicht gefunden.

»Wenn du für längere Zeit in einem anderen Bezirk oder einer anderen Stadt leben willst, musst du dich bei dem D'Schar anmelden. Ein bisschen wie bei einem ... wie heißt das hier?«, sagte Eliza und kam nicht auf das richtige Wort.

»Bürgeramt?«, half ich ihr aus.

»Ah! Ganz genau! Wie ein Bürgeramt. Der D'Schar entscheidet dann, ob du in das bestehende Kollektiv passt. Wenn dem so ist, hilft er bei der Wohnungsvermittlung und auf der Suche nach einer Arbeit«, erklärte Eliza.

»Und wenn ich nicht ins Kollektiv passe? Was ist damit überhaupt gemeint? So eine Art ... Sekte?«, wollte ich mir ein besseres Bild machen.

Wenn Marana mich nach dem Wochenende was-weiß-ich-wo ließ, wollte ich nicht gänzlich orientierungslos sein.

»Nein, keine *Sekte*«, betonte die Rothaarige das letzte Wort merkwürdig. »Es ist eher wie in einer Schule. Sportliche Schüler passen besser in eine Sportklasse als mathematisch begabte Kinder. Der D'Schar hat seinen Einflussbereich im Blick und achtet gleichzeitig auch darauf, dass keine Dämonenart zu dominant wird.«

»Dann gibt es keine spezielle Stadt für Vampire?«, fragte ich, doch Eliza schüttelte den Kopf.

»Das wäre auch zu gefährlich. Allein durch den Nahrungsbedarf auf so engem Raum wären wir sofort Ziel der Menschen. Außerdem darfst du nicht vergessen, dass jeder Vampir einst ein Mensch war. Und Menschen sind sentimental, wenn es um die Auswahl ihres Zuhauses geht. Auch du wirst vermutlich alle paar Jahre in deine Heimat zurückkehren«, erklärte Eliza und schien wehmütig. Sie bemerkte meinen Blick und fing sich schnell wieder. »Apropos Nahrung. Meine Kehle ist ganz trocken vom vielen Reden. Wie wäre es, wenn ich dir beim Erwachen helfe? Das wäre DIE Gelegenheit.«

Ich hatte gehofft, Eliza würde das Thema nicht so schnell wieder anschneiden.

»Ich glaube, ich bin noch nicht bereit dafür, aber danke.« Ich zwang mich zu einem höflichen Lächeln, obwohl mir die Nerven flatterten.

»Wie du willst«, antwortete Eliza und musterte mich plötzlich kühl.

Dann erhob sie sich und griff zum Telefon. Sie wählte eine Nummer von der danebenliegenden Karte des Hotels und sprach in den Hörer: »Hallo? Ja, hier fehlt ein Bettlaken und das eine Kopfkissen hier riecht muffig. Könnten Sie wohl ein Zimmermädchen schicken? Ja, nun, das sehen wir dann.«

Wirkte eine Aura auch über Telefon? Elizas Aura hatte sich bedrohlich aufgestellt und zuckte unruhig oder eher … erwartungsvoll?

»Moment mal, du willst doch wohl nicht den Zimmerservice …?« Meine Gedanken überschlugen sich. Wie um Himmels Willen sollte ich so etwas formulieren?

»Oh Kendra, Hoffnungen sind etwas für Kinder. Wenn du erwachsen sein willst, musst du verstehen, dass nur du selbst für das Erreichen deiner Ziele verantwortlich bist. Wenn du mich also aufhalten willst, nur zu«, forderte mich die Vampirin grinsend heraus. »Versuch es ruhig.«

Ich schluckte, unsicher, was ich tun sollte. Vielleicht konnte ich dem Zimmerservice die Sachen einfach abnehmen und ihn wegschicken? Würde Marana außerdem nicht bald zurück sein? Auf sie hörte Eliza doch.

»Bekommt der D'Schar nicht Probleme, wenn hier Menschen Schaden nehmen?«, versuchte ich einen Weg zu finden, der nicht blutig enden würde.

Eliza grinste und sagte: »Ich lebe nicht in seinem Gebiet. Nicht einmal in Berlin. Und außerdem stehe ich über den Sinine, schon vergessen?«

Ich hatte keine Ahnung, wie ich Eliza von ihrem Vorhaben abbringen sollte. Hatte sich meine Mutter auch so hilflos gefühlt, kurz bevor mein Vater sie ermordet hatte? Warum war ich nur so machtlos?

Eliza lachte und klatschte erfreut in die Hände, als es kurz darauf an der Tür klopfte. Ich versuchte, schneller als sie an der Tür zu sein, doch die violette Aura formte eine Schlinge und warf mich zu Boden. Mein Kopf schlug gegen etwas Hartes. Dunkelheit übermannte mich, während Elizas Stimme wie aus weiter Ferne an mein Ohr drang. Sie hatte die Frau vom Zimmerservice hereingebeten.

Als ich wieder zu mir kam, lag ich auf rotem, weichem Stoff. Mein Kopf pochte und als ich aufstehen wollte, drehte sich alles.

»Ruhig, ganz ruhig. Bleib liegen. Lass dir Zeit«, hörte ich Eliza sanft sagen.

Ich ließ es zu, dass sie mich zurück auf den weichen Stoff drückte: War das nicht ihr Kleid? Ich schloss die Augen und hoffte, die Kopfschmerzen und zuckenden Blitze würden nachlassen.

»Schon gut, meine Kleine«, tätschelte Eliza meine Schulter und legte etwas Warmes an meinen Kopf.

Ich ließ die Augen geschlossen und genoss die Wärme. Ich fühlte mich so geborgen, obwohl irgendetwas nicht stimmte. Mir fiel es nicht ein. Eliza legte ihren Arm an mein Kinn und schien etwas wegzuwischen. Hatte ich gesabbert? Wie peinlich wäre es, wenn ...

Eine warme Flüssigkeit berührte meine Lippen. Während mein noch angeschlagener Kopf die Flüssigkeit einzuordnen versuchte, handelte meine Zunge ganz von allein und schluckte gierig. Das Getränk war lecker und seit langem endlich etwas, das mir keine Übelkeit verursachte. Moment. War das etwa Blut? Geschockt schlug ich die Augen auf und starrte auf Elizas Arm, an den ich meine Lippen gedrückt hatte. Ich trank.

Mein Kopf pochte und mein Herz gleich mit: Kein Platz für Logik, Vernunft oder Menschlichkeit. Nur ein Gedanke: »Nur noch einen Schluck. Nur noch *einen*.«

Mir war egal, ob Vampire das Blut von anderen trinken durften. Mir war egal, ob Eliza in der Hierarchie über mir stand oder was Marana dazu sagen würde, dass ich ihre Freundin aussaugte. Auch den Körper des Zimmermädchens fand ich im Moment nicht wichtig. Stattdessen hielt ich meinen Blick auf Elizas Arm gerichtet und hielt ihn jetzt mit beiden Händen fest.

»Nur noch einen einzigen Schluck«, sagte ich mir wieder und wieder, während ich weiter trank.

Ich hörte Eliza lachen: »Das wurde Zeit, nicht wahr, meine Kleine? Das wurde höchste Zeit.«

Mir war nicht klar gewesen, wie tief der Hunger in mir schlummerte. Mit jedem Schluck pulsierte neue Kraft durch meinen Körper und der Gedanke, aufzuhören, verschwand völlig aus meinem Bewusstsein.

Dann hörte ich ein lautes Zischen. Mein Kopf sackte ab, doch ich hatte jetzt genug Kraft, um mich aufzusetzen. Gierig griff ich wieder nach Elizas Arm und trank weiter. Ich spürte, wie etwas kam und mir den Arm entreißen wollte, doch ich ließ nicht los. Nur noch einen Schluck! Plötzlich drückte mich eine schwarze, schwere Aura zu Boden. Blasse Hände zerrten mich von Elizas Arm fort.

»Einen Schluck«, bat ich und versuchte, die schwere Aura wegzuschieben.

Es gelang mir nicht. Trotzdem versuchte ich es weiter. Ein Schwall eiskalten Wassers traf mich und ich keuchte.

»Was zur …?!«, fluchte ich und suchte nach dem Schuldigen.

»Kennst du deinen Namen?«, fragte eine Frauenstimme.

»Ich? Ja, natürlich!«, fluchte ich und stemmte mich mit beiden Armen gegen die schwarze Aurawolke.

Sie war massiv und ließ sich berühren, bewegte sich jedoch kein Stück. Sie drückte mich sogar noch strenger zu Boden.

»Deinen Namen, antworte!«, drängte mich die Frauenstimme. Das war doch Marana?

»Kendra!«, nannte ich wütend meinen Namen. »Kannst du mich wieder loslassen? Bitte?«

Marana ließ mich erst nach einer bewussten Pause aufstehen und deutete auf das Sofa: »Setz dich da hin. Und bleib da.«

Ihre pulsierende Aura drängte mich zur Couch und schien ab und an nach mir zu schnappen. Was sollte das? Ich warf einen fragenden Blick zu Eliza, doch auch die Vampirin war in eine Ecke des Zimmers verbannt worden. Sie warf Marana vom Sessel aus zornige Blicke zu.

Als sie meinen Blick bemerkte, lächelte die Rothaarige und flüsterte: »Du hast da noch was.«

Sie tippte sich mit ihrem Zeigefinger an den linken Mundwinkel. Ich wischte mir mit der Rückseite meiner Hand über den Mund. Blut. So langsam ordneten sich meine Gedanken. Wortlos blickte ich zu Eliza zurück.

»Dein Arm?«, fragte ich und spürte nach und nach die Erinnerungen zurückkehren.

Es kam mir vor, als würde ich aus einem tiefen Traum aufwachen. Die Rothaarige zeigte mir ihre beiden unversehrten Arme und ich beruhigte mich. Doch dann fiel mein Blick auf Marana. Diese hockte bei dem Zimmermädchen und strich ihr über den aufgerissenen Hals.

»Oh Gott, was habe ich getan?«, entfuhr es mir. »Habe ich sie getötet?!«

Fassungslos starrte ich auf die regungslose Gestalt. Ich hatte die Angestellte doch vor Eliza retten wollen! Stattdessen hatte ich sie möglicherweise so zugerichtet! Mir stiegen Tränen in die Augen. Jetzt war ich wie mein Vater geworden: Eine Mörderin. So konnte ich meinen Großeltern nie wieder unter die Augen treten.

»Sie lebt«, kommentierte Marana kühl.

Erleichtert atmete ich auf. Ihre Aura schnappte wieder nach mir, als ich aufstand, um zu helfen. Ich setzte mich wieder und beobachtete, wie Marana die Wunden der Frau verschloss. Der Hals hatte aufgehört zu bluten und die Frau bewegte sich kaum merklich. Marana bewegte ihre Hände nun über den Körper der Frau. Sogar die Blutflecken auf ihrem Oberteil verschwanden spurlos. Die Angestellte gab ein Stöhnen von sich.

»Das war ich?«, sprach ich meine Gedanken laut aus.

»Nicht doch. Aber ich zeige dir schon noch, wie das geht«, antwortete Eliza und schien von der ganzen Situation nicht viel zu halten.

Wie konnte sie nur so entspannt sein? Vermutlich gehörte so etwas zum Alltag der Blutgräfin. All die Jahre hatte ich mich bewusst von Dämonen ferngehalten. Jetzt wusste ich wieder wieso. Ich wollte kein Teil von solchen Momenten, keines dieser tötenden Monster sein. Es war so knapp gewesen, so knapp!

»Wann hast du sie gerufen?«, fragte Marana Eliza in autoritärem Ton. Sie überging die Bemerkung ihrer Freundin gekonnt.

»Erst vor zehn Minuten oder so. Dann muss sie eben noch nach ihrer Aufgabe hier auf die Toilette«, antwortete die Rothaarige.

Auch sie wollte aufstehen, doch wurde von der schwarzen Aura zurückgedrängt. Marana war sauer. Stinksauer.

»Kann ich helfen?«, fragte ich und hoffte, der Frau vom Zimmerservice ging es gut.

»Bleib da sitzen«, betonte Marana ihre Anweisung und stellte ihre Aura wie zur Erinnerung auf.

»Schon gut«, murmelte ich und blieb sitzen.

Die Dämonin erhob sich und streckte die Hand über der noch liegenden Frau aus. Sie sagte ein paar Worte in einer mir unbekannten Sprache. Die Blutflecken auf dem Teppich schienen in der Luft zu flirren, bevor sie spurlos verschwanden, als hätte es sie nie gegeben.

Dann wandte sie sich wieder Eliza zu: »Nimm ihr die Erinnerung, ich hole ein Glas Wasser. Ihr habt … sie hat viel Blut verloren. Ich konnte sie nicht komplett heilen.«

Die Rothaarige erhob sich erst, als Marana in die Küche gegangen war. Schwarze Auraschwaden bewachten mich von dort aus und bannten mich auf das Sofa. Hilfesuchend blickte ich zur Vampirin, doch sie zuckte nur mit den Schultern und widmete sich dann der bewusstlosen Frau.

»Na also. Hören Sie mich? Wunderbar«, gab sie der Angestellten kleine Ohrfeigen.

Als diese die Augen aufschlug, nutzte Eliza ihre Hypnose-Fähigkeit und flüsterte der Frau falsche Erinnerungen ein. Dabei war sie ungewohnt sanft und rücksichtsvoll zu der mitgenommenen Hotelfrau. Marana trat an die Verwirrte heran und hielt ihr das Glas Wasser hin.

»Sie sind ohnmächtig geworden. Trinken Sie besser etwas«, die Angestellte fühlte sich von Maranas Gestalt eingeschüchtert – immerhin sah sie auch ohne die mächtige schwarze Aura wie ein Klischee von einem Dämon aus.

»Na dann nicht, kommen Sie«, half Eliza ihr auf und brachte sie zur Tür.

Die Frau schwankte etwas, schob Elizas Arm aber im Flur zur Seite.

»Entschuldigen Sie die Umstände«, sagte sie benommen und verschwand aus meinem Sichtfeld.

»Erledigt«, ließ Eliza uns wissen und beobachtete Marana genau. »Du kannst sie wieder gehen lassen, es ist vorbei.«

»Mir geht's gut«, sagte ich reflexartig, obwohl ich mich alles andere als sicher fühlte.

Marana ließ einen tiefen Seufzer hören, bevor sie in einem wütenden Redeschwall in einer fremden Sprache loslegte, den ich zwar nicht verstand, aber in jedem Wort ihre Wut spüren konnte. Es war eindeutig, was Marana von Elizas Aktion hielt.

»Moment«, unterbrach Marana plötzlich und zog ihr Klapphandy hervor. »Hm?«

Sie drückte die Taste für den Lautsprecher und Nikolas Murmeln war zu hören.

»Schließ das Fenster«, wies Marana ihre Freundin an, bevor sie sich wieder dem Hörer zuwandte. »Jetzt, du kannst.«

»Ist alles in Ordnung? Du klingst verärgert?«, hörte Nikola Maranas Stimmung heraus.

Schweigen.

Als Nikola konsequent auf eine Antwort wartete, gab sie ihm eine: »Eliza hat zusammen mit Kendra eine Hotelmitarbeiterin ausgesaugt, aber sonst ist hier alles gut. Jetzt berichte endlich.«

»Lebt sie noch? Wenn ihr im Gebiet des D'Schar Leute tötet ...«, gab Nikola zu bedenken.

Eliza rief aus dem Hintergrund:»Klappe, Tesla. Ich hab ihr nur beim Erwachen geholfen.«

»Berichte«, störte Marana den Austausch von Eliza und Nikola.

»Also gut. Ich habe nach noch lebenden Menschen mit unserem mörderischen Tattoo gesucht und einen anderen Ansatz ausprobiert: über Telefonseelsorge, Jugendberater-Hotlines und die Kontakte unserer lieben Freunde bei den Behörden. Und siehe da – es tauchten Namen auf: Kinder und Jugendliche, die behaupten, das Tattoo sei einfach so erschienen. Verständlich, dass die Eltern ihnen nicht glauben«, berichtete Nikola.

»Nur Kinder und Jugendliche?«, fragte ich und Marana reichte die Frage weiter.

»Genau. Meist Teenager, das älteste Opfer war 24 – immer noch jung. Das jüngste Opfer, so die Behörde, war gerade einmal acht Jahre alt«, erklärte Nikola.

Hatte uns die Behördenfrau das vorsätzlich verschwiegen?

»Kommen wir zur Namensliste zurück. Zwei dieser Personen studieren an meiner Uni und laut ihren Social Media Accounts sind sie gerade auf einer Studentenparty in der Nähe. Wir könnten mal vorbeischauen«, schlug Nikola vor.

Eliza rief abfällig:»Deine Universität?«

Marana seufzte und massierte sich die Schläfe.»Ich komme sofort. Es war die Hochschule für Technik in Schöneweide, oder? Wie nennst du dich gerade?«

Nikola wich der Frage aus:»Ich hole dich einfach vom Eingang ab. In fünf Minuten, nehme ich an?«

Wie sollte Marana so schnell nach Schöneweide kommen? Durch Portale wie mit dem D'Schar?

Doch Marana verneinte und passte die Zeitangabe an:»Zwanzig Minuten sind realistischer. Eliza wird mich begleiten.«

»Was?«, fragten Nikola, Eliza und ich nahezu synchron.

»Keine Widerrede«, stellte Marana klar und gab jedem seine Anweisungen. »Eliza, zieh dir etwas Sauberes an und Kendra, wasch dir dein Gesicht. Nikola, wir sind gleich unterwegs.«

Die schwarzen Auraschwaden zogen sich zurück und machten mir Platz, damit ich ins Bad gehen konnte. Aus dem Nebenzimmer hörte ich, wie Marana und Eliza wieder anfingen zu streiten. Ich schaltete das Badlicht an und schloss die Tür hinter mir. Dennoch konnte ich sie nach wie vor hören. Vor dem Waschbecken erstarrte ich. Der rahmenlose Spiegel zeigte ein verzerrtes Abbild von mir. Meine Pupillen waren so geweitet, dass sie fast das Grün meiner Augen verschluckten. In meinem Gesicht entdeckte ich verschmiertes Blut. Schnell drehte ich den Wasserhahn auf und wusch mir den gesamten Mund aus. Der Geschmack blieb, daher zog ich eine der Gästezahnbürsten aus ihrer Folie und putzte mir mit scharfer Pfefferminz-Zahnpaste den Mund. Ich hatte Blut getrunken. Ich hatte echtes Menschenblut getrunken. Ich spuckte aus und spülte mit Wasser nach. Dann spritzte ich mir das kalte Wasser ins Gesicht. Es war alles gut, es war ja alles in Ordnung, versuchte ich mir einzureden. Dann entdeckte ich sogar Blut in meinen Haaren und wusch mir über dem Waschbecken den gesamten Kopf. Duschen, vielleicht sollte ich lieber duschen. Es klopfte an die Tür.

»Wir gehen jetzt los, bleib im Hotelzimmer. Kein Zimmerservice, keine Ausflüge. Warte einfach hier auf uns«, hörte ich Maranas Stimme durch die geschlossene Tür.

Eliza verabschiedete sich ebenfalls: »Und beruhige dich, das ist ein ganz normaler Prozess. Bald sind wir wieder zurück, Kleine.«

»Okay«, rief ich zurück und bereute meine unsichere Stimme.

»Alles in Ordnung da drin?«, fragte Marana und ich bejahte, bevor sie die Tür öffnen konnte.

Es folgte Stille, dann hörte ich die Zimmertür ins Schloss fallen. Allein. Jetzt war ich allein. Ich ging durch alle Räume, nur um sicherzugehen. Dann schnappte ich mir meinen Rucksack und schloss mich wieder im Bad ein. Ich legte mein Handy auf das Waschbecken und drehte die Musik auf. Dann streifte ich alle meine Klamotten von mir, warf sie in eine Ecke und stellte mich unter die riesige Dusche. Ich duschte die Angespanntheit weg und versuchte, das Geschehene zu verarbeiten. Eliza hatte das Zimmermädchen geholt und dann? Den Arm. Ich hatte von Eliza getrunken, aber nicht von der Hotelfrau, oder? Ich trug keine Schuld am Zustand der Frau, richtig? Das Rauschen der Dusche füllte meinen Kopf, bis ich mich darin verlor. Mir ging es gut – endlich, zum ersten Mal seit langer Zeit. Ich war satt. Alles war in Ordnung. Ganz ruhig. Ich verließ das Bad erst, als meine Hände schrumpelig waren und meine blonden Haare nass und schwer über meine Schultern hingen. Aus meinem Rucksack holte ich frische Kleidung und fühlte mich sofort ein wenig besser. Die alten Klamotten würde ich nie wieder anziehen können. Plötzlich verstummte die Musik. Ich sah auf das schwarze Smartphone-Display: Akku leer.

Dabei wäre das jetzt der perfekte Moment gewesen, um ohne die ständige Präsenz der Dämonen meine Freunde zu kontaktieren.

Warum hatte ich vorhin nicht gleich die ganzen ungelesenen Nachrichten gelesen? Vermisste mich schon jemand? Hatten meine Großeltern vielleicht die Eltern meiner Freunde angerufen? Wer wusste schon von meinem aktuellen Zustand? Mit Angst und auch Neugier durchsuchte ich meinen Rucksack. Moment: Hatte ich das Ladekabel überhaupt eingepackt? Doch ich durchsuchte den Rucksack vergebens.

Plötzlich klopfte es an die Tür des Hotelzimmers. Waren Marana und Eliza schon zurück? Wie lange hatte ich geduscht?

»Hm?«, fragte ich vorsichtig durch die Tür und vermied es bewusst, mit einem fragenden »Ja« zu antworten.

»BfdA, öffnen Sie die Tür«, hörte ich einen Mann sagen.

BfdA? Waren das die Leute von heute Vormittag? Jetzt war es zu spät, um so zu tun, als sei niemand da. Vorsichtig öffnete ich die Tür einen Spalt.

»Kann ich Ihnen helfen?«, fragte ich höflich und hoffte, sie würden mich in Ruhe lassen, solange Marana und Eliza nicht zurück waren.

»Kendra Pollock?«, fragte einer der Männer und ich bejahte.

Hatten meine Großeltern nach mir gesucht? Bevor ich mich versah, schob der Mann die Tür ganz auf und ich stolperte fast zurück ins Bad.

»Hey!«, protestierte ich und sah entsetzt zu, wie er und sein Partner sich ohne weiteres daran machten, das Zimmer zu durchsuchen.

»Bist du allein, Kendra?«, fragte der Glatzköpfige.

Was sollte ich schon sagen?

»Niemand hier«, rief sein Partner und gesellte sich jetzt zu uns.

»Warum sind Sie hier?«, fragte ich.

Die Unruhe in mir wuchs. So langsam bekam ich es mit der Angst zu tun.

»Nur eine Routine-Überprüfung«, antwortete der Glatzköpfige und drängte mich weiter in den Flur, damit sein Partner ins Bad konnte.

Einen Moment später kam er mit meinem T-Shirt aus dem Raum und verkündete: »Blut.«

»Alles klar«, antwortete der Mann, als hätte er genau das erwartet.

Dann stellte er mich vor die Wahl: »So, Kendra. Entweder kommst du freiwillig und ohne böse Überraschungen mit uns, oder wir müssen die hier benutzen.«

Er deutete auf die Handschellen an seinem Gürtel. Ungläubig starrte ich auf das schwere Metall. Das waren keine Handschellen für Menschen – diese hier waren viel massiver.

»Ich hab doch nichts …«, stammelte ich, aber ich wusste nicht, wie ich aus dieser Situation herauskommen sollte. Wann wären Eliza und Marana zurück?

»Kann ich noch kurz …«, wollte ich nach etwas Zeit fragen, damit ich wenigstens eine Nachricht auf dem Block neben dem Telefon hinterlassen konnte.

Der Glatzköpfige griff zu den Handschellen.

»Nein, nicht!«, sagte ich lauter als gewollt.

Auf keinen Fall wollte ich durch das ganze Hotel abgeführt werden.

»Ich gehe ja mit«, sagte ich schließlich.

»Sehr gut. Nach dir«, ließ mir der Glatzköpfige den Vortritt.

Unter den wachsamen Augen der beiden Männer zog ich meine Schuhe an, bevor sie mich aus dem Zimmer schoben. Ich durfte nichts mitnehmen. Der Glatzköpfige und sein Partner eskortierten mich regelrecht: Einer links, einer rechts. Der Aufzug war leer und ich fuhr allein mit den beiden Männern ins Erdgeschoss. Sie sagten kein Wort, waren aber so eingespielt, dass sie ohnehin keine Worte brauchten. Ich hoffte, dass in der Lobby mehr Menschen sein würden. Niemand würde mich mit diesen beiden offensichtlich gefährlichen Männern einfach so gehen lassen, oder? Vielleicht war ja einer der Gäste ein Dämon, der mir helfen konnte? In der Lobby gab es tatsächlich regen Verkehr. Doch ich war nicht wie Eliza – niemand schenkte mir Beachtung. Ich suchte nach jemandem, der meinen Blick erwidern würde, aber jeder, den ich ansah, schien plötzlich interessiert an etwas in der entgegengesetzten Richtung zu sein. Das meinte man also mit fehlender Zivilcourage. Die Rezeptionistin redete gerade mit dem Zimmermädchen von vorhin. Beide sahen in meine Richtung und taten nichts.

Hatte die Angestellte mich verraten? Aber Eliza hatte sie doch hypnotisiert? Irgendwo musste ihr ein Fehler unterlaufen sein. Vor dem Eingang wartete bereits ein schwarzer Transporter auf uns. Gruseliger hätte es nicht sein können. Hilfesuchend sah ich mich nach irgendjemandem mit Aura um. Doch weder unter den Rauchern noch unter den Passanten entdeckte ich einen Dämon.

»Einsteigen«, befahl der Glatzköpfige und ich kletterte unbeholfen auf die Rückbank.

Der Fahrbereich war wieder mit einem Gitter abgetrennt und gesichert. Die beiden Männer setzten sich mir gegenüber und beobachteten mich genau.

Der zweite von ihnen schloss die Tür und sagte zum Fahrer: »Kann losgehen.«

»Was passiert jetzt mit mir?«, fragte ich in die unangenehme Stille hinein, nachdem wir bereits mehrere Minuten schweigend gefahren waren.

»Das wird sich zeigen«, sagte der Glatzköpfige.

Unklarer konnte die Antwort nicht sein. Nervös sah ich aus den getönten Fenstern und hielt nach Marana und Eliza Ausschau. Mir war bewusst, dass die beiden wahrscheinlich noch genug mit den Tattoo-Morden zu tun hatten und gerade Studenten befragten. Aber wie lange konnte das schon dauern? Sie würden mich finden. Jemand in der Lobby oder einer der Angestellten würde sich bestimmt an mich oder zumindest die zwei Männer erinnern.

»Darf ich jemanden anrufen?«, fragte ich schließlich.

Ich hatte zwar nicht Maranas Nummer, aber meine Großeltern. Wenn ich sie erreichte, konnten sie Marana anrufen und ihr erzählen, was passiert war. Doch keiner der Männer machte sich die Mühe zu antworten.

Ich starrte aus dem Fenster und blinzelte. Auf gar keinen Fall wollte ich vor diesen Leuten weinen.

Kapitel 6

(unfreiwilliges) Interview mit einem Vampir

„Sicherheit ist ein Gefühl, das aus Unwissenheit entsteht", hat mir Eliza einmal gesagt.

Ich teile ihre Meinung nicht, weise sie aber auch nicht gänzlich zurück. Früher glaubte ich, dass alles, was ich in Ruhe ließ, mich ebenfalls in Ruhe lassen würde. Ich kümmerte mich nicht um Dämonen und die politischen Debatten. Ich erwartete, dass ich weder von Dämonen noch von irgendwelchen politischen Konsequenzen betroffen sein würde. Je weniger ich von Dämonenvorfällen hörte, desto sicherer fühlte ich mich.

Eine Schulfreundin von mir glaubte, wegen ihres Stotterns sicher vor Date-Anfragen zu sein. Doch als sie schließlich von einem Jungen gefragt wurde, war sie völlig überwältigt.

Ein Freund von mir fühlte sich ebenfalls sicher durch seine Unwissenheit. Er hatte alle Bewerbungsfristen für Ausbildungsplätze verpasst und freute sich auf ein entspanntes Jahr zuhause. Doch seine Eltern setzten alle Hebel in Bewegung und verschafften ihm über ihre Kontakte einen Platz in einer Autowerkstatt.

Ich könnte noch weitere Beispiele nennen, aber ihr wisst schon, worauf ich hinaus will.

Was ich euch mit diesem Exkurs außerdem sagen will, ist Folgendes: Die Vergangenheit gibt euch etwas für die Gegenwart mit. Die Gegenwart ist voll mit Möglichkeiten und Entscheidungen. Trefft Entscheidungen, seid aktiv, nicht passiv. Lernt etwas über die Gegenwart, damit ihr eure Zukunft selbst gestalten könnt. Lasst ihr euch durch eure Gegenwart treiben, wird auch eure Zukunft nicht in euren Händen liegen. Wenn ihr nicht wollt, dass jemand anderes euren Weg bestimmt, stellt euch der Gegenwart und ihren Herausforderungen. Ihr seid niemals sicher vor Entscheidungen. Fürchtet sie nicht, sondern begrüßt sie. Mit der Zeit wird es leichter.

Ich fühlte mich wehrlos und war den Behördenleuten völlig ausgeliefert. Man hatte mich in einen Verhörraum gebracht, der in mir Beklemmungen auslöste. Ich schaute zur verspiegelten Scheibe an der gegenüberliegenden Wand und senkte meinen Blick wieder auf den Metalltisch. Zwar hatten sie mir keine Handschellen angelegt, doch ich musste meine Hände gut sichtbar auf dem Tisch liegen lassen. Zum zehnten Mal ging ich mögliche Dialoge und Fragen durch, aber ich wusste, dass ich auf nichts wirklich vorbereitet sein konnte.

Was hatte ich getan? Ich hatte Eliza das Blut ausgesaugt, sicher. Aber hatte ich auch der Angestellten etwas getan? Sie lebte noch und es ging ihr gut.

Was hatte ich nicht getan? Ich hatte niemanden getötet. Trotzdem hatte ich Angst. Wie sah die Strafe für Bluttrinken aus? Hatte die Behördenfrau nicht gesagt, für Vampire sei Bluttrinken legal? Ich wusste zu wenig über die aktuellen Gesetze – menschliche und dämonische gleichermaßen. Hatte ich Anspruch auf einen Anwalt? War dieser D'Schar mein Anwalt?

Die schwere Stahltür öffnete sich und eine Frau und ein Mann traten ein. Die Frau war dieselbe von heute Morgen. Ihr Dutt hatte im Laufe des Tages einige Strähnen verloren, sodass sie erschöpft wirkte. Ihre Augen hingegen wirkten wach und wie auf der Jagd. Der Mann war der Glatzköpfige von eben. Er stellte sich gut sichtbar vor die Stahltür und schaute erst zu mir und dann auf meine Hände, die ich unbewusst unter dem Tisch verstecken wollte. Ich schob sie von der Tischkante wieder auf die kalte Metallplatte.

»Kendra Pollock, richtig?«, fragte die Frau und setzte sich mir gegenüber.

Ich nickte.

»Tut mir leid, du musst für die Aufnahme bitte verbal antworten«, wies sie mich auf das kleine Gerät auf dem Tisch hin. Ich schluckte schwer und bejahte noch einmal laut. Sie selbst stellte sich nicht vor und ging direkt zur Befragung über.

»Ist es richtig, dass du eine Sanguinikerin, genau genommen eine Vampirin bist?«, folgte gleich die zweite Frage zu meiner Person.

Ich schwieg. In den Filmen riet man den Unschuldigen immer, nichts zu sagen, bis die Rettung kam. Aber würde mich hier überhaupt jemand retten?

»Kendra?«, riss mich die Frau aus meinen Gedanken und wiederholte die Frage. »Bist du eine Sanguinikerin? Damit sind alle Dämonenarten gemeint, die sich von Blut ernähren.«

Ich wusste genau, wohin diese Unterhaltung führen würde, wenn ich bejahte. Aber lügen? Würde ich lügen, wenn ich mich als Mensch ausgab? Hatte Marana nicht gesagt, die BfdA hielt mich noch für einen Menschen? Zögernd setzte ich zu einer Lüge an, doch die Frau schien etwas zu ahnen.

»Falschaussagen helfen dir hier nicht weiter, Kendra. Mit der Wahrheit kommst du am weitesten«, erklärte mein Gegenüber ruhig.

»Ich habe niemanden getötet!«, stellte ich klar.

Mehr würde ich nicht sagen. Ich musste einfach auf Marana und Eliza warten. Marana hatte ja Kontakt zu der BfdA und Eliza könnte ihnen vielleicht die Erinnerungen nehmen? Im

Moment war mir jedes Mittel recht, um dieser Situation zu entkommen.

Die Frau warf mir einen vorwurfsvollen Blick zu und sagte: »Das war nicht die Frage. Antworte bitte einfach auf die Fragen. Du wirst später noch genug Zeit haben, dich zu äußern.« Der Mann an der Tür räusperte sich. Ich hatte meine Hände unbewusst wieder unter den Tisch gezogen und spielte nervös an meinen Fingernägeln. Schnell legte ich meine Hände zurück auf den Tisch und versuchte, meine Nervosität zu verbergen – vergeblich. Die Frau starrte mich eine Weile schweigend an. Als ich den Blick abwandte, ging sie zur nächsten Frage über.

»Kennst du eine Frau mit dem Nachnamen Tepes?«, fragte sie.

Der Name sagte mir nichts, also schüttelte ich den Kopf.

Die nächste Frage kam sofort: »Kennst du den Namen Elisabeth Bathory?«

Das war schwieriger. Wussten sie von Eliza? Immerhin hatten sie mich im Hotel gefunden – jeder dort würde sich an sie erinnern. Aber hatte sie auch unter diesem Namen eingecheckt? Warum war das alles so kompliziert?

»Verstehe«, zog die Frau aus meinem Schweigen ihre eigene Schlussfolgerung.

Verdammt. Was tat ich hier eigentlich?

»Hast du in den letzten vier Stunden Blut zu dir genommen?«, folgte die nächste Frage.

Wieder schwieg ich. Noch hatte ich nicht zugegeben, eine Dämonin zu sein.

»Das Labor überprüft gerade das Blut auf deinem T-Shirt. Von wem ist das Blut, Kendra?«, fragte die Frau weiter.

Ich schwieg erneut. Mit jedem Wort der Frau wurde meine Lage aussichtsloser.

Wo waren Marana und Eliza? Ich konnte das hier nicht. Meine Angst wuchs und war kurz davor, sich in Panik zu verwandeln. Was passierte mit Dämonen, die Menschenblut tranken? Hatte ich so etwas wie eine Schonfrist, weil ich erst seit kurzem »erwacht« war?

»Würdest du einer Blutprobe zustimmen, damit wir es mit dem Blut auf deinem Shirt abgleichen können?«, fragte die Frau weiter.

»Nein!«, entfuhr es mir.

»Alles klar«, kommentierte die Frau meine Reaktion und notierte sich etwas.

»Kann ich jemanden anrufen?«, versuchte ich es erneut und etwas ruhiger.

Ich brauchte dringend jemanden, der mir aus dieser Situation half. Jetzt war es an der Frau zu schweigen. Sie fügte jedoch einen weiteren Punkt ihren Notizen hinzu.

»Das wäre es erst einmal«, meinte die Behördenfrau und erhob sich.

Sie schaute zur verspiegelten Glasfläche und drückte die Notizen an die Scheibe. Dann verließ sie den Raum und ließ mich mit dem Glatzköpfigen allein.

»Hände«, ermahnte er mich erneut, nachdem ich mir unbewusst in den Nacken gekratzt hatte.

Im Raum gab es keine Uhr, deshalb wusste ich nicht, wie viel Zeit vergangen war, als sich die Tür ein zweites Mal öffnete. Diesmal trat die Behördenfrau ein, mit der Marana und ich bereits gesprochen hatten. Kekse hatte sie diesmal nicht dabei.

»Hallo, Kendra. Ich glaube, wir wurden noch gar nicht richtig einander vorgestellt. Ich bin Mina Bloch und die Leiterin der Behörde für dämonische Angelegenheiten. Ich sorge dafür, dass Dämonen und Menschen friedlich miteinander leben können«, stellte sie sich vor. »Man sagte mir, du hast Schwierigkeiten mit den Fragen? Das ist verständlich – du wurdest ja erst vor kurzem in die Dämonengesellschaft aufgenommen, richtig?«

War das hier das klassische »Guter Cop, böser Cop«-Spiel? Ich musste vorsichtig sein.

»Ok, ich sehe schon. Dann rede ich und du kannst Fragen stellen, in Ordnung? Gut. Zuerst: Es ist nicht strafbar oder schlimm, ein Sanguiniker oder ein Vampir zu sein, nur dass du das weißt. Es ist allerdings wichtig, woher Sanguiniker ihr Blut beziehen. Wusstest du, dass du als registrierter Sanguiniker Anspruch auf mindestens dreißig Liter Blut pro Monat hast?«, fügte sie hinzu und ließ mir Zeit, darauf zu reagieren.

Stattdessen nutze ich die Gelegenheit für eine Frage: »Was bedeutet ›registrieren‹ und was müsste man dafür machen?«

Frau Bloch lächelte und erklärte den Vorgang: »Im Moment läuft eine Registrierung etwa so ab: Du meldest dich bei der BfdA, füllst einen Fragebogen zu deiner Art und deinem Alter aus – im Grunde ein kleiner Steckbrief. Dann wird ein Foto gemacht und du bekommst einen neuen Personalausweis.

Damit bist du schon in unserem System und kannst dich jederzeit an die BfdA wenden, wenn du Nahrung brauchst. Der Bedarf wird anfangs auf dreißig Liter geschätzt, aber das hängt natürlich von weiteren Faktoren ab. Du wirst auf jeden Fall nicht verhungern.«

Das klang überraschend leicht, erinnerte mich aber an die Worte Maranas. Der Personalausweis wäre anders. Jedes Mal beim Vorzeigen wüsste mein Gegenüber, dass ich eine Dämonin war. Was wäre der nächste Schritt?

»Kendra«, durchbrach Frau Bloch das Schweigen meinerseits und füllte die Stille. »Es ist nicht schlimm, ein Sanguiniker zu sein. Du hast dir das nicht ausgesucht, ich weiß. Aber du musst entscheiden, wie du in Zukunft leben willst. Die BfdA kann dir dabei helfen, ein normales Leben zu führen. Du musst keine Menschen jagen oder töten.«

»Ich habe niemanden getötet«, konterte ich.

In meinem Kopf spielten sich verschiedene Szenarien ab. Könnte ich dann wieder zur Schule gehen? Sobald ich Hunger hätte, müsste ich eben hierherkommen – na und? Doch mein Bauchgefühl sagte mir, dass hier etwas nicht stimmte. Ein wenig vermisste ich Auren. Wieso hatten Menschen so etwas nicht?

»Na gut, du brauchst Zeit. Es ist eine große Entscheidung. Reden wir ein bisschen weiter, ja? Du hast gesagt, du kennst Frau Tepes nicht, richtig?« fragte sie und ich nickte. »Wie hat sich dir die Frau, in deren Begleitung du in meinem Büro warst, dann vorgestellt? Hat sie nicht den Namen Tepes benutzt?«

Ich schüttelte den Kopf, sagte aber für die Aufnahme zusätzlich ›Nein‹.

»Und ihr Name? Welchen Namen hat sie benutzt? Vielleicht ihren französischen Namen, Lucard? Manchmal benutzt sie auch Tarnnamen«, fragte die Frau mich weiter über Marana aus.

Marana hatte mir nie ihren Nachnamen verraten – anscheinend spielte das für Dämonen einfach keine Rolle. Der Name Tepes kam mir vage bekannt vor, aber wahrscheinlich war es so wie bei Nikola Tesla – ein Name, den ich zwar schon gehört hatte, aber nicht wirklich einordnen konnte. Würde ich Marana verraten, wenn ich ihren Namen nannte? Ich erinnerte mich an ihren Exkurs zum Beschwören und Binden von Dämonen. Vielleicht ging es genau darum? Sollte ich einen anderen Namen nennen und lügen?

»Alles gut, Kendra. Es ist ganz normal, dass Jungvampire sich älteren Vampiren instinktiv unterwerfen. Niemand nimmt es dir übel, dass du deinen Meister – oder deine Meisterin – schützen willst. Aber am Ende musst du selbst entscheiden, wie es weitergeht. Willst du wirklich weiter gewalttätig an Blut kommen, oder versuchst du, so viel Menschlichkeit wie möglich zu bewahren?«, stellte mich die Behördenfrau vor die Wahl.

Marana war doch nicht meine Meisterin und Eliza erst recht nicht. Oder war sie es doch, weil sie mir beim ›Erwachen‹ geholfen hatte? War ich wirklich gewalttätig gewesen? Es war doch alles so schnell gegangen. Die Frau erhob sich und wandte sich zum Gehen.

Bevor sie ganz an der Tür angelangt war, bat ich ein drittes Mal: »Kann ich bitte jemanden anrufen?«

Doch auch Frau Bloch, die noch am freundlichsten hier war, lehnte meine Bitte ab.

»Ist schon gut, beruhige dich erst einmal. Du bist nicht von deinem Meister abhängig, Kendra. Du triffst die Entscheidung – ganz allein«, sagte sie zum Abschied und verließ den Raum zusammen mit dem Glatzköpfigen.

Dann war ich wieder allein. Ich sah zur verspiegelten Scheibe. Saß da noch jemand dahinter? Gab es versteckte Kameras? In den Ecken des Raumes konnte ich jedenfalls keine entdecken. Vorsichtig nahm ich meine Hände vom Tisch und kratzte mich am Nacken. Scheinbar vertrug ich das Hotelshampoo nicht. Aber ich hatte ganz andere Probleme: Keiner forderte mich auf, die Hände wieder auf den Tisch zu legen. Ich war also wirklich allein. Wie lange würde ich hier sitzen müssen? Durfte ich auch aufstehen? Der lange Tag machte sich bemerkbar und eine schwere Müdigkeit kam über mich. Hier konnte ich unmöglich schlafen, nicht in dieser Situation. Ich war doch gar nicht richtig ans Dämonendasein gewöhnt! Wieso behandelte man mich schon wie einen? Durften sie mich überhaupt einfach so festnehmen? Es musste doch Gesetze geben, die mir in so einem Fall helfen konnten. Obwohl mein Kopf im Sekundentakt neue Gedanken abfeuerte, konnte ich der Müdigkeit kaum noch etwas entgegensetzen. Schnell stand ich auf und ging in dem kleinen Raum auf und ab. Ich durfte nicht einschlafen. Ich musste einfach noch ein bisschen warten, bis Marana und Eliza kamen. Ich lief eine ganze Weile auf und ab. In so einem kleinen Raum kam ich mir irgendwann dumm dabei vor.

Ich setzte mich in die Ecke gegenüber der Tür, direkt neben die verspiegelte Scheibe. So konnte man mich nicht, oder zumindest schlechter, sehen.

Konnte ich nicht irgendetwas tun?

»Ich muss mal«, rief ich in den leeren Raum und wartete vergebens auf eine Antwort.

Entweder hörte niemand zu, oder es war ihnen einfach egal. Oder wussten sie, dass erwachende Vampire seltener auf Toilette mussten?

»Hallo?«, rief ich etwas lauter in den Raum, aber niemand antwortete – kein versteckter Lautsprecher, wie in den Filmen.

Wie viel Zeit war vergangen? Gehörte das zum Verhör dazu? Vermutlich lag es an der verstrichenen Zeit, die mir so unendlich lang vorkam: Plötzlich manifestierte sich ein neuer Gedanke. Was, wenn Marana und Eliza mich gar nicht holen kommen würden? Hier waren mehrere Sicherheitsleute und außerdem kannten die sich mit Dämonen aus. Ich dachte an die extra dicken Handschellen zurück. Würden die beiden Dämoninnen überhaupt das Risiko für ein fremdes Mädchen eingehen, das sie erst seit ein, zwei Tagen kannten? Ein Mädchen, dass seine Abneigung gegenüber Dämonen von Anfang an gezeigt hatte?

Plötzlich sammelte sich violetter Rauch am Boden. Ich sprang sofort auf, doch der Rauch folgte mir. Panisch fuchtelte ich mit den Händen und suchte die Quelle. War irgendwo ein Feuer? Erst bei genauerem Hinsehen begriff ich die wahre Natur und somit auch Quelle der blassvioletten Masse. Die Quelle war niemand anderes als ich. War das meine Aura? Meine allererste eigene Aura. Unter anderen Umständen hätte ich mich gefreut, vielleicht sogar stolz auf mich gewesen. Aber jetzt konnte ich sie wirklich nicht gebrauchen. Ich setzte mich wieder in meine Ecke und schlang die Arme um meine Beine. Um mich herum wurde der violette Nebel immer dichter. Da ich keine Ahnung hatte, wie man eine Aura abschaltet, blieb ich einfach sitzen und ließ mich von der dichter werdenden Masse einhüllen – fast wie von einer Kuscheldecke. Wieder drohten mir die Augen zuzufallen.

Doch ohne Vorwarnung öffnete sich die schwere Metalltür erneut. Ich schob die lila Aurawolke unbeholfen wie ein Vorhang auseinander. Der Glatzkopf und ein gänzlich fremder Mann musterten mich und meine Gesten fragend. Während der Glatzkopf sich wieder vor die geschlossene Tür stellte, setzte sich der Mann mit der Krawatte an den Tisch.

»Kendra?«, fragte er und deutete mit der Hand auf den Stuhl, den ich schon vor einiger Zeit verlassen hatte.

Der Fremde trug einen Anzug, der ihn überaus wichtig wirken ließ. Hatte ich vielleicht doch einen Anwalt bekommen? Zögernd setzte ich mich ihm gegenüber und wartete darauf, was er zu sagen hatte. Er legte ein Klemmbrett mit Dokumenten auf den Tisch und schob es zu mir.

»Frau Bloch hat mir das hier mitgegeben. Fülle die Sachen aus und alles hier wird erheblich leichter werden«, erklärte der Mann und spielte mit dem Kugelschreiber in seiner Hand.

Ich überflog das oberste Blatt auf dem Klemmbrett: »Antrag zur Registrierung in der Datenbank der Behörde für dämonische Angelegenheiten (BfdA)«.

Ich schaute wieder zum Krawattenmann.

»Für den Fall, dass Frau Bloch deine Bereitschaft zur Registrierung falsch eingeschätzt hat, wird deine Unterkunft für diese Nacht nicht ganz so komfortabel ausfallen«, erklärte, nein, *drohte* mir mein Gegenüber.

Mein Blick wanderte zurück zum Dokument und ich überflog die Fragen. Überraschenderweise war es genauso, wie Frau Bloch es beschrieben hatte. Name, Alter, Geschlecht,

Größe, Augenfarbe – bis auf »Dämonenart« hätte es genauso gut ein Formular beim Arzt oder für einen Schulausflug sein können. Skeptisch blätterte ich auf die nächste Seite, doch auch hier handelte es sich um »normale« Daten wie Telefonnummer, E-Mail-Adresse, Wohnanschrift und Fragen zum ausgeübten Beruf. Die dritte Seite enthielt eine Datenschutzklausel und einen Hinweis zum Berechnen des Nahrungsbedarfs oder anderer spezieller Bedürfnisse, sollte man zu einer der nachfolgenden Dämonengruppen gehören. Ich fand als Erstes den Begriff Sanguiniker. Das war, laut der Frau mit dem Dutt der Oberbegriff für alle bluttrinkenden Dämonen. Die anderen Begriffe sagten mir nichts. Ich wusste einfach zu wenig über Dämonen. Die vierte Seite war im Grunde leer: »Bitte für Ihren zuständigen Bearbeiter frei lassen« stand dort. Ein Kästchen für zwei Fotos und Plätze für Fingerabdrücke waren auf dieser Seite zu finden. Mehr Blätter gab es nicht.

»Das ist alles?«, fragte ich skeptisch.

Doch der Krawattenmann nickte und hielt mir stumm den Kugelschreiber hin. Ich nahm ihn und begann die Seiten zögerlich auszufüllen. Bei Dämonenart schrieb ich »Halbvampir« da ich mir nach wie vor nicht sicher war, ob ich tatsächlich eine echte Vampirin geworden war. Die nächste Seite war schon etwas schwieriger.

»Ich hab meine Handynummer nicht im Kopf«, erklärte ich.

»Die haben wir schon im System«, sagte der Glatzköpfige von der Tür aus.

»Aber wie?«, fragte ich, doch ich bekam keine Antwort. Stattdessen drängte mich mein Gegenüber: »Konzentriere dich, danach kannst du dich ausruhen.«

Misstrauen keimte in mir auf. Hatte ich eine Klausel übersehen? Ich überflog die erste Seite noch einmal, fand aber nichts, das auf irgendwelche Auflagen hindeutete.

»Frau Bloch hat gesagt, ich muss dann ein Mal pro Monat hier vorbeikommen. Davon steht hier aber gar nichts«, bemerkte ich.

Der Krawattenmann hatte auch dafür eine Erklärung: »Sondervereinbarungen werden separat geregelt. Wenn du Sanguiniker ankreuzt, bekommst du ein separates Anmeldeblatt, das weitere Details enthält. Auch zur Häufigkeit und Menge der Leistungen.«

Das ergab Sinn, beruhigte mich allerdings kein bisschen. Was stand in diesem separaten Blatt? Ich gab die Frage weiter, doch wieder lenkte mein Gegenüber meinen Fokus auf das Klemmbrett vor mir. Doch auch den nächsten Punkt mit der Adresse konnte ich nicht ausfüllen.

»Ich glaube, ich werde für eine Weile nicht mehr bei meinen Großeltern wohnen«, sagte ich.

Es tat weh, das auszusprechen, doch jetzt, da ich Blut getrunken hatte, war meine Chance auf eine baldige Rückkehr zum Alltag auf ein Minimum geschrumpft.

»Dann trage deine neue Adresse ein«, forderte mich der Mann im Anzug auf.

Er rückte seine Krawatte zurecht und warf immer wieder Blicke auf seine Armbanduhr. Er schien nervöser zu sein als ich!

Ich wusste keine neue Adresse. Ich wusste ja nicht einmal, wo ich wohnen sollte. Und würde mich Marana oder Eliza überhaupt aufnehmen, wenn ich registriert war? Marana hatte ihre Abneigung deutlich gezeigt und auch Eliza schien nicht unbedingt regelkonform zu gehen. Mit gemischten Gefühlen ließ ich den Punkt vorerst aus und füllte die Daten meiner Schule im Feld »ausgeübter Beruf« aus. Immerhin hatte ich noch nicht mein Zeugnis. Theoretisch musste ich außerdem noch meine Prüfung nachholen. Ich las mir die letzte Seite zum Datenschutz und den speziellen Hinweisen genauestens durch. Aber auch diesmal fand ich keine versteckten Fallen. Keine »ich stehe in Ihrem Dienst«-Klausel, wie Marana sie mir gegenüber erwähnt hatte. Es fehlte nur noch die Unterschrift und das Datum. Ich zögerte.

»Kann ich das andere Blatt sehen, bevor ich unterschreibe? Das gehört doch zusammen, oder?«, fragte ich.

Der Krawattenmann drehte das Klemmbrett zu sich und überflog meine Daten.

»Halbvampir?«, las er laut und stockte.

Ich nickte und hatte eine Idee. Vorsichtig fuhr ich mit der Zunge über meine Zähne. Keine Vampir-Eckzähne.

Erst dann nutzte ich den Vorteil und sagte: »Da, keine Vampirzähne.«

Ich öffnete den Mund und sah aus den Augenwinkeln den Glatzköpfigen zusammenzucken. Der Krawattenmann sprang erschrocken von seinem Stuhl auf. Reflexartig sprang ich ebenfalls auf.

»Was ist? Was ist?«, fragte ich panisch.

Hatte ich etwas verpasst? Der violette Nebel schlug nun wie Krakenarme um sich und machte mich nervös. Oder war die Aura nervös, weil ich es war? Das half mir überhaupt nicht!

»Hinsetzen«, forderte mich der Mann an der Stahltür auf und ich setzte mich.

Der Krawattenmann blieb jedoch stehen.

»Was?«, wandte sich der Glatzköpfige nun an seinen Kollegen.

Dieser war nun sichtlich nervös und betonte: »Ich gehe. Ich bin für Verträge zuständig, nicht für Gespräche mit denen. Egal, ob die wie Kinder aussehen.«

Verdutzt sah ich dem Mann nach, der regelrecht davonstürmte. Der Glatzköpfige ließ ihn passieren, nahm sich in aller Ruhe das Klemmbrett und wandte sich zum Gehen. Er kam jedoch nicht weit und blieb im Türrahmen stehen.

Schon bevor ich etwas sehen konnte, spürte ich es. Spürte ich *sie*. Die tiefschwarze Aura von Marana. Sie war hier! Sie war gekommen! Obwohl ihre Aura mich erschaudern ließ, freute ich mich und merkte, wie die Last der letzten Stunden von mir abfiel. Sie würde mich holen, sie war meinetwegen gekommen! Der Behördenmann erstarrte und blieb regungslos mit dem Klemmbrett in der Hand im Türrahmen stehen. Natürlich sah er die Aura nicht, doch er spürte sie. Er drehte sich fragend zu mir um und runzelte die Stirn. Zweifelsohne hatte er meine erleichterte Miene bemerkt und zog nun seine Schlüsse.

»Oh verdammt«, murmelte er, warf das Klemmbrett auf den Tisch und zog eine Schusswaffe.

Sie sah massiver aus als die Pistolen aus dem Fernsehen. Vielleicht war sie sogar speziell für Dämonen verstärkt?

»Nicht!«, schrie ich.

Konnte Marana durch normale Kugeln sterben? Und hatte der Mann vielleicht spezielle Kugeln für Dämonen? So viele Fragen und zu wenig Zeit. Die Lampen im Gang knisterten und brannten durch. Das Licht aus unserem Raum erhellte ein Stück vom Flur, aus dem jetzt Schritte zu hören waren. Kurz hielten sie inne. Überlegte Marana sich eine Taktik?

»Er hat eine Waffe!«, rief ich in die Stille und duckte mich instinktiv.

Aber der Glatzköpfige zielte gar nicht auf mich, sondern hielt den Lauf seiner Waffe fest auf die offene Tür gerichtet.

Dann ging alles ganz schnell. Marana trat in den Lichtkegel. Der Mann schrie »Zurück!«, doch die Dämonin kam unbeirrt auf mich zu.

Ich hörte Schüsse und sah, wie Maranas Körper bei jedem Knall zuckte. Es folgte ein Moment der Stille, in dem sich die Zeit wieder zu normalisieren schien.

Dann fragte Marana mich: »Haben sie dir wehgetan?«
Sie reichte mir die Hand und half mir auf.

Ungläubig stammelte ich: »Aber er hat doch geschossen …«

Der Mann dachte offenbar dasselbe und änderte schnell die Taktik. Er steckte die scheinbar wirkungslose Waffe weg und griff nach dem Klemmbrett.

»Sie hat unterschrieben!«, rief er und hob er den Registrierungsantrag schützend vor sich.

Ich hatte nicht unterschrieben, aber das konnte man auf der ersten Seite ja nicht sehen. Dort standen nur meine handschriftlichen Angaben. Marana musste glauben, ich hätte den ganzen Bogen ausgefüllt.

»Ich hab nicht unterschrieben«, versicherte ich ihr und hoffte, dass das, was man über Dämonen und ihre Fähigkeit, Lügen zu erkennen, sagte, wahr war.

Doch Marana schenkte meinen Worten keine Beachtung und wiederholte die Frage: »Haben sie dir wehgetan, Kendra?«

»Nein, mir geht's gut«, sagte ich, bemerkte aber, dass ich zitterte.

Die schwarze Aura entspannte sich nicht. Die dunkle Masse füllte den ganzen Raum und umhüllte mich wie ein Schutzschild. Noch immer hielt die Dämonin den Blick auf den Glatzköpfigen gerichtet. Obwohl er ihr körperlich absolut überlegen zu sein schien, war klar, wer diesen Raum dominierte.

»Merke dir meine Worte: Ein Angriff gegen meine Verbündeten ist ein Angriff gegen *mich*. Und ihr fordert mich besser nicht heraus«, sagte Marana mit autoritärer Stimme.

Jedes Wort war eine Drohung, ohne Frage.

»Wir gehen, Kendra«, beschloss sie und hielt noch immer meine Hand.

Ich hatte nicht vor, sie loszulassen. Wir verließen Hand in Hand den Raum. An der Türschwelle drehte sich Marana um und sagte etwas in einer fremden Sprache. Das Klemmbrett fing auf der Stelle Feuer, sodass der Mann es panisch fallen ließ. Die roten Flammen loderten gefährlich auf, wurden blau und ließen nichts von meinem Registrierungsantrag zurück. Marana beherrschte echte Magie! Obwohl ich längst aus dem Alter raus war, hielt ich weiterhin die Hand der Dämonin, während wir durch den dunklen Flur schritten.

»Du bist gekommen«, flüsterte ich in die Dunkelheit. Die Hand, die ich hielt, drückte meine kurz.

»Natürlich«, antwortete Marana. Ihr Ton war schwer zu deuten.

»Ich dachte, ihr kommt nicht«, sprach ich dagegen nicht aus. Meine Stimme klang schwach und ich fragte mich, ob ich unter Schock stand. Marana wollte ich nicht noch mehr Sorgen bereiten.

Daher hielt ich weiter ihre Hand und konzentrierte mich auf meine Atmung. Mein Herz raste und auch das Zittern wollte einfach nicht aufhören. Verdammt.

Am Ende des Ganges sah ich endlich die Anzeige des Fahrstuhls. Obwohl Eliza mir von Maranas Unbehagen in Fahrstühlen erzählt hatte, stiegen wir ein und fuhren nach oben.

Erst im grellen Licht des Aufzugs fiel es mir auf: Maranas Oberteil war durchlöchert und blutgetränkt.

»Du bist verletzt!«, rief ich entsetzt.

Es wäre auch ein Wunder gewesen, wenn der Glatzköpfige sie aus so kurzer Entfernung verfehlt hätte.

»Mir geht's gut«, versicherte die Dämonin, aber sie klang nicht so zuversichtlich wie sonst.

Warum heilte sie sich nicht, wie sie auch das Zimmermädchen geheilt hatte? Waren es wirklich Spezialkugeln?

Ich machte mir Vorwürfe: »Das ist alles meine Schuld. Du hast dir wegen mir …«

Ich wusste nicht, was ich tun sollte. Aus meinem Praktikum in der achten Klasse erinnerte ich mich vage daran, wie man

Erste Hilfe leistete. Doch meine Hände zitterten und ich konnte keinen klaren Gedanken fassen. Trotzdem wäre alles besser, als die Wunden unbehandelt zu lassen. Hier gab es doch sicherlich irgendwo einen Erste-Hilfe-Kasten? Aber würde Marana das auch zulassen?

»Meinetwegen«, murmelte die Dämonin und ich fragte mich, ob sie Gedanken lesen konnte.

»Dass ich dir Erste Hilfe leisten darf? Du blutest und wir sollten wirklich …«, begann ich zu reden, doch sie unterbrach mich sofort.

»Nein, das meinte ich nicht. Es heißt ›meinetwegen‹, nicht ›wegen mir‹«, klärte Marana das Missverständnis auf.

Ich war verwirrt. Wenn es ihr noch gut genug ging, um meine Wortwahl zu korrigieren, konnte ich mir das Erste-Hilfe-Leisten wohl vorerst sparen. Mit einem ›Pling‹ öffneten sich die Fahrstuhltüren.

»Grundgütiger!«, hörte ich Elizas Stimme von weitem.

Sie rannte auf uns zu und musterte uns beide.

»Nicht schon wieder« murmelte sie, als sie Maranas durchlöchertes Oberteil betrachtete und wandte sich dann zu mir.

Mit ihrer Hand griff sie in den violetten Nebel, der unförmig und scheinbar ganz eigenwillig um mich herum waberte. Es fühlte sich merkwürdig an.

»Ich weiß noch nicht wie …«, entschuldigte ich mich.

Die Vampirin hielt inne und zog mich plötzlich in eine Umarmung.

»Schon gut, es ist ja wieder gut. Wir sind hier«, flüsterte sie mir ins Ohr und ich ließ mich auf die Umarmung ein.

»Eliza«, warnte Marana streng.

Die Rothaarige drückte mich daraufhin noch einmal betont fest, ehe sie mich losließ. Sollten wir nicht gehen? Konnten wir nicht einfach raus hier? Eliza war wütend, man merkte es ihrer Stimme deutlich an.

Sie sagte: »Ihr kommt zurecht? Dann statte ich denen da unten persönlich einen Besuch ab. Wie konnten die es wagen!« Maranas Handdruck wurde einen Moment fester, ehe er sich wieder entspannte. Mit der noch freien Hand hielt sie Eliza vor dem Fahrstuhl auf.

»Sie hat für heute schon genug gesehen, findest du nicht auch?«, hörte ich Marana wie aus der Ferne.

Auch sie klang wütend.

»Mir geht's gut«, sagte ich, konnte mich aber selbst kaum hören.

Eliza gab Marana noch eine Antwort, doch die hörte ich schon nicht mehr. Mir wurde schwarz vor Augen und ich sackte zusammen. Die nächsten Momente erlebte ich wie aus einer Vogelperspektive. Ich bekam mit, wie wir das Gebäude verließen und hörte Stimmen und Geräusche. Wir waren draußen und dann wieder in einem Gebäude. Doch ich war nur Beobachterin und hatte keinen Einfluss auf die nächsten Momente. Immerhin waren Marana und Eliza bei mir. Die Dämoninnen wussten, was zu tun war. Ich war sicher. Und ich war müde.

Als ich aufwachte, lag ich unter mehreren Decken und trug ein Seidennachthemd, das definitiv nicht mir gehörte. Ich richtete mich auf. War das alles wirklich passiert? Ich blinzelte in die Dunkelheit. Wie spät war es? Eine Tür öffnete sich und ein Lichtkegel fiel durch den Türspalt.

»Eliza?«, fragte ich die Silhouette und die Rothaarige trat ins Licht.

»Hast du schlecht geträumt?«, fragte sie sanft.

Sie trug nur einen Bademantel und hatte ein Handtuch wie einen Turban um ihren Kopf gewickelt. Sie bemerkte meinen Blick und lächelte.

»Oh, ich war baden. In Wasser, keine Sorge. Mara erlaubt es mir mit Blut nicht mehr«, erklärte sie und setzte sich auf die Bettkante zu mir.

»Sind wir noch im Hotel?«, fragte ich und bekam es wieder mit der Angst zu tun.

War das nicht das Schlafzimmer unseres Hotels in Köpenick? Violetter Nebel waberte unkontrolliert um mich und schwoll zu einer immer größeren, bedrohlichen Masse an.

»Beruhige dich, ich bin ja da. Niemand wird dir mehr etwas tun«, versprach Eliza und strich mir über den Kopf, wie man es bei einem Kleinkind tun würde.

Ich war zu aufgewühlt, um mich daran zu stören.

»Aber sie erkennen uns doch, sie wissen doch wo wir sind«, konnte ich gar nicht ans Beruhigen denken.

Wir mussten hier weg! Doch die Vampirin drückte meine Aura mit ihrer sanft zurück ins Bett.

»Wichtiger ist doch, dass WIR wissen, wo SIE sind. Die lassen uns in Ruhe, glaub mir«, sagte Eliza und ihre Worte klangen wie eine Drohung.

Trotzdem fühlte ich mich sicherer. Sie wandte sich wieder zum Gehen.

»Was ist mit Marana? Geht es ihr gut?«, fragte ich und Eliza blieb stehen.

Ihr ganzes Oberteil war von Einschusslöchern durchlöchert gewesen. Hatte sie den hohen Blutverlust überlebt? Ich hoffte es.

»Es ist nicht das erste Mal«, sagte Eliza nur leise.

Dann löschte sie das Licht im Nebenzimmer und kehrte kurz darauf zurück zu mir.

»Ich werde heute Nacht über dich wachen«, erklärte sie und schlug die Decke der anderen Bettseite zurück.

Ungläubig beobachtete ich sie dabei. Ich kannte sie doch kaum? Dann nahm sie den Turban ab und ihr feuerrotes Haar fiel über ihre Schultern. Ihre Hände lösten den Gürtel des Bademantels und ich drehte mich im letzten Moment weg. Die Matratze bewegte sich leicht, als sie sich zu mir legte und sich zudeckte.

»Jetzt schlafe, Kendra. Morgen zeige ich dir, wie du dich verteidigst. Keine Angst, ich mache dich stark«, versprach mir Eliza.

Kapitel 7
Schein oder nicht Schein

In der Schule habe ich Gerüchte gehasst. Meistens war ohnehin nichts davon wahr. Es schien mir, als wären Gerüchte nur für Menschen, die sich nach mehr Drama in ihrem langweiligen Leben sehnten.

Als Dämonin änderte sich diese Ansicht jedoch schnell. Ein gutes Gerücht sorgt für einen guten Ruf. Allerdings sollte das Gerücht so viel Wahres wie möglich enthalten, damit es möglichst lange besteht und sich verfestigt.

Ich fragte Mara nach Elizas Ruf. Sie erlaubte mir drei Fragen – im Austausch für etwas, worüber ich hier nicht schreiben werde. Fordert niemals einen alten Dämon heraus. Aber zurück zum Thema.

Hat Eliza Menschen getötet? Oh ja. Hat sie im Blut von Jungfrauen gebadet? Es waren nicht nur Jungfrauen. Bereute sie ihre Taten? Ganz sicher nicht.

Ein Ruf ist wichtig. Er ist die Basis für eine Drohung, die Basis für eine Forderung und kann für das eigene Überleben ausschlaggebend sein. Elizas Ruf ist unerschütterlich – es gibt keine einzige positive Sache, die man über sie sagt. Das Einzige, was man ihr als menschlich zuschreibt, ist, dass sie nach dem Tod ihres Mannes den Verstand verlor. Aber auch das ist kaum etwas Positives. Ein Ruf ist wichtig. Und trotzdem ist ein Ruf nicht alles.

Eliza ist, wer sie ist. Trotzdem hat sie mich unterrichtet und wollte mich mit den besten Absichten stark machen. Natürlich werde ich öffentlich nichts Positives oder Menschliches über Eliza erzählen. Das könnte ihren Ruf schädigen.

Mein Ruf? Unter Dämonen bin ich hauptsächlich als Maranas Lehrling bekannt. Und bei den Menschen? Habt ihr vor diesem Buch je von Kendra Pollock gehört? Nicht? Das macht nichts, doch ich wandle unter euch. Unter anderem Namen, unscheinbar aber ganz sicher beobachtend.

Ich wachte spät auf. Die Sonne strahlte auf mein Kopfkissen und ich blinzelte verschlafen. Eliza lag nicht mehr neben mir, aber ich hörte ihre Stimme aus dem Nebenzimmer. War da noch jemand bei ihr? Ich lauschte und bemerkte, wie meine Aura sich ganz von allein ausstreckte und einfach durch den Türspalt glitt. Sie stieß auf etwas Unheimliches und ich zuckte erschrocken zurück. Im nächsten Moment zog sich der violette Nebel wieder in meine Nähe zurück. Es klopfte und kurz darauf öffnete Eliza die Tür.

»Frühstück, Liebes«, begrüßte sie mich und winkte mich ins Nebenzimmer.

Noch immer trug ich das fremde Nachthemd. Da es rot war und viel mehr Bein zeigte, als mir lieb war, hatte ich da so eine Vermutung, wem es eigentlich gehörte. Mein Rucksack mit meinen Sachen war nirgends zu sehen, deshalb ging ich nur im Nachthemd zu den beiden Dämoninnen.

»Wie geht es dir?«, fragte ich Marana, die sich gerade auf das Sofa gelegt hatte.

Das Gästebett dahinter war unberührt. Sie antwortete nur mit einem tonlosen »Hm«. Es war alles meine Schuld.

»Lass sie eine Weile in Ruhe. Es gibt heute noch genug zu tun. Wir brauchen jeden Funken Kraft, den wir bekommen können«, erklärte mir Eliza und bedeutete mir, mich hinzusetzen.

Sie stellte mir eine Tasse mit Blut hin und sagte: »Schön austrinken.«

Skeptisch schaute ich auf die unheilvolle Flüssigkeit. Hatte sie wieder jemanden verletzt?

»Von wem ist das?«, fragte ich und die Rothaarige zuckte die Schultern.

»Mara? Wo hattest du das nochmal her?«, wandte sich Eliza an die erschöpfte Dämonin auf dem Sofa.

»Nik«, antwortete diese einsilbig.

»Hm. Dann ist es vermutlich irgendwo online gekauft. Nicht hinterfragen, nur trinken«, kommentierte die Rothaarige und streichelte mir die Schulter als ich erst vorsichtig, dann fast gierig die Tasse leerte.

»Gut so. Du musst stark werden. Ich mache dich stark«, wiederholte sie ihr Versprechen von letzter Nacht.

»Was kam eigentlich gestern bei dem Gespräch mit der Hexe raus? Gibt es eine neue Spur? Oder haben die Studenten etwas gewusst?«, lenkte ich mich von dem Blutgeschmack ab und versuchte gleichzeitig, das Thema BfdA zu vermeiden.

Jedes Thema war mir im Moment lieber – sogar diese Tattoomorde.

»Moloi«, korrigierte mich Eliza. »Nur Menschen sagen Hexen«, fügte sie hinzu, ging aber nicht auf meine eigentlichen Fragen ein.

Sie wechselte in eine andere Sprache und fragte Marana etwas. Diese antwortete kurz angebunden.

Eliza schürzte missbilligend die Lippen, bevor sie zu mir sagte: »Wir machen uns heute einen schönen Tag, Kendra. Nur wir beide. Mach dich frisch, dann können wir los.«

Sie nahm mir die leere Tasse ab und wartete, bis ich im Bad verschwunden war, bevor sie erneut mit Marana sprach. Ihre Stimmen wurden leiser, bis ich nichts mehr hörte. Eliza oder vielleicht auch Marana hatte meinen Rucksack bereits ins Bad gebracht, so konnte ich meine Wechselsachen selbst heraussuchen. Eine Dusche war genau das, was ich jetzt brauchte. Das sanfte Plätschern des Wassers übertönte jedes Geräusch aus dem Nebenzimmer. Ich ließ meine Schultern kreisen und seufzte. Alles war wieder gut. Ich war wieder in Sicherheit. Trotzdem ließ mich der Gedanke nicht los, störte mich die Tatsache, dass ich mich nicht selbst aus der Situation hatte befreien können. Stattdessen hatte ich Marana und Eliza in Gefahr gebracht.

Als erwachte Dämonin taugte ich rein gar nichts. Wütend sah ich zu meiner Aura, die wie ein durchsichtiger Nebel am Boden der Duschkabine waberte. Wenn ich den Duschkopf auf die Masse richtete, geschah nichts. Wenn ich mit meiner Hand in den Nebel griff, konnte ich ihn berühren und sogar formen. Es fühlte sich merkwürdig an, aber sonst war die lila Masse völlig nutzlos. Ich trocknete mich ab, löste meinen provisorischen Dutt wieder und schaute im Spiegel nach körperlichen Veränderungen.

Aber meine Eckzähne waren immer noch nicht ausgeprägt und auch meine Augen hatten sich nicht verändert. Also war nur die Aura neu. Und die Sache mit dem Blut. Es hatte nicht so widerlich geschmeckt, wie ich angenommen hatte. Die Konsistenz und der Geruch waren gewöhnungsbedürftig, aber das war es dann auch schon. Ging die Umgewöhnung wirklich so schnell? War es schlimm, dass ich nicht dagegen ankämpfte wie Nikola? Würde sich als Dämonin mein Denken und mein moralischer Kompass ändern? Oder war ich längst wie mein Vater geworden? Es klopfte an die Tür und ich schnappte mir das nächstbeste Handtuch.

»Bist du fertig?«, fragte Eliza und ich verneinte.

»Ich zieh mich schnell an!«, rief ich und starrte zur Tür.

Hatte ich abgeschlossen? Ich war mir nicht mehr sicher. Unsicher wartete ich, bis nichts mehr geschah, dann ließ ich das Handtuch fallen und griff nach meinen Sachen. Meine Jeans war durch das Duschen etwas nass an den Hosenbeinen geworden, doch das störte mich nicht sonderlich. Ich betrachtete mein letztes T-Shirt und seufzte. Mehr Wechselsachen hatte ich nicht mit. Ein Wochenende, mit mehr hatte ich nicht gerechnet. Mittlerweile war mir klar, dass ich nicht so schnell zu meinen Großeltern zurückkehren würde.

Mit gemischten Gefühlen zog ich in das hellblaue Shirt an und verließ das Bad. Marana lag noch immer auf dem Sofa, Eliza kniete neben ihr und drehte sich zu mir, als ich den Raum betrat.

»Nimm dir dein Notizbuch mit. Mehr brauchen wir nicht«, forderte sie mich auf und verabschiedete sich von Marana, während ich meinen Rucksack umpackte.

Ich hatte noch das Buch aus der Bibliothek dabei und beschloss, es auch einzupacken. Zum Glück hatte ich meinen Rucksack wieder. Wie genau die BfdA ihn wieder an mich verloren hatte, wusste ich nicht, die Erinnerung war zu verschwommen.

»Sei vorsichtig«, sagte Eliza gerade zu Marana.

Als ich alles beisammen hatte, ging ich zum Sofa mit der Dämonin.

»Kommst du wirklich nicht mit?«, fragte ich Marana, doch das Einzige, was ich ihr entlocken konnte, war ein nichtssagendes »Hm«.

»Nein, nur wir zwei. Komm, das wird lustig!«, meinte Eliza und schob mich regelrecht aus der Tür.

Im Fahrstuhl des Hotels wagte ich dann zu fragen: »Geht es ihr wirklich gut? Der Mann hat auf sie geschossen. Mehrmals.«

Die Rothaarige antwortete und machte sich keine Mühe, ihre Abneigung zu verstecken: »Es schießen häufiger Mal Menschen auf sie. Sie hat es bisher immer überlebt. Das kann man nicht zwangsläufig auch über die Schützen sagen.«

Den letzten Teil hatte sie nur leise gemurmelt, doch ich hatte ihn sehr wohl gehört.

»Kann ich irgendetwas tun?«, fragte ich. Ich wollte mich für meine Rettung bedanken oder wenigstens nützlich machen. Eliza hob ihr Kinn und fuhr ihre Aura wie ein Pfau aus. »Lerne viel, wachse an deinen Fehlern und werde stark«, sagte sie und schritt aus dem Fahrstuhl durch die Lobby.

Ich ging leicht versetzt hinter ihr und sah mich nach bekannten Gesichtern um. Keiner von hier hatte mir gestern geholfen. Jetzt hatten sie alle ohnehin nur Augen für Eliza. Ihre Pfauenaura schien heute jedoch etwas anders als gestern zu sein. Ab und an schnappte eine der Auraschwaden nach einem Menschen und stieß ihn zurück. Der Betroffene zuckte leicht zusammen und sah sich verwirrt um. Eine Frau stolperte beinahe. Eliza hielt das Publikum auf Abstand. Ich senkte den Blick und schaute unauffällig zu meiner eigenen Aura, die wie eine abgestreifte Jogginghose zwischen meinen Füßen waberte und mir folgte. Nichts daran war respekteinflößend oder bemerkenswert. Sie sah einfach nur traurig und schwach aus.

Wir verließen die Lobby und traten in die Sonne. Normalerweise liebte ich den Sommer und den frühen Sonnenaufgang, doch heute wirkte das Licht anstrengend und unpassend zu meiner Stimmung. Eliza zeigte sich vom Wetter unbeeindruckt und ging zielstrebig weiter. Vor dem Hotel bogen wir nach rechts ab und überquerten eine Kreuzung.

»Wohin gehen wir?«, fragte ich meine Begleiterin.

Sie zeigte auf ein Gebäude aus dunklem Backstein, nur ein paar Meter die Straße hinunter.

»Wir leihen uns heute die Schule da aus«, erklärte Eliza und steuerte auf den Haupteingang an der Ecke zu.

»Eine Schule? Am Sonntag? Was, wenn uns jemand sieht …«, warf ich ein.

Eliza zuckte die Schultern und machte sich nicht die Mühe, mir zu antworten. Vermutlich musste sie sich als Blutgräfin ohnehin nie ernsthafte Sorgen um Konsequenzen machen. Wir gingen an einer Straßenbahnstation vorbei und erreichten das Gebäude schnell. Der Name der Schule prangte in großen Buchstaben an der Wand neben dem Eingang. Viele Spaziergänger und Fahrradfahrer waren unterwegs, doch die Vampirin beachtete sie nicht und öffnete die Tür, die nicht einmal abgeschlossen war.

»Aber dann kann doch jeder rein?«, bemerkte ich, als sich die Tür hinter uns schloss. Mit einem mulmigen Gefühl folgte ich Eliza durch die leeren Gänge. Dämonen lebten wirklich nach ihren eigenen Regeln, genau, wie es immer in den Nachrichten hieß.

»Der D'Schar kümmert sich darum. Er versiegelt die Türen an den Wochenenden für unerwünschte Gäste. Heute bekommen wir keinen menschlichen Besuch«, erklärte Eliza mir.

Die Vampirin führte mich in die große Turnhalle im Keller und sah sich im Geräteraum um. Es war seltsam, eine ganze Turnhalle für sich zu haben. Was hatte Eliza hier vor? Noch immer suchte sie etwas im Geräteraum.

»Na also«, schien sie schließlich etwas gefunden zu haben und schob einen Bock zu mir. Sie platzierte ihn, rüttelte einmal daran und wirkte dann zufrieden. »Fangen wir an. Spring einmal darüber.«

»Jetzt?«, fragte ich ungläubig, während ich meinen Rucksack auf einer der Bänke ablegte.

In meiner Jeans war ich weder beweglich genug, noch würde ich es aus dem Stand über den Bock schaffen. Es gab außerdem einen Grund, warum ich im Sportunterricht immer als Letzte gewählt wurde. Eliza bemerkte mein Zögern und verschwand wieder im Geräteschuppen. Ich folgte ihr unsicher. Versuchte sich die Vampirin gerade wirklich als Sportlehrerin?

»Ich bin nicht wirklich gut in Sport«, gestand ich und folgte ihrem suchenden Blick.

»Den brauchen wir auch«, sagte sie und deutete auf den Stufenbarren.

Ich wurde skeptisch. Was hatte sie mit mir vor? Wollte sie mich so stärker machen?

»Ich kann doch nicht in Jeans Sport machen!«, wandte ich ein.

»Dein Feind wartet auch nicht, bis du dich umgezogen hast«, erwiderte die Rothaarige und winkte mich zu sich.

Zusammen schoben wir kleine Sportgeräte aus dem Weg, um dann den Stufenbarren in die Mitte der Halle zu stellen.

»Den da auch …«, sagte Eliza und deutete auf den Matratzenwagen.

Ich zog den schwer beladenen Wagen herbei und stellte ihn neben eine der Bänke am Rand.

»Wo soll ich die Matratzen verteilen?«, fragte ich, doch der Blick der Rothaarigen sprach Bände.

Na gut, dann eben nicht.

»So etwas brauchst du nicht«, beschloss sie und zog den Matratzenwagen an eine andere Stelle.

Als sie zufrieden war, zeigte sie nacheinander auf die verschiedenen Geräte.

»Zuerst springst du über den Bock, dann über den Stufenbarren, dann den Matratzenstapel und schließlich über das Pferd. Eine Runde reicht für den Anfang«, erklärte Eliza.

Das konnte nicht ihr Ernst sein. Das Ganze sollte ein Hindernisparcours sein?

»Was?«, fragte Eliza, sichtlich verwirrt über mein Zögern.

»Verlass dich auf deine Instinkte. Dein Körper weiß genau, was er tun muss.«

Ich konnte mir das wirklich nicht vorstellen, besonders nicht mit meinem Körper.

»Versuch es wenigstens«, wurde Eliza ungeduldiger.

Ich war mir absolut nicht sicher, was genau für Vorstellungen Eliza von meinen Stärken hatte. Ich vertraute auf ihre Erfahrung und hoffte auf eine neue, erwachte Fähigkeit, als ich auf den Bock zu rannte. Ohne Sprungbrett würde ich es nicht schaffen. Nicht einmal die Klassenbeste in Sport hatte diese Höhe ohne Sprungbrett geschafft. Ich bremste im letzten Moment, sodass ich nicht zu heftig gegen den Bock prallte. Es tat trotzdem weh. Eliza gab eine undefinierbare Aufreihung an fremden Worten von sich.

»Tut mir leid«, entschuldigte ich mich.

Ich musste ihre Sprache nicht verstehen, um zu wissen, dass sie gerade ausgiebig geflucht hatte.

Schließlich wechselte sie wieder ins Deutsche und winkte mich zu sich:»Ich zeige dir, was ich meine.«

Skeptisch betrachtete ich Eliza. Sie trug Absatzschuhe, schwarze Feinstrumpfhosen, ein elegantes Halstuch und ein knielanges, rotes Kleid. Nicht gerade die passende Kleidung für Sport. Eine ungewöhnlichere Sportlehrerin hatte ich in meinem Leben noch nie gesehen. Die Rothaarige streifte sich ihre Absatzschuhe ab und ließ ihre Schultern kreisen. Ihre Aura schien sich zu dehnen und pulsierte in den verschiedensten Violetttönen.

»Schau genau hin!«, forderte sie mich auf und sprintete los.

Sie war nicht schneller als ein gewöhnlicher Mensch. Es schien vielmehr, als würde sie sich absichtlich langsamer bewegen, damit ich ihr besser folgen konnte. Kurz vor dem Bock wandelte sich ihre Aura in zwei Ranken, die sie als Stütze nutzte. So sprang sie leichtfüßig auf den Bock und kniete sich kurz hin. Ihre Aura formte sich neu und bildete etwas, das wie ein Paar Flügel aussah. Sie ging in die Hocke und sprang direkt auf den Stufenbarren, der etwa zwei oder drei Meter entfernt stand. Trotz der Feinstrumpfhose fanden ihre Füße Halt und rutschten nicht vom Holz. Eliza balancierte problemlos auf der unteren Stange und stieg auf die zweite, ohne das Gleichgewicht zu verlieren. Zuerst stemmte sie die Hände in die Hüfte, dann winkte sie mir.

»Siehst du auch genau zu?«, rief sie und streckte jetzt ihre Arme.

Sie balancierte nebenbei auf der oberen Stange des Stufenbarrens und wartete auf eine Antwort von mir. Ich sah zu, war aber sprachlos. Dann fiel mir etwas auf: Sie machte irgendetwas mit ihrer Aura. Es schien so, als nutzte sie die violette Masse wie ein weiteres Paar Arme und um ihr Gleichgewicht noch besser zu halten. Jetzt änderte sich die Auraform und erinnerte erneut an zwei Ranken. Diese schossen zum Matratzenwagen und klammerten sich an den Griff. Eliza sprang mit etwas Anlauf von der obersten Stange des Barrens direkt auf den Stapel an Matratzen. Sie landete leichtfüßig und schien keinerlei Kraft zu benötigen. Ihre Aura dehnte sich wieder aus und rollte sich zusammen.

»Das macht Spaß«, hörte ich Eliza sagen.

Sie war nicht einmal außer Atem. Vom Matratzenwagen bis zum letzten Hindernis lag der größte Abstand. Ich beobachtete ihre Aura genau. Würde sie die Flügel-Aura zum Fliegen wählen, oder wieder die Ranken benutzen? Die Rothaarige ging in die Hocke, sprang und formte ihre Aura zu einer Art Gleiter. Sie stützte sich mit den Händen auf dem Pferd ab, machte einen Handstand und landete geschmeidig auf der anderen Seite. Es sah bei ihr so leicht aus.

»Tadaa!« Eliza verbeugte sich spielerisch. »Oh, Kendra, dein Gesichtsausdruck ist köstlich! Daran könnte ich mich ewig ergötzen«, sagte sie und genoss meine Sprachlosigkeit.

»Das kann ich nicht«, meinte ich und zeigte auf den Hindernisparcours, den Eliza wie einen Kinderspielplatz benutzt hatte.

»Dann lernst du es«, meinte die Rothaarige und schlüpfte wieder in ihre Schuhe.

»Ich kann meine Aura ja nicht einmal richtig aufstellen«, sagte ich und betrachtete die wabernde Masse zu meinen Füßen.

»Das bekommen wir hin«, versprach Eliza und begann, mir die Funktionsweise von Auren zu erklären. »Deine Aura ist wie ein Hinweisschild – sie zeigt deine Laune und deinen Rang. Jeder, der sie sieht, weiß sofort, woran er ist.«

Ich sah zu meiner schlaffen Aurawolke und seufzte. Dann konnten also alle Dämonen auf den ersten Blick sehen, wie schwach ich war. Fantastisch.

Eliza fuhr fort: »Eine Aura ist aber auch ein Werkzeug. Du kannst sie zum Bluffen, Beschützen und Angreifen einsetzen.«

Ich nickte, war jedoch noch nicht überzeugt.

»Ein Beispiel«, meinte Eliza und streckte mir ihre Aura entgegen. Instinktiv waberte meine Aurawolke von ihr weg. Irgendwann schien mich meine Aura von Eliza wegzuziehen und ich taumelte ein paar Schritte zurück. Eliza legte ihre Aura wieder an.

»Das ist dein Selbsterhaltungstrieb. Deine Aura weiß, dass ich eine Gefahr sein könnte und zieht sich zurück. Dein Körper sollte dasselbe tun. Die Aura irrt nie«, erklärte sie und demonstrierte mir noch etwas.

Ihre Aura formte sich zu zwei Ranken, die beide Seiten Elizas flankierten. Damit hatte sie sich abgestützt und zielsicher durch den Parcours bewegt. Wofür würde sie die kräftigen Auraranken jetzt benutzten?

»Jetzt du«, forderte mich Eliza auf, doch ich wusste nicht, was sie von mir wollte.

Sollte ich es ihr nachmachen? Wie?

»Ich kann sie nicht formen, sie handelt von allein«, verteidigte ich mich.

Eliza sah mir direkt in die Augen und sagte: »Du sollst sie nicht formen – lass sie einfach machen.«

Ich verstand noch immer rein gar nichts und schaute zu meiner Aurawolke, die verloren hinter mir am Boden waberte und keinerlei Anstalten machte, sich in irgendetwas anderes zu verwandeln.

Ich starrte konzentriert auf meine Aura und bemerkte nicht, was Eliza hinter meinem Rücken tat. Doch ich spürte die Gefahr und bekam plötzlich große Angst. Im nächsten Moment lag ich auf dem Bauch und genau dort, wo meine Aura eben noch gewesen war. Ich drehte mich auf die Seite und versuchte, die Ursache dieses Angriffs herauszufinden. Über mir schwebte eine solide Variante meiner Aura und sah von meiner Perspektive aus wie ein Schild.

»Geht doch«, kommentierte die Vampirin und zog die beiden Auraranken wieder zurück, sodass ich aufstehen konnte.

»Das warst du?«, fragte ich ungläubig.

Der Schreck saß immer noch tief. Die Gefahr, die von Eliza und ihrer Aura ausging, war noch immer spürbar. Von der anmutigen, selbstbewussten Ausstrahlung war nichts mehr übrig. Eliza war jetzt ganz eindeutig die gefürchtete Blutgräfin.

»Gleich noch einmal«, kündigte Eliza den nächsten Angriff an und sandte beide Ranken gleichzeitig zu mir aus.

Ich versuchte auszuweichen, war aber nicht schnell genug. Schützend hielt ich die Arme über den Kopf und verspürte wieder diese durch und durch lebensbedrohliche Gefahr. Ich öffnete die Augen, die ich aus Angst geschlossen hatte und sah, wie meine Aura wieder die Rolle des Schutzschilds angenommen hatte.

»Pause. Pause!«, rief ich verzweifelt.

Im Gegensatz zu Eliza war ich schon nach dieser kleinen Übung völlig außer Atem.

Doch die Rothaarige gab mir nur einen Bruchteil Zeit für die nächste Lektion: »Und jetzt wehre dich!«

Ihre Stimme klang nun furchteinflößend. Ihre Aura spannte sich an und schoss im nächsten Moment wieder auf mich zu. Ich hatte nicht genug Zeit, um aufzustehen und hoffte, mein violetter Nebelschutzschild würde mich wieder retten. Das tat er auch, doch es fühlte sich unheimlich an, wenn die Auren aufeinandertrafen. Es schien, als würde ich von Elizas violetter Masse verschlungen werden. Die rötliche Stachel-Aura während meiner Prüfung war harmlos dagegen.

»Eliza, bitte! Pause!«, rief ich außer Atem.

Ich hatte Angst und befürchtete, meinen Schild jeden Moment zu verlieren. Die Rothaarige hielt endlich inne und entfaltete die Ranken wieder zu dem Pfauenrad, das sie die meiste Zeit trug. Auf der Stelle löste sich mein Schild auf und sackte wie schwerer Nebel zu Boden. Ich war erschöpft und kam mir vor, als wäre ich einen Marathon gelaufen. Ich stand auf, behielt aber Eliza und ihre Aura fest im Blick. In ihren Augen lagen Wut und so etwas wie Verachtung. Oder bildete ich mir das ein?

»Nur eine kurze Pause«, flehte ich und ließ mich auf eine Bank am Rand sinken.

Der Blick Elizas folgte mir und schien mich festzunageln. Ihre Aura behielt sie aber noch bei sich.

»Weißt du, wie ich gelernt habe, meine Aura zu kontrollieren?«, fragte sie, ohne auf eine Antwort zu warten. »Mein Kindermädchen hat ein Bettlaken an den Kronleuchter geknotet und einen kleinen Galgen für mich gebastelt. Sie hat mich auf einen Stuhl steigen lassen und mir die Hände hinter dem Rücken zusammengebunden. Dann hat sie die Schlaufe um meinen Hals gelegt. Weißt du, was sie als nächstes getan hat?«

Ich erschauderte und schluckte schwer. Die Härchen auf meinen Armen stellten sich auf, als Eliza das aussprach, was ich nie zu sagen gewagt hätte.

»Sie hat den Stuhl weggezogen«, sagte Eliza schließlich.

Ihre Aura pulsierte und verwandelte sich in eine bedrohliche Version ihrer Pfauenschwänze, die jetzt wie stachelige Farne aussahen.

»Ich habe versprochen, dich stark zu machen. Und das werde ich auch«, sagte sie.

Ihr Versprechen klang wie eine Drohung, doch das war bei Eliza normal.

»Ich will ja auch stark werden«, versicherte ich ihr ehrlich. »Aber ich brauche mehr Zeit – das geht alles zu schnell.« Elizas Aura pulsierte wie wild und schien im Inneren zu toben.

»Wir haben keine Zeit, Kendra«, fuhr sie mich an, ihre Stimme noch wütender als zuvor. »Ich sollte jetzt bei Mara sein und ihr im Kampf gegen diesen mordenden Dämon helfen! Ich sollte an ihrer Seite kämpfen und ihr Rückendeckung geben. Aber stattdessen spiele ich Babysitter!« Sie ließ die Auraschwänze wie Peitschen auf mich niederprasseln.

Meine Aura hatte sich in Sekundenschnelle wieder zum Schild geformt und steckte die Schläge eher schlecht als recht ein. Ich trat von der Bank zurück und versuchte, so viel Abstand wie möglich zu Eliza zu gewinnen. Rückwärtsgehend behielt ich sie im Auge und hoffte, dass meine Aura weiterhin standhalten würde.

»Es tut mir leid!«, flehte ich und versuchte, Eliza zu besänftigen.

Doch die Vampirin rückte nach und verteilte in regelmäßigen Abständen Schläge mit ihrer Aura. Meine Angst stieg mit jedem Schlag. Lange hielt ich das nicht mehr aus.

»Deinetwegen wurde Mara angeschossen. Tesla hat fast eine Stunde damit verbracht, die Kugeln aus ihr herauszuoperieren. Sie ist ohnehin schwächer als sonst – da braucht sie nicht auch noch ein Kind, das sie aus einer Falle retten muss. Verdammt, Kendra, du bist viel zu schwach«, sprach sie den Vorfall mit der Dämonenbehörde und Maranas Verletzungen an. Dann ließ sie mir eine Pause und zog ihre Aura zurück.

Ich stand mit dem Rücken an der Wand – im wahrsten Sinne des Wortes. Ihre Worte hatten mich getroffen. Ich wusste, dass sie wahr waren und bemerkte, wie mir Tränen in die Augen stiegen.

Elizas Gesicht kam mir gefährlich nah und ich spürte ihren Atem an meinem Ohr, als sie sagte:»Ich frage dich, Kendra: Willst du stark werden?«

Ich blinzelte und hoffte, die Vampirin würde meine Tränen nicht bemerken.

»Ja«, flüsterte ich viel zu leise.

Angst überkam mich und ich fühlte mich schwächer als je zuvor. Wieder einmal war ich wehrlos.

»Kann ich kurz …?«, fragte ich und griff nach meinem Rucksack, um ein Taschentuch zu holen.

Ich wagte nicht, Eliza anzusehen.

Doch die Vampirin ließ mich nicht gehen, sondern fragte unbeirrt weiter:»Und was gedenkst du gegen deine Schwäche zu tun, Kendra?«

Gänsehaut überzog meine Haut und ich wollte nur weg, doch ich war wie gelähmt. Eliza und ihre Aura bildeten eine unüberwindbare Barriere. Sie bemerkte meine Angst und schien sie sogar zu genießen.

»Dieses Mal kommt dich niemand retten, Kendra. Du bist auf dich allein gestellt. Also frage ich dich ein letztes Mal: Was gedenkst du gegen deine Schwäche zu tun?«, hauchte sie mir ins Ohr.

Ich wusste, was sie hören wollte.

»Stark werden«, flüsterte ich, während ich verzweifelt gegen meine Angst ankämpfte.

Erfolglos.

»Ich habe dich nicht gehört, Kendra«, spottete Eliza.

Ich legte mehr Kraft in meine Stimme, klang aber immer noch kläglich, als ich sagte: »Ich will stark werden.«

»Vielleicht sollten wir dich an die Sprossenwand binden, was meinst du?«, ließ die Vampirin nicht locker und schien immer mehr Spaß an meiner Hilflosigkeit zu haben.

Nach einem Moment, der mir wie eine Ewigkeit vorgekommen war, trat sie einen Schritt zurück und gab mir endlich etwas Raum. Ich atmete hörbar aus, blieb aber angespannt und traute dem scheinbaren Frieden nicht.

»Ich werde dich stark machen, Kendra. Das verspreche ich dir«, sagte Eliza und verschwand kurz im Geräteraum.

Am liebsten wäre ich weggelaufen, aber ich zögerte zu lange. Die Rothaarige war schon zurück und kam grinsend auf mich zu, ein Springseil in den Händen.

»Hände auf den Rücken, Kendra«, forderte sie mich auf und löste einige Knoten aus dem pinken Gummiseil. Angsterfüllt sah ich zu der Sprossenwand, an der ein Metallgestell für Klimmzüge befestigt war. Mein Blick traf auf den der Vampirin. Ihre Augen funkelten gefährlich.

»Das war keine Bitte«, stellte Eliza klar und umschloss mich mit ihrer Aura.

Ich schaffte es, durchzuschlüpfen, aber nicht weit. Sie drückte mich gegen die Wand, die Holzdielen pressten sich unangenehm in mein Gesicht.

»Hände auf den Rücken, Kendra«, forderte Eliza mich erneut auf.

Während ich gehorsam meine Hände auf den Rücken legte, summte sie eine fröhliche Melodie.

»Bitte nicht«, bat ich, wusste aber, dass Gnade sicher nichts war, das man der Blutgräfin nachsagte.

Eliza betrachtete mich und grinste diabolisch. Dann schob sie mich in Richtung der Sprossenwand. Jetzt oder nie! Ich stürmte zur Tür, doch ich schaffte es nicht, die Klinke mit meinem Ellbogen ganz herunterzudrücken.

»So ein Pech. Jetzt komm wieder her, Kendra«, sagte Eliza unbeeindruckt von meinem Fluchtversuch. Doch ich gab noch nicht auf und versuchte, meine Aura zum Aufstehen zu bewegen. Ich musste doch nur die Klinke gedrückt bekommen und dann rennen? Draußen würde mir bestimmt jemand helfen, dachte ich. Doch dann meldete sich meine innere Stimme und erinnerte mich an meine unfreiwillige Eskorte aus dem Hotel. Auch dieses Mal würde mir niemand helfen. Ich sah zu Eliza, die nach wie vor an der Sprossenwand auf mich wartete. Sie bemühte sich nicht einmal, mich aufzuhalten.

Resigniert gab ich meinen Fluchtversuch auf und fragte die Rothaarige: »Ist eigentlich schon mal jemand bei deinem Unterricht gestorben?«

Die Vampirin antwortete amüsiert: »Du solltest eher fragen, ob schon mal jemand meinen Unterricht überlebt hat.«

War das ihr Ernst? Sie bemerkte meinen Blick und winkte mich zu sich.

»Stell dich nicht so an, du stehst unter Maras Schutz. Ich bring dich schon nicht um«, sagte sie und forderte mich auf, näher zu kommen.

Sie fasste mich an den Schultern und stellte mich direkt unter das Klimmzuggestell an der Sprossenwand. Dann berührte sie mit ihren Auraranken meine wabernde Aurawolke auf dem Boden und schob sie sich zurecht. Es fühlte sich an, als würde jemand an einem eingeschlafenen Körperteil herumstochern. Es gibt keinen besseren Vergleich für das Gefühl, wenn sich zwei Auren kreuzen.

»Du musst schon mitmachen«, beschwerte sich Eliza über die Passivität meiner Aura.

»Du hast gesagt, man kann Auren nicht steuern. Also wie geht das? Was muss ich machen?«, fragte ich und starrte meine violette Aurawolke böse an.

Mit meinem Blick konnte ich sie auch nicht lenken.

Die Rothaarige suchte nach den richtigen Worten, bevor sie erklärte:»Du musst daran glauben. Du dachtest, ich würde dich töten, also hast du instinktiv einen Schild ausgebildet. Glaube an deine Fähigkeiten und dann nutze sie, verdammt!« Eliza wurde schon wieder ungeduldig.

»Welche Fähigkeiten …«, murmelte ich und wurde selbst ungeduldig.

Gestern, in dem Verhörraum der Dämonenbehörde, hatte sich meine Aura zum ersten Mal gezeigt und mich wie ein Mantel umhüllt. Heute hatte sie sich als Schutzschild gezeigt.

»Es wäre so viel einfacher, wenn ich dich kurz aufhängen könnte«, murmelte die Rothaarige.

»Was?!«, rief ich entsetzt.

Mittlerweile taten mir die Hände weh.

»Das Seil ist zu fest«, teilte ich ihr mit. »Können wir es wenigstens ein bisschen lockern?«

»So läuft das nicht«, stellte Eliza klar.

An ihrem Blick merkte ich, dass sie sich bereits eine neue Lernmethode ausdachte.

»Ich hab einen Schild mit meiner Aura gemacht, ist das nicht genug für die erste Stunde?«, wagte ich mich vorsichtig vor.

»Du stellst meine Geduld wahrlich auf die Probe, Kleine«, antwortete Eliza in genervtem Ton.

»Ich will ja stark werden. Und ich werde auch stark. Aber gestern hatte ich noch keine eigene Aura und heute … was ich sagen will, ist … Könntest du mich am Anfang einfach noch eine Weile wie einen Menschen behandeln?«, bat ich.

Eliza hatte zugehört. Ihre Aura blieb ruhig. Ein gutes Zeichen? Sie fluchte in einer anderen Sprache und strich sich eine rote Haarsträhne aus dem Gesicht.

»Du bist kein Mensch mehr, Kendra. Und niemand wird dich mehr wie einen behandeln. Ich am allerwenigsten«, wies Eliza meinen Vorschlag zurück.

Sie ging zur nächsten Aufgabenstellung über und band sogar das Seil um meine Handgelenke los.

»Zwanzig Klimmzüge«, befahl sie, während ich die roten Striemen auf meiner Haut rieb.

Meine Hände kribbelten und waren an einigen Stellen taub. »Jetzt«, drängte Eliza mich.

Ungeschickt kletterte ich die Sprossenwand hoch und hielt mich mit beiden Händen am Metallgestell fest. Meine Hände waren rutschig und schmerzten noch vom Seil. Ich biss die Zähne zusammen und strengte mich an, doch lange würde ich mich nicht halten können.

»The floor is lava«, sagte die Rothaarige plötzlich und ließ ihre Aura über den Boden unter mir fließen.

Die dunkelviolette Masse formte gefährliche Stacheln, auf denen ich keinesfalls landen wollte. Meine Füße klemmten sich wieder an die Sprossenwand und fanden Halt.

»Meine Hände sind zu rutschig«, rief ich, aber Eliza ignorierte mich.

»Zwanzig Klimmzüge«, wiederholte Eliza und ließ eine ihrer Auraranken entstehen.

Diese umschlang meinen einen Fuß und zog ihn von der Sprossenwand weg.

»Los!«, knurrte Eliza und ich mühte mich ab, einen Klimmzug zu schaffen.

Rutschige, schmerzende Hände und ein Stachelboden unter mir – ich schaffte einen Klimmzug und tastete mit den Füßen nach einer Sprosse zum Pausieren. Die violette Ranke zog mir beide Füße weg und ich fiel fast.

»Hey!«, rief ich. »Du hast kein Zeitlimit genannt!«

Ich fühlte mich im Recht und streckte erneut meine Zehenspitzen nach einer Sprosse aus. Eliza ließ mich nicht.

»In der Zeit hättest du schon zwei weitere geschafft«, behauptete sie, doch ich kannte meinen Körper besser.

Meine linke Hand musste ständig nachfassen, während meine rechte Hand nur minimal langsamer vom Metall abrutschte. Eliza ließ einen der Stachel auf dem Boden anwachsen und berührte meine Fußsohle.

Ich spürte den Schmerz durch die Schuhsohle hindurch und zog meine Beine schnell an.

»Weiter«, forderte sie mich auf, aber ich kämpfte immer noch mit meinen schwitzigen Händen.

»Ich falle gleich«, warnte ich Eliza vor, damit sie mich nicht aufspießte.

Sie würde mich nicht töten. Sie würde die Stacheln rechtzeitig wegziehen.

»Du bist nicht mit dem nötigen Ernst dabei!«, sagte Eliza wütend und stach mir in den Fuß.

»Pause!«, flehte ich verzweifelt, als meine Kraft in den Armen immer weiter nachließ. »Ich falle gleich! Wirklich!«

Mit letzter Kraft klammerte ich mich an das rutschige Metallgestell.

»Na und?«, meinte die Rothaarige entspannt und zuckte die Schultern. »Es tötet dich nicht. Es tut nur höllisch weh.«

Jetzt war ich mir nicht mehr so sicher, ob sie die Stacheln rechtzeitig wegziehen würde. Ich hing wie ein schlaffer Sack am Metallgestell und starrte auf meine immer noch inaktive Aura hinab.

»Komm schon!«, flehte ich meinen blassvioletten Nebel an.

Dann rutschte ich ab und fiel unsanft auf den harten Boden. Doch der erwartete Schmerz blieb aus.

Überrascht sah ich, worauf ich gelandet war und erkannte – nein, spürte – meine eigene Aura unter mir. Elizas Stacheln waren verschwunden.

»Ich hab deine Stacheln zerquetscht?«, sagte ich ungläubig und musste lachen.

Die Vampirin korrigierte mich, aber für mich klang es wie ein Lob: »Du hast gar nichts zerquetscht, ich habe meine Aura nur rechtzeitig zurückgezogen. Aber siehst du jetzt, wozu du fähig bist, wenn du nur genug Motivation hast?«

Doch sie war noch lange nicht fertig mit mir. Unterricht bei Eliza war ein Wechselbad an Gefühlen. Angst, Wut, Verzweiflung und dann dieses großartige Erfolgserlebnis.

»Als nächstes …«, begann sie und dachte laut auf einer anderen Sprache nach.

Ich nutzte die Pause und wischte mir die schweißnassen Hände an meinem T-Shirt ab. Meine Aura entfaltete sich schon wieder zur wabernden Wolke, die sie wohl am liebsten war.

»Wo kommt ihr eigentlich her, Marana, Nikola und du?«, fragte ich und hoffte, die Pause etwas weiter ausdehnen zu können.

Es störte mich, dass ich nicht alles verstand, was die Dämonen besprachen. Meine Frage brachte Eliza kurz aus dem Konzept.

»Warum fragst du das?«, klang sie leicht misstrauisch.

»Ihr sprecht nicht immer Deutsch, deshalb«, antwortete ich.

Eliza machte es sich leicht und spielte die klassische Dämonenkarte. Sie nahm meine Worte wörtlich und antwortete: »Marana kam gestern verletzt aus der Dämonenbehörde, Nikola nach Feierabend aus der Hochschule in Schöneweide und ich komme ganz frisch aus dem Hotel gegenüber.«

»Ja, schon kapiert«, räumte ich meinen Fehler ein. »Marana hat mir schon ein bisschen was über diese anstrengende Art zu reden gezeigt.«

»Dann arbeite an deiner Ausdrucksweise und verdiene dir deine Antworten«, erklärte Eliza das Thema für beendet. »Genug gerastet, Kendra. Es geht weiter.«

Sie scheuchte mich mit ihrer Aura auf.

»Ich bin echt k.o«, gab ich zu.

»Sobald du das glaubst, wird auch deine Aura schwach«, erklärte Eliza, ohne Widerworte zuzulassen. Wieder zückte sie das pinke Gummiseil. »Umdrehen.«

Ich stöhnte, leistete aber keinen Widerstand. Eliza band mir erneut die Hände zusammen. Plötzlich legte mir die Vampirin ohne Vorwarnung ihr rotes Halstuch um die Augen. Das gefiel mir überhaupt nicht. Ich äußerte mein Unbehagen, doch ich hörte Eliza nur lachen.

»Das wird eine Vertrauensübung, Kendra. Vertraust du mir?«, fragte die Vampirin noch immer mit einem Lachen in der Stimme.

Sie hatte eindeutig zu viel Spaß. Eliza bestand zum Glück nicht auf eine Antwort.

Sie klopfte mir auf die Schulter und erklärte die Regeln für die nächste Übung: »Ich lotse dich durch den Hindernisparcours. Danach darfst du mir die Augen und Hände verbinden und ich mache dasselbe.«

Sie kicherte unheimlich, fing sich aber wieder.

»Entschuldige, ich hatte einfach so lange keine richtige Spielgefährtin mehr«, begründete sie ihr Verhalten.

Mir gefiel das Wort »Spielgefährtin« ganz und gar nicht. Es klang zu sehr nach »Spielzeug«.

Dann schob sie mich in die Startposition und sagte: »Geradeaus. Weiter. Weiter.«

Ich ging langsam und wollte meine Hände tastend ausstrecken, aber das Seil schnitt mir erneut in die Handgelenke.

»Weiter. Leicht rechts halten«, wies mich die Vampirin an.

Dann stieß ich gegen etwas Hartes und fluchte leise.

»Hey!«, beschwerte ich mich und tastete mit den Fußspitzen nach dem Hindernis.

Der Bock stand hier und sie hatte mich direkt dagegen geführt.

»Ups«, kicherte Eliza und fuhr fort. »Jetzt wieder geradeaus. Genau. Weiter. Weiter.«

Grummelnd gehorchte ich, ging aber noch langsamer als vorher.

»Und jetzt?«, hielt ich inne.

Der Stufenbarren musste bald kommen. Eliza schwieg. Ich tastete mit den Fußspitzen und kam mir wirklich albern vor.

»Eliza?«, fragte ich in die Stille, doch sie antwortete nicht.

War die Dämonin überhaupt noch da?

»Eliza?«, fragte ich noch einmal und lauschte.

Nichts. Ich hielt den Atem an und lauschte angestrengter. Sicher stand sie irgendwo und verkniff sich ein Lachen.

»Bist du noch da?«, versuchte ich es erneut.

Dann fiel eine Tür ins Schloss. War sie einfach gegangen?

»Eliza? Das ist nicht mehr lustig!«, bekam ich es erneut mit der Angst zu tun.

Ich versuchte, mich zu beruhigen. Sie spielte mit mir. Sie war noch da, ganz sicher. Ich blieb einfach stehen. Irgendwann würde ihr langweilig werden. Sie würde ihr Spiel aufgeben.

»Dann mache ich eben so lange Pause«, sagte ich und wollte sie damit aus der Reserve locken.

Doch es blieb still in der Sporthalle. Viel zu still.

»Eliza?«, fragte ich nach einer Weile, aber es kam immer noch keine Antwort.

Fluchend zog ich an dem Springseil herum, doch es saß zu fest. Zu allem Überfluss machte auch die Augenbinde einen überaus festen Eindruck. Plötzlich stellten sich meine Nacken-haare auf.

»Ist da jemand?«, rief ich in die bedrückende Stille.

Obwohl wieder niemand antwortete, spürte ich plötzlich, dass ich nicht mehr allein war. Dabei hatte ich die Tür kein weiteres Mal gehört. Meine Gedanken rasten zu den Leuten aus der BfdA. Vielleicht hatten sie die Vampirin weggelockt?

»Keinen Schritt näher!«, warnte ich und drehte mich langsam im Kreis.

Wer auch immer in der Sporthalle war, bewegte sich lautlos.

»Eliza, falls du das bist, hör auf damit!«, rief ich, in der

Hoffnung, ein verräterisches Geräusch zu hören, das mir mehr über den Unbekannten verraten würde.

In ihren Schuhen konnte die Vampirin unmöglich lautlos gehen, oder? In der Nähe hörte ich die Eingangstür knallen und erschrak.

»Eliza?!«, rief ich panisch.

Jetzt hatte ich wirklich Angst. Wer war dann die ganze Zeit mit mir im Raum gewesen? Etwas Unbekanntes streifte mich und ich erschauderte.

»Wolltest du ihr nicht Zeit geben, ihr gestriges Trauma zu verarbeiten?«, hörte ich plötzlich eine Männerstimme durch die Halle schallen.

»Spielverderber!«, fluchte Eliza und riss mir plötzlich die Augenbinde ab.

Sie hatte die ganze Zeit direkt neben mir gestanden.

»Schnell, sieh hin!«, forderte sie mich auf und deutete mit ausgestreckten Armen auf den flachen, blassvioletten Nebel, der sich in einem gut drei Meter Radius um mich ausgebreitet hatte.

Es dauerte eine Weile, bis ich meine Aura erkannte. Im selben Moment schoss der Nebel zu mir zurück und sammelte sich wieder zu meinen Füßen.

Erst jetzt wandte ich mich um und erkannte den Mann des Skype-Videoanrufes: Nikola Tesla. Er trug einen dunkelblauen Anzug und ein weißes Hemd, wodurch er ein wenig wie einer dieser Behördenleute aussah. Auch er hatte eine violette Aura. Im Gegensatz zu Elizas und meiner einfarbigen Aura schien seine mit einem unbestimmten, metallenen Schimmern durchzogen. Das Unbekannte, das mich gestreift hatte, musste seine Aura gewesen sein.

»Hi, Kendra«, begrüßte Nikola mich ruhig.

»Hi«, grüßte ich zurück, doch ich konnte meine Hand nicht wie er heben.

Ich war vollkommen erschöpft von Elizas Spielen. Doch wie zuvor wich die Angst langsam dem großartigen Gefühl des Erfolgs. Meine Aura hatte sich ausgedehnt. Ich hatte Eliza durch meine Aura erahnt und sogar Nikolas Anwesenheit ganz ohne Hände bemerkt.

»Das darf doch nicht wahr sein!«, bemerkte Nikola meine Lage und kam auf uns zu. »Hast du sie gefesselt?«

Der Mann schien aufgebracht zu sein. Doch die Rothaarige wies ihn mit ihrer Aura in die Schranken und befreite meine Hände, bevor er es tun konnte.

»Sie ist jetzt stärker«, meinte Eliza und ich freute mich über das Lob.

Nikola schien nicht überzeugt und sagte zu mir: »Zeig mal her, Kendra.«

Ich sah zu Eliza und spürte ihren missbilligenden Blick auf mir.

»Mir geht's gut«, versicherte ich schnell und unterdrückte den Drang, meine schmerzenden Handgelenke zu reiben.

Sie pochten wahnsinnig und erinnerten mich an die vergangenen Lektionen.

»Wenn sie das sieht …«, zischte Nikola wütend und stellte seine eigene Aura auf.

Im Vergleich zu Elizas Aura war seine violette Masse jedoch deutlich weniger imposant.

»Nicht streiten«, murmelte ich unüberlegt und ließ mich auf die nächstgelegene Bank fallen.

Mir war schwindelig und zwei besorgte Augenpaare richteten sich auf mich.

»Toll gemacht!«, fauchte Nikola Eliza an und kniete sich vor mich. »Hey, alles gut bei dir? Hast du Schmerzen?«

Ohne zu fragen, griff er nach meinen Handgelenken. Ich zog sie zurück, als er über die gerötete Haut fuhr, unterdrückte jedoch jedes Geräusch.

»Mir geht's gut«, wiederholte ich und blickte erst Nikola, dann Eliza an.

Die Rothaarige spielte nervös mit einer ihrer Strähnen und setzte sich neben mich. Sogar sie zeigte etwas, das wie Sorge aussah.

»Bleib einfach sitzen, während Tesla und ich ein paar Dinge klären, ja?«, meinte die Vampirin und tätschelte mir die Schulter. Dann gingen sie zur anderen Seite der Turnhalle und sprachen aufgeregt miteinander. Ich brauchte mich nicht einmal anstrengen, um etwas zu hören. Je aufgeregter sie miteinander sprachen, desto lauter wurden ihre Stimmen.

»Sie wurde dir anvertraut, verdammt! Jetzt hat sie geschundene Handgelenke und ist völlig ausgelaugt!«, ließ Nikola seiner Wut freien Lauf.

Die Rothaarige ließ das nicht auf sich sitzen und fauchte zurück: »Misch dich nicht in Dinge ein, die dich nichts angehen, Tesla! Sie wurde *mir* anvertraut und ich mache mit ihr, was ich will.«

»Ja, das sehe ich! Wäre ich nicht gekommen, hättest du sie vermutlich komplett gebrochen!«, schrie Nikola und warf mir einen Blick zu.

Die Rothaarige drehte ihren Kopf und bemerkte meinen Blick. Ich wollte etwas sagen, war aber zu müde, um irgendeinen sinnvollen Satz zu formen. Ich seufzte und lehnte meinen Kopf gegen die hölzerne Wand.

»Oh verdammte Scheiße!«, hörte ich Nikola fluchen, bevor ich auf der Bank zusammensackte.

Als ich zu mir kam, lag ich auf dem Boden und jemand hielt meine Beine nach oben.

»Was zur …«, murmelte ich und strampelte schwerfällig mit den Beinen.

»Langsam, langsam«, hörte ich eine beruhigende Männerstimme.

Ach ja. Ich ließ mir aufhelfen und versuchte, mich wieder zu sammeln. Ein paar blitzende Punkte tanzten vor meinen Augen.

»Wie geht's dir, Kendra?«, fragte Nikola und kniete sich wieder vor mich.

»Ein bisschen schwindelig«, antwortete ich und fühlte mich immer noch unglaublich schwer und müde.

»Sehr gut, dann rück endlich mit der Sprache raus!«, rief Eliza in meiner Nähe. Hatte ich etwas falsch gemacht?

Ich wollte mich gerade entschuldigen, da sagte Nikola: »Es gibt vielleicht eine neue Spur zu unserem Mörder. Aber unter diesen Umständen lassen wir das wohl lieber.«

»Prima, dann lass uns aufbrechen!«, antwortete Eliza energiegeladen.

Obwohl mein Körper anderer Meinung war, stimmte ich ihr zu: »Ich will auch helfen.«

Irgendwie würde ich mich bei Marana für die Rettung revanchieren. Ich wollte mich unbedingt nützlich machen.

»Bitte«, flehte ich Nikola an.

Der Vampir beäugte mich skeptisch, reichte mir dann aber seine Hand.

»Wir nehmen mein Auto, da trinkst du etwas. Danach sehen wir weiter«, nannte Nikola seine Bedingungen und ich willigte ohne zu zögern ein.

Ich wollte meine neue Stärke zeigen und stand ohne Nikolas Hilfe auf. Eliza kommentierte meine Geste mit einem kurzen Lachen.

»Das ist mein Mädchen!«, sagte sie stolz und hakte mich unter. »Ihre Sachen, Tesla.«

Die Rothaarige deutete auf meinen Rucksack und Nikola holte ihn ohne zu murren und folgte uns durch die Schule.

»Und die Sachen in der Turnhalle?«, fragte ich Eliza, doch die winkte ab.

»Kann der D'Schar machen«, meinte sie gleichgültig.

Wir verließen die Schule und ließen die Tür hinter uns zufallen. Direkt vor uns parkte eine schwarze Limousine mit getönten Scheiben und eingeschaltetem Warnblinklicht, was die vorbeifahrenden Autofahrer sichtlich verärgerte. Auch der Bus hupte uns an, fand dann aber doch einen Weg zu seiner Haltestelle. Die Dämonen ließ das kalt. Nikola überholte Eliza und mich und öffnete uns eine der hinteren Türen.

»Drei Türen?«, staunte ich und betrachtete das Auto.

Ich hatte noch nie einen sechstürigen Wagen gesehen. Nikola musste wirklich reich sein, wenn er eine eigene Limousine besaß.

»Einsteigen, Kendra«, sagte Eliza und ich stieg nach ihr ein.

Nikola nahm die mittlere Tür und setzte sich uns gegenüber, bevor er die Tür nahezu lautlos hinter sich schloss. Er fuhr also nicht selbst? Wie in einem Agenten-Film klopfte der Vampir an die getönte Trennscheibe zur Fahrerkabine und das Auto setzte sich in Bewegung. Ich suchte nach einem Sicherheitsgurt, aber es gab keine Möglichkeit, sich anzuschnallen. Nikola bemerkte meine Bewegungen und grinste zufrieden. Eliza saß schweigend neben mir und wippte unruhig mit einem Fuß. Wenn sie beeindruckt war, dann zeigte sie es nicht.

»Hunger?«, fragte Nikola und lenkte meinen Blick auf etwas in der Limousine.

War das …? Seine Limousine hatte tatsächlich einen integrierten Kühlschrank. Nikola zog einen Blutbeutel aus dem kleinen Kasten und hielt mir den Beutel hin.

»Ein bisschen zwischen den Händen reiben, dann wird es wärmer«, riet er mir und schloss den Kühlschrank wieder, als Eliza hineinspähen wollte.

Mit einem mulmigen Gefühl drückte ich am Blutbeutel herum.

»Trink endlich, oder ich nehme das!«, schimpfte Eliza und riss mir den Beutel aus der Hand.

Sie öffnete ihn für mich und hielt ihn mir dann auffordernd hin. Nikola spannte sich kurz an, ließ sich aber wieder in seinen Sitz sinken, als ich den Beutel nahm. Seine violette Aura schimmerte jedoch wachsam.

»Hakuna Matata«, murmelte ich, bevor ich das Plastik an meine Lippen setzte. Das Trinken geschah fast von allein. Die kalte Flüssigkeit war weniger eklig als die warme Variante – fast wie kalter, eisenhaltiger Saft. Sofort fühlte ich mich besser.

»Wow«, murmelte ich, als ich spürte, wie schnell meine Kräfte zurückkehrten.

»Nur zur Sicherheit«, sagte Nikola und spendierte mir einen weiteren Beutel.

Ich öffnete ihn so, wie Eliza es getan hatte und trank auch diesen Plastikbeutel leer. Die Rothaarige und Nikola wechselten besorgte Blicke.

»Mir geht es besser. Viel besser«, erklärte ich ehrlich.

Keiner der beiden sagte etwas darauf.

»Oh! Können Dämonen wirklich Lügen erkennen?«, fragte ich plötzlich, eine Frage, die ich schon lange stellen wollte.

»Ja«, antworteten beide Vampire gleichzeitig.

Eliza dominierte Nikola mit ihrer Aura und lenkte das Gespräch wieder auf ein wichtigeres Thema.

»Also, du hast eine Spur entdeckt?«, fragte sie Nikola.

Er antwortete und bemühte sich um einfache Worte: »Der Täter sucht junge Opfer. Laut den sozialen Medien gibt es einen populären Treffpunkt in Richtung Hirschgarten. Ich habe eine Simulation durchgeführt, die eine zweiundachtzigprozentige Chance errechnet hat, dass der Täter diesen Ort als Jagdgebiet nutzt.«

»Eine Simulation?«, fragte ich und Eliza griff meinen Gedanken auf.

»Du hast eine Vermutung, keine Beweise«, fasste sie zusammen, was der Vampir gerade erklärt hatte.

»Die Simulation basiert auf den bisherigen Tatorten und den geschätzten Uhrzeiten. Die Chancen stehen gut, dass wir …«, verteidigte Nikola seine Methode, wurde aber von Eliza unterbrochen.

»Du weißt genau, dass es nicht genug ist. Sonst hättest du Mara in Kenntnis gesetzt. Aber weil du Zweifel an deiner großartigen Simulation hast, kommst du stattdessen zu mir. Zu uns«, entgegnete sie.

Stolz durchströmte mich, als sie mich ebenfalls erwähnte. Ich hatte also doch etwas richtig gemacht.

»In maximal zwanzig Minuten sind wir mit der Überprüfung fertig. Es geht schnell, kostet keine Kraft und vielleicht macht es dir sogar Spaß«, versuchte Nikola, die Vampirin zu überzeugen.

In genau diesem Moment hielt der Wagen vor einem großen Einkaufszentrum.

»Der Täter jagt im Kaufland?«, fragte ich ungläubig.

»Er arbeitet wohl eher hier. So viel zum populären Treffpunkt«, rümpfte Eliza die Nase und schien immer noch nicht überzeugt.

Nikola tippte an die gegenüberliegende Fensterscheibe und korrigierte uns: »Nicht das Einkaufszentrum. Die leerstehenden Gebäude von der ehemaligen Filmfabrik hier kommen in Frage. Wir sollten keine Probleme haben, jemanden oder etwas aufzuspüren. Hier gibt es nichts, das uns stören oder ablenken könnte.«

Die Rothaarige seufzte, schien aber einverstanden.

»Na dann los«, sagte ich entschlossen und griff nach der Tür.

Sowohl Nikola als auch Eliza sagten entschieden: »Nein.«

Ausgerechnet in dieser Sache waren sie sich einig.

»Vielleicht sollte ich bei ihr im Wagen bleiben«, schlug Nikola zögernd vor.

Eliza lehnte den Vorschlag ab: »Na klar. Im schlimmsten Fall bin ja nur ich diejenige, die draufgeht. Du kommst schön mit, Tesla.«

Der Vampir lächelte entschuldigend und versprach: »Wir sind bald wieder zurück. Bleib im Wagen, ja?«

Er und Eliza stiegen aus, dann klickten die Türen. Hatte er ernsthaft abgeschlossen? Vorsichtig griff ich nach dem chromfarbigen Türgriff und zog. Er war verriegelt. Sie hatten mich eingesperrt. Um besser sehen zu können, öffnete ich das Fenster.

Die beiden heruntergekommenen Sechsgeschosser standen in einem rechten Winkel zueinander. Ohne die getönten Scheiben konnte ich die Auren von Nikola und Eliza deutlich erkennen. Wie in der Sporthalle breiteten sie ihre Auren als flachen Bodennebel aus. Eliza verschwand als Erste aus meinem Blickfeld. Nikola nutzte einen anderen Eingang und war etwas später ebenfalls nicht mehr zu sehen. Und ich saß im Auto und war nutzlos.

»Lieber nutzlos als hilflos«, sagte meine innere Stimme.

Wie ich das hasste. Ich lehnte mich wieder zurück und genoss den sanften Wind, der durch das geöffnete Fenster hereinkam. Ich warf einen Blick auf meine kraftlose Aura zu meinen Füßen. Ich wusste immer noch nicht so recht, was ich mit ihr anfangen sollte.

Weil ich mir nicht sicher war, ob der Chauffeur zuhörte, flüsterte ich zu meiner Nebelwolke: »Du und ich, wir hängen jetzt noch eine ganze Weile aneinander. Also lass uns einfach zusammenarbeiten, ok?«

Ich wartete auf ein Zeichen, ein schwaches Pulsieren vielleicht. Aber natürlich kam nichts von meinem Nebel. Also inspizierte ich den Innenraum des Wagens. Es gab viele verchromte Flächen, schwarzes Leder und beleuchtete Knöpfe, die mich geradezu lockten. Ich konnte nicht widerstehen und probierte ein paar aus. Die Limousine hatte nicht nur ein integriertes Internetradio, sondern auch Ambientlicht mit Farbwechsel sowie diverse Lüftungs- und Klimaeinstellungen. Eine Uhr war allerdings nicht Teil der Ausstattung – zumindest fand ich keine. Weil ich nicht zu neugierig sein wollte, sah ich wieder aus dem Fenster.

Noch immer war von Nikola und Eliza nichts zu sehen. Mir kam eine Idee. Um die Zeit zu vertreiben, griff ich in meinen Rucksack und kramte das gestohlene Buch aus der Bibliothek hervor.

»Lexikon der Dämonologie«, las ich den Titel laut vor.

Das Cover zeigte den vitruvianischen Menschen – nur mit Hörnern, Schweif und Hufen. Bis vor Kurzem hätte mich diese Darstellung von Dämonen nicht im Geringsten gestört. Jetzt fühlte ich mich leicht beleidigt. Ich hob noch einmal den Blick, um nach Eliza und Nikola Ausschau zu halten und blätterte dann lose im Buch herum. Das Inhaltsverzeichnis zeigte schnell, dass es sich tatsächlich eher um ein reines Lexikon handelte – ein Sammelsurium an Einträgen über Dämonenarten. Ich ließ meine Finger durch die Seiten gleiten und hielt im letzten Drittel des Buches inne. Die erste Seite, die ich zufällig aufschlug, zeigte eine Art Medusa mit kobraähnlichem Schlangenkopf. Ich kannte bisher nur die griechische Version mit dem Frauenkopf und den Schlangenhaaren.

»Schlangendämon«, las ich laut vor.

Hier war wohl jemand ganz kreativ gewesen. Als Nächstes sah ich mir die hinterlegten Daten zu dieser Dämonenart an.

Direkt unter dem Bild stand etwas über den Lebensraum und das Verhalten:»Schlangendämonen leben in Wüsten und trockenen Gebieten. Sie absorbieren Sonnenstrahlen und lauern stundenlang im Sand versteckt. Haben sie ihre Beute mit ihrer gespaltenen Zunge gewittert, gibt es kein Entkommen. Blitzschnell versenken sie ihre Zähne in größere Tiere und auch Menschen.« Plötzlich hatte ich keine Lust mehr auf Ägypten. Die Vorstellung, dort im Sand einem Schlangendämon zu begegnen, ließ mich erschaudern. Die letzte Zeile zum Lebensraum besagte, dass es auch giftige Varianten der Schlangendämonen in tropischen Gebieten gab. Super. Auf der gegenüberliegenden Seite prangten die Teilüberschriften »Stärken« und »Schwächen«. Zu den Stärken zählte anscheinend enorme körperliche Kraft, ähnlich wie bei Würgeschlangen. Auch hier fand ich einen Hinweis zu giftigen Dschungel-Varianten.

Die Schwächen klangen wie eine Anleitung zum Töten: »Das Abtrennen des Kopfes hat sich bewährt und wird in jedem Fall empfohlen.« Was für eine Lektüre. Ich konnte nicht anders und blätterte erneut zum Inhaltsverzeichnis, um nach »Vampir« zu suchen. Na also. Der Eintrag zum Vampir zeigte eine Collage aus berühmten Vampiren: Nosferatu, Dracula und … war das Eliza? Die Bildunterschrift nannte tatsächlich ihren bürgerlichen Namen. Erzebet? Ereze… ich würde einfach bei Eliza bleiben. Auf dem Gemälde trug sie einen abnorm großen Kragen. Zum Glück hat sich ihr Kleidungsstil inzwischen geändert. Ob sie Nosferatu und Dracula wohl kannte?

»Na dann schauen wir mal, wo ich üblicherweise zu finden bin«, murmelte ich. »Der Vampir lebt oft unerkannt unter den Menschen, die seine Nahrungsquelle darstellen.«

Dann sprang ich automatisch zum Abschnitt »Schwächen«.

»Im Mittelalter bannte man Vampire wirkungsvoll mit Knoblauch und christlichen Symbolen. Das Pfählen hat sich als vorübergehend effektiv erwiesen und lähmt den Vampir. Das Abtrennen des Kopfes hat sich durch die Jahrhunderte als erfolgreich erwiesen und wird in jedem Fall empfohlen.«

Ich schlug das Buch zu. Das konnte doch nicht wahr sein. Warum gab es solche Bücher in öffentlichen Bibliotheken? Ich spähte auf die erste Seite. Das Buch wurde erst vor zwei Jahren veröffentlicht. Zu der Zeit waren Dämonen schon bekannt und das Integrationsprogramm längst gestartet worden! Trotzdem schrieb jemand ganz selbstverständlich über das Töten von ihnen ... von uns. Zerknirscht packte ich das Buch wieder zurück in den Rucksack. Bei der nächsten Gelegenheit würde ich es irgendwo loswerden. Ich zählte mich definitiv zu den Buchliebhabern, die niemals Bücher wegwerfen würden. Aber dieses Buch?

Ungeduldig schaute ich wieder aus dem Fenster. Von den beiden Vampiren war immer noch nichts zu sehen. Ich setzte mich um und beobachtete nun den Eingang vom Kaufland. Eine einsame Imbissbude hatte geöffnet. Eine kleine Gruppe Menschen stand um den Wagen und aß gemeinsam. Gab es dort Hotdogs? Ich konnte es nicht genau erkennen, aber mein Appetit war ohnehin verschwunden. Ein Fahrradfahrer fuhr durch mein Blickfeld und hielt an Glascontainern. Laut scheppernd leerte er einen Beutel mit Altglas, bevor er weiterfuhr. Ein gelber Paketlieferwagen versperrte kurz meine Sicht, dann konnte ich meine Beobachtungen fortsetzen. Gegenüber des Imbisswagens hatte der Baumarkt zahlreiche Pflanzen ausgestellt, die von Kunden begutachtet wurden.

Ich erinnerte mich an die gemeinsamen Einkäufe mit meinem Opa. Er hätte bestimmt auch hier mit mir eingekauft. Ein Paar mit einem Hund kam an der Limousine vorbei und riss mich aus meiner Erinnerung. Die Frau machte Fotos von dem auffälligen Wagen. Vermutlich war auch mein Kopf auf dem Bild. Mist. Zu sehr von den Fotos und dem bellenden Hund abgelenkt, bemerkte ich erst jetzt die schwache Aura, die den Mann umgab. Er war ein Dämon! Ich kniff die Augen zusammen, sah aber keine Aura bei der Frau. Sind meine

Mutter und mein Vater früher auch zusammen spazieren gegangen?

Wusste diese Frau mit dem Hund überhaupt, dass ihr Freund ein Dämon war? Unbewusst hatte sich meine Aura verselbstständigt und bewegte sich auf den Dämonenmann zu. Er stellte seine hellblaue Aura auf – ein Sinine also? Er ließ seine Aura schnell sinken, als mein Nebel ihn fast erreichte. Am liebsten hätte ich mich entschuldigt, aber ich wollte nicht aus dem Wagen rufen und uns beide dadurch blamieren.

»Dämonen verraten einander nicht«, hatte Marana bei unserem ersten Treffen außerdem erklärt.

Ich hielt mich lieber an diese Regel. Das Auto klackte, als die Türen entriegelt wurden. Im nächsten Moment stiegen Eliza und Nikola wortlos ein. Hatten sie sich wieder gestritten?

»Und? Was habt ihr gefunden?«, fragte ich, als sie die Türen schlossen.

Nikola schüttelte den Kopf und bat mich, das Fenster zu schließen.

»Und hast du etwas Interessantes gesehen?«, fragte Eliza.

Smalltalk lag Eliza nicht, doch ich ließ mich darauf ein.

»Da war ein Paar und der Mann hatte eine Aura, hellblau«, erzählte ich von der Begegnung und erwähnte sicherheitshalber das Foto, auf dem ich vielleicht zu sehen war. »Das löschen wir einfach«, versicherte mir Nikola und zog sein Smartphone hervor.

Er wischte und tippte gekonnt auf dem Display herum, dann erklärte er die Sache für erledigt. Ich hatte keine Ahnung, was genau er gemacht hatte, aber ich vertraute ihm. Wenn Marana ihm in technischen Angelegenheiten vertraute, war ich die Letzte, die seine Fähigkeiten anzweifeln würde.

»Eine Schande, sowas«, glaubte ich Eliza murmeln zu hören.

»Was?«, fragte ich nach.

»Nichts«, kam Nikola der Rothaarigen zuvor.

Doch Eliza ließ ihm das nicht durchgehen und erklärte ausführlich: »Menschen und Dämonen sollten nicht zu viel miteinander zu tun haben. Schon jetzt gibt es einen traurigen Trend: immer mehr Missgeburten und Halbblüter. In einer von Menschen dominierten Welt sollten die verbliebenen Dämonen stark bleiben.«

Wenn Halbblüter für Eliza Missgeburten waren, dann war ich für sie auch nur …?

»Meine Mutter war ein Mensch«, rutschte es mir heraus.

»Das ist etwas anderes«, behauptete Eliza. »Vampire werden immer als Menschen geboren. Wichtig ist, ob sie erwachen, oder ob ihre Gene bis zum Tod inaktiv bleiben. Trotzdem ist es besser, wenn Dämonen nicht unnötig die Geburt eines Halbbluts riskieren.«

»Nicht alle sehen das so«, konterte Nikola und beruhigte mich ein wenig. »Marana und ich sind zum Beispiel Avalonisten. Wir sind Dämonen, die das Zusammenleben mit Menschen befürworten und eine Koexistenz anstreben. Halbblüter sind nur die logische Konsequenz eines funktionierenden Zusammenlebens.«

»Es verdünnt das Blut«, beharrte Eliza.

»Evolution«, entgegnete Nikola. »Wo soll ich euch absetzen?«

Elizas Augen funkelten wütend. Nikola hatte das letzte Wort in ihrer Diskussion gehabt und das gefiel ihr natürlich nicht.

»Direkt vor dem Hotel«, antwortete Eliza dennoch kühl.

Ich konnte förmlich sehen, wie sie im Stillen Rachepläne schmiedete.

»Ach ja«, begann ich und sprach das Bibliotheksbuch an. »Können wir das Buch vielleicht zurückgeben? Da steht eh nichts Nützliches drin.«

»Wirf es einfach weg«, tat Eliza meine Bitte mit einer Handbewegung ab.

Wir hatten bereits das Schloss Köpenick erreicht und fuhren über die Brücke zum Hotel. »Dann bis zum nächsten Mal«, verabschiedete sich Nikola von uns und steckte mir seine Visitenkarte zu. »Hüte sie wie deinen Augapfel. Das ist wahrscheinlich die begehrteste Telefonnummer der Welt.« Er lächelte geheimnisvoll.

»*Eine* der begehrtesten Nummern. *Die* begehrteste ist wohl Maras«, widersprach Eliza ihm.

Ausnahmsweise gab er ihr recht.

»Wohl wahr«, stimmte er ihr zu. »Ich bringe dir beim nächsten Mal ein neues Smartphone mit. Dein altes Gerät kann getrackt werden. Benutze es am besten nicht mehr.«

Dann verkündete er: »Da wären wir, meine Damen.«

Eliza schnaubte verächtlich und stieg aus. Ich folgte ihr und bedankte mich leise bei Nikola für das Blut.

»Hey, Kendra«, rief er mich noch einmal zu sich.

Eliza wartete bereits am Hoteleingang auf mich.

»Wenn sie dir weh tut, solltest du das Mara sagen. Sie ist stärker als Elisabeth und wird sie in ihre Schranken weisen, wenn es nötig ist«, erklärte er mir.

»Mir geht's gut«, wiederholte ich.

So oft wie an diesem Wochenende hatte ich das noch nie sagen müssen. Der Vampir zwinkerte mir zu und schloss die Tür der Limousine. Ich ging zu der wartenden Eliza und schultere meinen Rucksack. Sie fragte nicht nach Nikolas Worten.

Im Fahrstuhl waren wir dieses Mal nicht allein, also schwiegen wir bis zur Zimmertür. Marana war nicht mehr da und das Sofa war leer. Das Gästebett hatte das Personal wohl schon abgeholt.

»Müssen wir heute nicht auschecken?«, fragte ich und erinnerte mich an Maranas Worte. Eliza zuckte nur mit den Schultern.

»Wir bleiben, solange wir wollen. Das Einchecken ist nur eine Höflichkeit, das wissen die hier«, erklärte die Rothaarige und zog sich bei halboffener Schlafzimmertür um.

Ich wandte den Blick ab und setzte mich auf das Sofa.

»Sind Vampire nicht eigentlich nachtaktiv?«, fragte ich laut in den nächsten Raum und Eliza lachte.

»Na klar, warum fragst du?«, erwiderte sie.

»Weil wir die ganze Zeit tagsüber unterwegs sind?«, antwortete ich.

Eliza ließ sich mit ihrer Antwort Zeit und trat dann in einem luftigen roten Hosenanzug aus dem Schlafzimmer.

»Hast du schon mal eine Nacht durchgemacht?«, fragte die Rothaarige und musterte mich. »Menschen sind tagaktiv, aber sie können sich einen nachtaktiven Lebensstil aneignen. Genauso ist es bei Vampiren. Wenn wir keinen ständigen Kontakt zu Menschen hätten, hätten wir längst unseren normalen Schlaf-Wach-Rhythmus zurück.«

Sie wirkte ein wenig wehmütig, erklärte sich aber nicht weiter.

»Nun komm her, wir wollen doch nicht, dass Mara sich Sorgen macht, oder?«, fragte sie mich und meinte damit eindeutig die auffälligen Stellen an meinen Handgelenken.

Ich folgte ihr ins Schlafzimmer und sah zu, wie sie ihren Rollkoffer auf dem Bett auspackte.

»Ausziehen«, befahl Eliza und hielt ein rotes Trägertop hoch. Dann verwarf sie die Idee und wühlte weiter in ihrem Rollkoffer.

»Ich kann meine Hände auch in die Hosentaschen stecken«, schlug ich vor.

Die ganzen roten Klamotten waren mir unheimlich. Gab es für Dämonen wirklich nur schwarze oder rote Kleidung? Kein Wunder, dass sich dieses klischeehafte Bild in Filmen und Bücher so gut hielt. Eliza warf mir einen genervten Blick zu.

»Ausziehen. Nur das Oberteil, nun mach schon«, blieb sie hartnäckig.

»Kann ich mich im Bad umziehen?«, fragte ich, als sie mich wartend anstarrte.

In ihrem Blick lag etwas Düsteres, dann sagte sie in ihrer üblichen Stimme: »Kendra, Liebes. Es ist alles neu für dich, ich weiß. Aber eine Sache musst du dir merken. Wenn ich dir etwas sage, dann machst du das, verstehst du? Verwechsle meine Befehle nicht mit Bitten. Ich bitte nie, musst du wissen.«

Ich dachte an die Worte Nikolas. Eliza war gefährlich. Sie war die Blutgräfin und über hundert Jahre alt. Und wenn sie wollte, dass ich mich vor ihr auszog, dann war das so. Ich drehte der Rothaarigen den Rücken zu und zog mein T-Shirt über den Kopf. Wie einen Schatz hielt ich mir den Stoff vor meine Brust.

»So, fertig. Was jetzt?«, fragte ich trotzig.

»Kendra, Grau ist wirklich keine Farbe für eine junge Lady«, kommentierte sie abfällig, als sie meinen schlichten BH sah.

»Ja, merke ich mir. Kann ich jetzt endlich etwas zum Anziehen haben?«, behielt ich meinen fordernden Ton bei.

Sollte sie ruhig merken, dass ich diese Spielchen nicht ausstehen konnte.

»Mochtest du das Seidennachthemd, Kendra? Du kannst es behalten, wenn du möchtest«, hörte ich Elizas Stimme dicht hinter mir.

»Hör auf mit diesen Spielchen!«, rief ich und drehte mich zu ihr um.

Ihr Gesicht war nur wenige Zentimeter von meinem entfernt. Sie grinste und ihre Eckzähne blitzten auf – sie waren definitiv länger als zuvor!

»Oh meine liebe Kendra ...«, sagte Eliza unbeeindruckt, während sie mit ihrem Zeigefinger über meine linke Schulter strich.

Ich trat einen Schritt zurück und fiel aufs Bett, direkt neben den Koffer. Schnell setzte ich mich auf und hielt mein T-Shirt schützend vor mich. Die Rothaarige schien für einen Moment wie erstarrt, sprachlos. Die gesamte Situation fühlte sich seltsam an.

»Was?«, fragte ich, meine Stimme weniger wütend als gewünscht.

»Kendra, Liebes, leg den Fetzen weg, ja?«, sagte sie mit hoher Stimme und griff nach meinem Shirt. Die langärmlige Bluse, die sie für mich ausgesucht hatte, ließ sie achtlos auf den Boden fallen.

»Ist das eine Frage oder ein Befehl?«, fragte ich und schob mich an ihr vorbei in Richtung Tür.

»Kendra, das ist kein Spiel. Leg das Oberteil weg, bitte«, sagte Eliza, jetzt fast flehend.

»Ich dachte, du bittest nie um etwas?«, sagte ich und fühlte mich plötzlich überlegen.

Es war nicht nur der beinahe ängstliche Tonfall der Rothaarigen, sondern auch ihre merkwürdig unterwürfige Aura. Ich konnte meine Aura deutlich hinter mir spüren. Übermütig hatte sie sich stolz aufgerichtet. Nicht so majestätisch wie Elizas, aber immerhin nicht mehr wie eine schlaffe Jogginghose. Die Vampirin fauchte und drückte mich gegen die Schlafzimmerwand. Mit einer Hand presste sie mich an die Hoteltapete, mit der anderen riss sie mir mein Shirt aus den Händen.

»Hey!«, rief ich und versuchte, sie mit meinen noch freien Händen abzuwehren, doch sie griff gezielt nach meinen Handgelenken und drückte sie gegen die Wand. Ich schrie vor Schmerz auf, als sie fester zudrückte.

»Kendra. Kendra! Beruhige dich, Kleine, beruhige dich!«, wiederholte Eliza immer wieder, wobei sie selbst am unruhigsten wirkte.

»Dann lass mich los!«, schrie ich und versuchte, mich mit aller Kraft zu wehren.

Doch die Rothaarige drückte meine Handgelenke noch fester an die Wand.

»Kendra!«, rief sie und betonte meinen Namen besonders deutlich.

»Kendra, sieh doch. Sieh doch nur!«, forderte sie mich auf und senkte den Blick auf meinen Bauch.

Wenn jetzt ein Kommentar zu meinem Gewicht kam! Ich folgte ihrem Blick und bereitete mich innerlich auf eine schlagfertige Antwort vor. Dann sah ich, was ihr aufgefallen war – und plötzlich hörte ich auf, mich zu wehren.

»Oh, Scheiße«, fluchte ich und tastete mit meinen jetzt freien Händen an dem Tattoo unter meiner linken Brust herum.

»Aber wo kommt das her?«, fragte ich verwirrt.

Ich hatte es überhaupt nicht bemerkt, bis Eliza darauf hingewiesen hatte.

»Wichtiger ist, seit wann du das hast«, sagte Eliza und begann unruhig im Raum auf und ab zu gehen.

Langsam dämmerte mir, was dieses Tattoo für mich bedeutete.

»Wir waren die ganze Zeit zusammen. *Ich* war die ganze Zeit bei dir. Es kann unmöglich …«, sagte Eliza und ließ das Wochenende noch einmal Revue passieren.

Aber sie irrte sich. Ich war für eine Weile allein gewesen.

»Diese Behördenleute!«, schlussfolgerte sie und ich beobachtete, wie sich ihre Aura allmählich im Raum ausbreitete. Ein hörbares Knistern lag in der Luft.

»Dass sie so weit gehen, um Mara zu kriegen!«, empörte sie sich und sprach dann aufgebracht in einer anderen Sprache weiter.

Ich fuhr mit den Fingern über das Tattoo, spürte jedoch nichts. Es tat nicht weh, war mit absoluter Sicherheit noch keinen Tag alt.

»Eliza?«, unterbrach ich ihren Monolog. »Ich habe wirklich, *wirklich* genau überlegt. Heute Morgen beim Duschen hatte ich das Tattoo noch nicht. Es können also nicht diese Leute gewesen sein.«

Die Vampirin wurde blass und ließ sich auf der Bettkante nieder.

»Bist du dir absolut sicher?«, fragte sie plötzlich mit schwacher, dünner Stimme.

Die Dusche war erst vor ein paar Stunden und ich war mir absolut sicher. Ich bejahte und Elizas Stimme klang nur noch nach purer Verzweiflung.

»Sie bringt mich um«, flüsterte Eliza resigniert.

Kapitel 8
Noch dreiundzwanzig Stunden

Noch heute denke ich an diesen Tag zurück. Ich erinnere mich an meine Gefühle, meine Gedanken und die Entscheidungen, die ich aus der Not heraus traf. Unwissenheit mag ein Segen sein, doch sie schützt nicht vor den Konsequenzen.

Als ich noch zur Schule ging, fuhr ich mit einer Freundin aus Grünau mit dem Fahrrad an den See. Kurz vor dem Strandbad hielt uns das Ordnungsamt an und verpasste uns eine Verwarnung. Ich hatte damals geglaubt, dass man als knapp 16-Jährige noch auf dem Fußweg fahren durfte. Durfte man aber nicht. Wir mussten die Konsequenzen tragen und das Bußgeld von unserem Taschengeld zahlen, obwohl wir die Regel nicht kannten.

Ähnlich war es an jenem Tag. Ich wusste längst nicht, welche Regeln unter Dämonen galten, doch das schützte mich nicht vor dem Tattoo. Es dauerte eine Weile, bis mein damaliges Ich die Bedeutung dieses Tattoos begriff. Vierundzwanzig Stunden. Mehr würde mir von meiner neuen Fast-Unsterblichkeit nicht bleiben. Es war absurd und auch heute erscheinen mir die letzten Stunden meines Lebens unwirklich.

Da ihr diese Zeilen lest, wisst ihr, dass ich überlebt habe. Aber ihr kennt den Preis noch nicht. War er zu hoch? Hatte ich überhaupt eine Wahl?

Eliza war ein Wrack. Ihre Aura war ein Schatten ihrer selbst und ihre Stimme hatte jeglichen Glanz verloren. Als sie Marana anrief, klang sie wie jemand, der nichts mehr vom Leben erwartete. Dabei war ich es, die das todbringende Tattoo trug. »Kendra, sie trägt das Zeichen. Das Tattoo«, sprach Eliza resigniert in den Hörer des Festnetztelefons.

Nachdem sie ihr eigenes Handy nicht finden konnte und nach einem Wutanfall auf das Hoteltelefon ausgewichen war, legte Eliza es nach dem kurzen Gespräch stumm in die Ladestation zurück. »Sie bringt mich um«, wiederholte sie kaum hörbar.

Meinte sie Marana? Nikola hatte gesagt, sie sei stärker als Eliza und auch ich hatte das an den verschiedenen Auren geahnt. Aber ›in die Schranken weisen‹ und ›umbringen‹ waren zwei völlig verschiedene Dinge.

»Dich trifft doch keine Schuld«, versuchte ich die Rothaarige zu beruhigen. »Ihr wart doch die ganze Zeit bei mir und …«

Sie unterbrach mich: »Nicht die ganze Zeit, Liebes. Nicht die ganze Zeit.«

Ohne jede Vorwarnung erschien ein glühend roter Kegel mit wirbelnden, schwarzen Aurafetzen inmitten des Hotelzimmers. Reflexartig zog ich meine Füße aufs Sofa. Marana trat aus dem Kegel und löste ihn mit einer beiläufigen Handbewegung auf.

Noch bevor ich etwas sagen konnte, befahl sie in einer gefährlich dunklen Stimme: »Zeig es mir.«

Wortlos hob ich mein Shirt hoch und zeigte das Tattoo. Das geschwungene, schwarze Symbol war immer noch da. Zum ersten Mal seit unserem Treffen nahm Marana ihre Sonnenbrille ab und betrachtete das Tattoo genau. Ihre Augen leuchteten zornig rot. Dann hob sie den Kopf und ihr Blick blieb an meinen Handgelenken hängen.

»Liza?«, fragte Marana und wandte sich der Rothaarigen zu, deren Aura sich nervös am Boden wand.

194

Die Vampirin brachte keinen Ton heraus. Bisher war Eliza die Unheimliche gewesen, doch jetzt im Vergleich zu Marana, war sie unterwürfig. Ich kannte Eliza noch nicht lange, aber sterben sollte sie nicht. Nicht meinetwegen.

»Können wir uns auf das Tattoo konzentrieren?«, versuchte ich die Situation zu entschärfen.

Keiner antwortete. Maranas Aura brodelte regelrecht. Die Dämonin hielt sie gekonnt im Zaum – noch.

»Seit wann hast du das?«, fragte mich Marana und ließ Eliza vorerst in Ruhe.

»Erst seit Kurzem. Heute Morgen war es noch nicht da. Ich hätte es beim Duschen bemerkt«, erklärte ich.

»Vierundzwanzig Stunden«, murmelte Marana und lief schweigend auf und ab.

Ich setzte mich zu Eliza und fühlte mich wie ein lebendiger Talisman. Marana würde Eliza nichts tun, solange ich mit im Raum war, redete ich mir ein. Immerhin achtete sie darauf, dass ihre schwarze Aura mich nicht berührte. Sie hatte es versprochen, erinnerte ich mich.

»Details. Ich brauche jedes Detail«, verlangte Marana und überließ das Wort Eliza.

»Sie war nur ein paar Minuten allein im Auto. Tesla und ich waren in der Nähe, höchstens hundert Meter entfernt. Jeder vernünftige Dämon hätte wissen müssen, dass sie zu uns gehört!«, berichtete Eliza, doch Maranas Zorn ließ nicht lange auf sich warten.

»Jeder vernünftige Dämon wäre klug genug, eine Jungdämonin, die mein Schutzzeichen trägt, in Ruhe zu lassen. Aber unser Täter ist offensichtlich nicht vernünftig!«, sagte Marana, ihre Aufregung deutlich spürbar.

Ich unterdrückte meine Frage zum Schutzzeichen. Marana rieb sich den Nasenrücken und fragte dann etwas ruhiger: »Wie lange war sie allein? Den genauen Zeitraum.«

Eliza schwieg und auch ich konnte ihr nicht helfen.

»Höchstens zwanzig Minuten«, schätzte Eliza, doch ihre Unsicherheit war spürbar.

Maranas Aura wallte gefährlich auf. Dann richtete sie ihre Aufmerksamkeit wieder auf mich.

»Zu wem hattest du in dieser Zeit Kontakt? Gab es etwas Merkwürdiges oder Auffälligkeiten in der Umgebung?«, fragte sie mich eindringlich.

Der Zeitdruck in ihrer Stimme war unüberhörbar. Ich erzählte ihr von dem ungleichen Paar mit dem Hund, dem Fahrradfahrer mit den Glasflaschen und erwähnte kurz die Leute an dem Imbisswagen.

»Mehr war nicht los«, beendete ich meine Beschreibung. Hatte ich etwas übersehen?

»Das Paar hat ein Foto gemacht?«, fragte Marana nach und ich nickte.

»Tesla hat es schon gelöscht, als wir losgefahren sind«, fügte Eliza tonlos hinzu.

»Während der Fahrt?«, fragte Marana und zog eine Augenbraue hoch.

»Ja, während der Fahrt. Moment mal … der Fahrer!«, Eliza schien plötzlich wieder Hoffnung zu schöpfen.

Die beiden Frauen tauschten Blicke aus, dann griff Marana zu ihrem Klapphandy. Vielleicht hatte der Fahrer etwas gesehen?

»Nik, dein Fahrer. Überprüfe ihn«, befahl Marana in den Hörer und schaltete den Lautsprecher ein.

»Was ist passiert?«, erklang Nikolas Stimme aus dem Handy.

»Kendra trägt das Zeichen. Also: Wo ist dein Fahrer?«, fragte Marana wütend.

Am anderen Ende herrschte Stille.

»Nikola, verdammt, wenn du nicht *sofort* antwortest!«, drohte Marana.

196

»Ja, nein, natürlich. Die gute Nachricht ist, der Fahrer ist absolut sauber, er hat sich definitiv nicht an dem Mädchen vergangen«, erklärte der Vampir.

Die Überprüfung war ja schnell gegangen.

»Hat er etwas gesehen? Das Zeichen muss in diesem Zeitraum platziert worden sein, anders kann es nicht gewesen sein«, sagte Marana.

Entweder ließ sich Nikola mit der Antwort Zeit, oder er war neben dem Gespräch noch mit etwas anderem beschäftigt.

»Nik«, knurrte Marana in den Hörer und am anderen Ende begann Nikola einen längeren Monolog.

»Der Fahrer hat nichts gesehen, aber es gibt Dashcams vorne und hinten am Wagen. Im Innenraum ist nichts auf den Aufnahmen zu sehen. Die anderen Ansichten sind … Moment, das dauert etwas. Ich muss das Material gründlich sichten«, erklärte er.

Trotz allem bestand Marana auf den Fahrer: »Bring den Fahrer her, ich werde ihn selbst überprüfen. Und du sichte die Aufnahmen. Die Zeit läuft.«

»Nein, das geht nicht«, wandte Nikola ein.

Maranas Aura schwoll wütend an und erreichte die Zimmerdecke des Hotels. Die Redewendung »an die Decke gehen« bekam eine ganz neue Bedeutung.

»Nikola, das ist der denkbar schlechteste Zeitpunkt für ein ›Nein‹«, entgegnete sie und brachte ihre schwarze Aura nur schwer wieder unter Kontrolle.

Nikola stellte seine Aussage schnell richtig: »Was ich meine: Es gibt keinen Fahrer, der etwas gesehen haben könnte, weil es keinen Fahrer gab. Das Auto ist selbstfahrend.«

Eliza verdrehte die Augen und fluchte leise.

Marana brach das Gespräch abrupt ab: »Das klären wir später. Tu, was du tun musst, um mir brauchbare Anhaltspunkte zu liefern.« Sie legte auf und wandte sich an mich. Ihre roten

Augen pulsierten wütend wie ihre Aura. Irgendetwas war anders an ihnen. Schnell wandte ich meinen Blick ab.

»Kendra? Du steigst nie wieder in eines dieser selbstfahrenden Autos, verstanden?«, fragte sie, aber wie bei Eliza war klar, dass es ein Befehl war.

Ich nickte und fragte nach den bisherigen Beweisen.

»Haben die Studenten irgendwelche Hinweise gegeben? Oder die Mului?«, fragte ich.

»Moloi«, korrigierte mich Eliza, sagte aber nichts weiter, weil Marana die Rothaarige in Grund und Boden starrte.

»Wenn Kendra in vierundzwanzig Stunden noch lebt, verzeihe ich dir vielleicht«, sagte sie und ließ offen, was im anderen Fall geschehen würde.

Eliza atmete erleichtert auf und flüsterte ein leises »Danke«.

»Kannst du Latein?«, fragte mich die Dämonin und beachtete Eliza vorerst nicht weiter.

Ich schüttelte den Kopf.

»Dann bekommst du die auf Englisch. Du sprichst Englisch, oder?«, fragte sie weiter.

»Ja, schon«, antwortete ich.

Das reichte ihr. Marana zeichnete eine Abfolge an unsichtbaren Symbolen auf den Glas-Couchtisch und im nächsten Moment tauchten mehrere Bücherstapel auf.

»Das sind deine«, erklärte sie mir. »Suche nach Dämonenarten, die Symbole und Zeichen verwenden oder todbringende Flüche benutzen können. Wenn du etwas hast, melde dich.«

Dann führte sie ein ähnliches Ritual auf dem Beistelltisch neben Eliza durch. Eliza bekam nur vier Bücher, doch diese sahen deutlich älter aus als meine.

»Deine Aufgabe: Finde Fluchaufhebungszauber oder Heilzauber. Ich spüre keine dunkle Magie, also müssen die Gegenzauber nicht unbedingt heilige Zauber sein«, wies sie die Rothaarige an. Für sich selbst zog sie ein in Leder gebundenes

Notizbuch aus ihrer Manteltasche und blätterte darin. Als sie etwas gefunden hatte, schloss sie das Buch wieder.

»Ich bin eine Weile unterwegs. Zeit, Gefallen einzufordern«, sagte sie kühl und verschwand in dem gleichen spektakulären roten Wirbel, in dem sie erschienen war.

Stille. Ich sah zu Eliza. Warum hatte ich eigentlich mehr Bücher bekommen? Andererseits sollte ich mich nicht beschweren: Es ging immerhin um *mein* Leben. Dreiundzwanzig Stunden Ich schlug das oberste Buch auf und suchte nach einem Inhaltsverzeichnis, doch es gab keines. Auf der vorletzten Seite fand ich jedoch ein Glossar mit verschiedenen Wörtern. Keines davon kam mir bekannt vor – es mussten Dämonennamen sein. Ich begann beim ersten Eintrag und hatte Probleme, mich in die Sprache einzulesen. Mein Englisch war ganz gut, sogar besser als im Mündlichen, doch jedes vierte oder fünfte Wort sagte mir nichts.

Ich blätterte das Buch wie ein Daumenkino durch, aber beim Überfliegen fand ich keine Bilder. Also musste ich das ganze Buch nach den Begriffen durchsuchen. »Curse« und »Symbol« hatte ich noch im Kopf. Gab es Synonyme?

Es war kurz nach dreizehn Uhr und die Zeit lief uns davon, also prägte ich mir die beiden Begriffe ein und überflog Seite um Seite.

Noch einundzwanzig Stunden (ungefähr)

Marana kehrte nach einer Stunde zurück und setzte sich mit ihrem ledergebundenen Buch zu uns. Sie erklärte nicht, wo sie gewesen war und beantwortete auch sonst keine Frage. Plötzlich hatte ich einen unglaublichen Durst und wollte Tee. Wo kam das jetzt her? Ich blinzelte, als die Buchstaben vor meinen Augen zu tanzen schienen. Ich sah aus dem Fenster, um meinen Augen eine kleine Pause zu gönnen.

Marana bemerkte es: »Kendra? Hast du etwas gefunden?«
Sie sah nicht einmal von ihrem Buch auf.

»Nein, meine Augen tun nur etwas weh. Ich mache sofort
weiter«, entschuldigte ich mich und senkte den Blick wieder
in meine Lektüre.

Jetzt sah Marana doch auf und musterte mich.

»Ich gehe kurz telefonieren«, verkündete sie und nahm nur
das Notizbuch und ihr Klapphandy mit.

Ihren Mantel ließ sie im Zimmer. Sonst hatte sie doch auch
immer mit uns im Raum Telefongespräche angenommen?

Als sie die Tür hinter sich schloss, konnte ich mich nicht
mehr zurückhalten und bombardierte Eliza mit Fragen:
»Habe ich etwas falsch gemacht? Und was sind das überhaupt für Bücher? Das schaffen wir doch nie in der kurzen
Zeit!«

Die Rothaarige klappte das erste der dicken Bücher zu und
griff sich sofort den nächsten Wälzer.

»Liebes, sie geht, damit du dich ausruhen kannst. Nutze die
Pause, denn wenn sie zurückkommt, arbeitest du besser weiter«, erklärte sie mir. »Und die Bücher sind aus ihrer Bibliothek, also geh vorsichtig mit ihnen um.«

Von draußen hörte ich erneut Kirchenglocken. Es war
mittlerweile fünfzehn Uhr. Hatten wir wirklich schon zwei
Stunden mit diesen Büchern verbracht?

»Noch eine Frage. Wieso habe ich plötzlich so einen Appetit auf Tee? Pfefferminz-Tee, um genau zu sein. Ich dachte,
ich darf jetzt nur noch Blut trinken?«, fragte ich verwundert.

Die Rothaarige legte ihr Buch erneut zur Seite und erklärte:
»Das ist die Umstellung. Anfangs hast du noch Heißhunger-
attacken. Das lässt aber nach.«

Ich stand auf und streckte mich. Am Fenster ließ ich meinen Blick schweifen und beobachtete ein paar Möwen, die
über das Wasser flogen. Ein Gedanke ließ mich nicht los.

»Eliza? Kommen Dämonen automatisch in die Hölle, wenn sie sterben?«, fragte ich und fühlte mich auf einmal um Jahre gealtert.

Würde es überhaupt etwas geben, das ich der Nachwelt hinterließ? Würden sich meine Freunde an mich als Mensch erinnern, oder wussten sie schon von meinem neuen Lebensabschnitt? Würden sie dann trotzdem um mich trauern? Eliza war lautlos aufgestanden und legte ihre Hand auf meine Schulter.

Sie gab mir ein Versprechen: »Wenn wir diesen Bastard finden, werde ich ihm eigenhändig die Kehle herausreißen, das verspreche ich dir.«

»Versprich ihr nichts, was du nicht halten kannst«, ermahnte sie Marana, die gerade wieder den Raum betrat. Ihre Miene blieb unverändert.

»Gibt's Neuigkeiten von Nikola?«, fragte ich und nickte zu ihrem Klapphandy, das sie lose in der Hand trug.

»Nein. Lasst uns weitermachen«, sagte Marana und ließ sich wieder auf den Sessel fallen.

Auch Eliza und ich setzten uns wieder an unsere Plätze und arbeiteten uns durch die Bücher. Jedes Mal, wenn ich das Wort »curse« oder »symbol« fand, schrak ich aus meiner Lesetrance auf. Auch bei »magic« schaute ich genauer hin. Doch keiner der Dämonen, die erwähnt wurden, nutzte Flüche, die mit einem Symbol verbunden waren. Einige Dämonen, darunter übrigens auch Vampire, konnten bei ihrem Tod einen Todesfluch sprechen. Dafür brauchte es aber kein Symbol. Zum Glück waren magiebegabte Dämonen nicht besonders häufig. Meist wurden nur Dämonenarten erwähnt, die eine Art Elementarmagie beherrschten, weil sie im Wasser oder sogar im Feuer lebten. Ja, IM Feuer. Seufzend nahm ich mir das nächste Buch vor. Nummer vier von dreiundzwanzig. Vielleicht würde mir Eliza helfen, wenn sie mit ihren lateinischen Wälzern durch war. Ich konzentrierte mich wieder, so gut es ging und begann meine Stichwortsuche von neuem. Dabei war es äußerst hinderlich, dass das aktuelle Werk handschriftlich geschrieben war.

Ich würde die restlichen Stunden meines Lebens mit alten, englischen Büchern verbringen. Traurigerweise war mir das im Moment sogar lieber, als meinen Großeltern in diesem Zustand unter die Augen zu treten. Ich wusste ohnehin nicht, wie ich ihnen von meinem bevorstehenden Tod hätte erzählen sollen.

Noch zwanzig Stunden (schätzungsweise)

»Vielleicht habe ich etwas gefunden!«, rief Eliza und zeigte Marana eine Stelle in ihrem Buch.

Marana las die Passage laut vor, aber ich verstand kein Wort. Latein hatte meine Schule nicht angeboten. Die Dämonin stand auf und nahm Eliza das Buch ab, sie blätterte eine Seite weiter und dann wieder zurück.

Nachdem sie sich vergewissert hatte, nickte sie zustimmend: »Das könnte tatsächlich etwas sein.«

Ohne Vorwarnung zog Marana eine unsichtbare Linie durch die Luft. Ein schmaler Schnitt bildete sich auf Elizas Wange und begann sich mit Blut zu füllen. Überrascht und wütend fauchte Eliza sie an, zog sich jedoch aufs Sofa zurück, als ihre Auren sich bedrohlich näherten. Marana legte das Buch auf den Beistelltisch neben Eliza und murmelte einige unverständliche Worte. Dann legte sie Elizas Hand auf ihrer Hand und platzierte ihre eigene Hand auf der von Eliza.

»Halt still!«, unterbrach die Dämonin ihre Beschwörung, als Eliza sich ins Gesicht fassen wollte.

Wieder ratterte Marana fremdartige Worte herunter. Dabei hielt sie erst die Augen geschlossen und schien sich sehr konzentrieren zu müssen. Als sie die Augen aufschlug, war nichts geschehen. Was sollte der Zauber bewirken? Natürlich hatte mir wieder niemand etwas erklärt. Marana wiederholte den Zauber, während sie wie besessen auf den blutigen Schnitt in Elizas Wange starrte. Auch ich konnte meinen Blick nicht von der Wunde abwenden, wo sich die kleinen Blutstropfen bereits zu einem größeren verbunden hatten und bald über ihre Wange laufen würden. »Ich bin aus der Übung«, murmelte Marana resigniert und entfernte sich wieder von Eliza.

Diese strich sich den Blutstropfen aus dem Gesicht und leckte ihren Finger ab.

»Ausgerechnet das Gesicht«, beklagte sie sich leise.

Marana machte eine beiläufige Handbewegung und der Schnitt in Elizas Wange schloss sich von selbst. So viel also zu »aus der Übung«.

»Ich muss kurz weg«, sagte Marana, nahm sich den lateinischen Wälzer von Eliza und verschwand so plötzlich, wie sie gekommen war.

»Was für einen Zauber hast du denn gefunden? Kann man das Tattoo entfernen?«, fragte ich neugierig.

Eliza seufzte theatralisch, bevor sie erklärte: »Das ist kein Heilzauber, sondern ein Transferzauber. Er würde das Tattoo auf jemand anderen übertragen – wenn er funktionieren würde.«

Auf jemand anderen? Ich wollte lieber nicht wissen, wer mein Tattoo abbekommen hätte.

»Sie ist nur aus der Übung«, wiederholte ich Maranas Aussage.

Eliza schüttelte den Kopf: »Sie ist nicht aus der Übung. Sie ist geschwächt.«

Es klopfte an der Tür und Eliza und ich warfen uns einen Blick zu. Das konnte nicht Marana sein. Eliza fing sich als Erste und ließ ihre Aura aufsteigen. »Wenn es doch nur diese Behördenleute wären«, sagte sie, sichtlich bereit für einen Kampf. Mit Schwung riss sie die Tür auf und ließ ihren abwertenden Blick über den Besucher gleiten. Der trat einen Schritt zurück und erstarrte. Ich trat dazwischen.

»Eliza, das ist Maquin Fischer. Maquin, das ist Eliza. Maquin ist der D'Schar hier«, stellte ich vor und betonte dabei den Rang des Dämons.

Wie verhielt man sich in so einer Situation? Sollte ich ihn siezen, ihn hereinbitten?

Eliza sprach als Erste:»Ich erhebe keinen Anspruch auf dein Territorium.«

Ihre Stimme klang, als wäre jedes Wort eine Qual. Der D'Schar löste sich aus seiner Starre und erweiterte zögerlich seinen blauen Auraring.

»Dann seid Ihr willkommen«, entgegnete Maquin und sprach Eliza ehrfurchtsvoll an.

Auch seine Worte klangen gezwungen.

»Darf ich hereinkommen?«, bat er und nach einer dramatischen Pause machte Eliza ihm Platz.

Der Dämon ließ seinen Blick über die Unmengen an Büchern schweifen, ohne ein Wort zu verlieren.

»Sie ist auch nicht hier«, stellte er fest, wobei er offensichtlich Marana meinte.

»Du kannst es auch mir sagen, ich vertrete sie«, sagte Eliza und duzte den D'Schar ungeniert.

Maquins Aura wallte auf, zog sich aber wieder zurück. Ich beobachtete das Spektakel, während Elizas Aura zwischen ihren majestätischen Pfauenschwänzen und einer schlafferen Version davon hin und her wechselte.

»Kann mir einer erklären, was hier gerade passiert? Muss ich irgendetwas beachten? Kann ich etwas tun?«, fragte ich verwirrt, während ich versuchte, die Situation zu begreifen.

Maquin sah zu mir und antwortete:»Verstehe, du warst bei unserem letzten Treffen noch nicht erwacht. Aber sei beruhigt, das hier ist nur eine unangenehme Situation.«

An Eliza gewandt berichtete er: »Der Gerichtsmediziner hat die Leichen der Tattoo-Opfer bereits freigegeben, sodass ich sie nicht mehr persönlich begutachten konnte. Die Todesursache bei allen Opfern war Herzversagen.«

»Herzversagen. Wie bei Todesflüchen«, ging Eliza auf die Neuigkeiten ein und schloss ihre Vermutung sogleich wieder aus. »Aber es ist eher unwahrscheinlich, dass die Opfer zuvor Dämonen getötet haben und verflucht wurden. Wenn Dämonen gestorben wären, dann wäre das einem guten D'Schar ja sicherlich aufgefallen.« Hohn lag in ihrer Stimme.

»In meinem Gebiet gab es keine unnatürlichen oder vorzeitigen Todesfälle. Die Opfer sind die einzigen Ausnahmen. Ich dachte, diese Information könnte hilfreich sein. Da ich Marana nicht erreichen konnte, bin ich hierhergekommen. Nun, ich werde dann gehen«, verabschiedete sich Maquin.

»Ja, mach das. Vielen Dank für … nichts«, stichelte Eliza.

Maquins Aura wurde von einem blauen Ring zu einem tosenden Wasserfall und stellte sich auf.

»Vorsicht«, warnte er, doch Elizas Aura übertraf seine bei Weitem.

Langsam begann ich, die Situation zu verstehen. Eliza – nein, Eliza und ich – standen in der Hierarchie über der Dämonenart, der Maquin angehörte. Ich erinnerte mich an die Skizze, die die Vampirin in der Bibliothek gezeichnet hatte. Sinine waren weit unter ihr – unter uns. Aber als D'Schar stand Maquin doch eigentlich über uns, oder?

»Er wollte nur helfen, das zählt«, sagte ich zu Eliza.

»Ja, indem er sich Leichen anschaut. Ich wüsste nicht, inwieweit das nützlich sein sollte«, spie sie die letzten Worte aus und grinste, als Maquins Aura zurückwich.

»Es geht weniger um das, was ich angeschaut hätte, sondern um das, was ich hätte sehen können. Das Zeichen hätte mir den Täter gezeigt und eventuell sogar entlarvt. Aber ohne Tattoo ist das unmöglich«, erklärte der D'Schar. »Guten Tag«, verabschiedete er sich ein weiteres Mal, doch dieses Mal hielt ich ihn auf.

»Warte! Was heißt das? Wenn es ein Tattoo gäbe, was könntest du dann damit tun? Was könntest du sehen?«, fragte ich, ergriffen von dem kleinen Funken Hoffnung, den Maquins Worte in mir geweckt hatten.

Elizas Gesicht hellte sich auf. Sie dehnte ihre Aura aus und hielt mir buchstäblich den Rücken frei. Maquins aufgebrachte Aura stoppte abrupt, nur wenige Zentimeter vor meinem Gesicht. Erst da bemerkte ich, dass auch ich ihn unhöflich geduzt hatte. »Oh, ich wollte nicht …«, versuchte ich mich zu entschuldigen, doch Eliza unterbrach mich.

»*Du* hast sie gehört – wenn wir dich zu einem Tattoo bringen, wie würdest *du* dich nützlich machen?«, fragte die Rothaarige den D'Schar, wobei sie überflüssigerweise jedes »du« betonte.

Der Mann zeigte uns nach einigen Sekunden des Widerstands seine beiden Handflächen und erklärte: »Die Sinine sehen mit ihren Händen.«

In der nächsten Sekunde verwandelten sich seine menschlichen Hände in blaue Klauen mit Schwimmhäuten. Über die Schuppen zogen sich vereinzelte orange Pünktchen und Sprenkel. Ich war unsicher, ob ich sie faszinierend oder abstoßend finden sollte und starrte sie an, völlig abgelenkt.

»Geht's noch mystischer?«, riss mich Eliza aus meiner Trance, da Maquin seine Hände wieder wandelte.

»Ich lege meine Hände auf das Tattoo und sehe Dinge, die damit in Verbindung stehen. Das sollte ausreichen, um den Täter zu identifizieren und aufzuspüren. Aber wie ich bereits sagte: Kein Tattoo, kein Täter. Also, darf ich mich nun zurückziehen?«, erklärte Maquin und wartete vergeblich auf Elizas Zustimmung.

Das war der Moment. Ich zog mein T-Shirt ein Stück hoch und zeigte das seltsame Zeichen.

»Also, was genau passiert als nächstes?«, fragte ich.

Noch (etwa) neunzehn Stunden

Es war inzwischen siebzehn Uhr und Marana war endlich zurück. Sie ließ Maquin den Plan noch einmal wiederholen. Dann fragte sie: »Es besteht kein Risiko für Kendra?«

Der D'Schar nickte: »Ja, richtig. Aber es ist anders bei Lebewesen. Nicht *ich* werde den Urheber des Zeichens sehen, sondern das Mädchen.«

Innerlich hatte ich mich schon darauf vorbereitet. Eliza hatte mir genug Hinweise gegeben, worauf ich in der Vision achten sollte: Augenfarbe, Aura, Umgebung. Wir brauchten die Dämonenart und Anhaltspunkte zum Ort.

»Wird es wehtun? Ist es in irgendeiner Form gefährlich?«, wollte Marana wissen.

Maquin beruhigte sie erneut: »Nein, es gibt kein Risiko, keine Schmerzen und gefährlich ist es auch nicht. Es ist eine Vision, das Erlebte ist bereits geschehen. Sie ist Beobachterin und nicht physisch dort anwesend.«

»Ich bin so weit«, behauptete ich.

Wir hatten genug Zeit verloren und nun war es endlich an mir, mich nützlich zu machen. Maranas Blick war wieder hinter der Sonnenbrille verborgen. Vor Maquin zeigte sie ihre roten Augen nicht. Ich legte mich auf das Sofa und zog mein T-Shirt ein Stück hoch. Der D'Schar sah zu Marana und näherte sich erst, als sie zustimmend nickte. Wieder verwandelten sich seine Hände in blaugeschuppte Klauen.

»Wenn ihr etwas passiert, werde ich dich zur Verantwortung ziehen«, warnte Marana den D'Schar, was ihn für einen Moment aus dem Konzept brachte.

»Es ist nur eine Vision«, wiederholte Maquin und richtete sich an mich. »Visionen sind bei jedem anders. Aber sie fühlen sich immer echt an. Egal was du siehst, du bist nicht wirklich dort.«

Er wiederholte die wichtigsten Punkte, dann legte er seine Hände auf das Tattoo.

»Genau so«, sagte er zuversichtlich und kniete sich etwas näher ans Sofa. »Schließ am besten die Augen.«

Ich spürte seine seltsam kalten Hände unter meiner Brust, dann legte der D'Schar eine Hand an meine Stirn. Plötzlich war ich nicht mehr Kendra Pollock.

Kapitel 9
Kain guter Tag zum Sterben

In vielen Horrorfilmen und Mystery-Serien wird Dämonen die Fähigkeit zugeschrieben, von Menschen Besitz zu ergreifen. Heute weiß ich, dass das nicht möglich ist. Doch bei meiner ersten Vision fühlte ich mich trotzdem wie ein Eindringling.

Ich hatte zwar von niemandem Besitz ergriffen, doch ich sah, was er sah. Ich fühlte, was er fühlte. Ich wusste sogar, was er wusste. Ich war ein unsichtbarer Beifahrer. Ein Stalker? Ich beobachtete nicht nur, ich verstand auch. Und darauf war ich nicht vorbereitet gewesen.

Meine Frau strich mir durch die Haare und gab mir einen Kuss.

»Ich liebe dich«, sagte sie leise.

Obwohl wir uns schon so oft unsere Liebe geschworen hatten, spürte ich die Tiefe ihrer Worte. Sie würden niemals an Bedeutung verlieren, dessen war ich mir sicher.

»Ich liebe dich«, flüsterte ich und küsste sie sanft.

Im Nebenzimmer begann unsere Tochter zu weinen.

»Schon gut, Kleine, schon gut. Mami ist gleich da«, redete sie mit dem Säugling.

»Wie oft stillst du sie inzwischen?«, fragte ich und hielt Helene einen Moment zurück.

Sie sah meinen sorgenvollen Blick und lächelte: »Alle drei Stunden. Sie wächst so schnell.«

Sie gab mir einen Kuss auf die Stirn.

»Pass auf dich auf, Kai«, sagte sie, bevor sie nach unserem Baby sah.

Ich spähte um die Ecke und sah zu, wie Helene unsere Tochter stillte. Das waren die schönsten Momente des Tages. Das war meine Familie. Unsere Familie. Ich ballte die Hände entschlossen zu Fäusten und machte mich auf den Weg zur Arbeit. Ich nahm die vier Stockwerke zu Fuß. Der Fahrstuhl war seit Wochen außer Betrieb. Jeder im Haus wusste, wer für den Schaden verantwortlich war, doch aus irgendeinem Grund hielten die Leute hier zusammen. Nun wurden die Reparaturkosten auf alle Mieter verteilt. Ich hasste es, aber ich passte mich an. Helene fühlte sich hier wohl und ich würde alles tun, damit das auch so blieb.

Meine Mitfahrgelegenheit wartete schon vor dem Haus. Ein Kollege aus dem Allende-Viertel, der mich seit unseren gemeinsamen Sonntags-Schichten immer mitnahm. Wir redeten wenig, aber auf seltsame Weise hatten wir uns angefreundet. Er brachte mich zur Arbeit, ich fraß ihn nicht. Win-Win.

Im Paketzentrum nickte ich meinen Kollegen nur flüchtig zu. Sie mochten mich nicht und ich mochte sie nicht. Aber das war in Ordnung. Ich brauchte den Job, nicht mehr, nicht weniger. Ich stieg in meinen Zustellwagen und atmete tief ein. Jemand hatte darin geraucht. Für einen kurzen Moment entglitt mir die Kontrolle über meine Aura und hellgrauer Nebel füllte den Wagen.

»Verdammt!«, fluchte ich und versuchte, mich zu beruhigen. Zum Glück waren nur Menschen in der Nähe, die meine flimmernde, zarte Aura unmöglich bemerkt haben konnten. Ich kurbelte das Fenster herunter und ließ frische Luft herein. »Los geht's«, murmelte ich und startete den Motor.

Sobald der Motor lief und ich das Paketlager hinter mir gelassen hatte, war ich wieder in meinem Element. Das hier war mein Wagen, oh ja. Und ich würde herausfinden, wer hier drin geraucht hatte. Und dann würde ich ihn als Nächstes auf meine Liste setzen. Beuteschema hin oder her.

Ich fuhr auf die Schnellstraße und begann meine gewohnte Tour. Das Radio spielte die besten Hits der Achtziger und Neunziger – das waren noch Zeiten. »Pass doch auf!«, brüllte ich einen Fahrradfahrer an, der über eine rote Ampel schoss und fast unter meinen Wagen geraten wäre. Diese Leute waren entweder lebensmüde oder dachten, sie seien unverwundbar. In solchen Momenten hätte ich am liebsten einfach draufgehalten, aber ich brauchte den Job – und ich achtete peinlich genau darauf, dass meine Schicht ohne Zwischenfälle verlief. Mein erster Stopp war eine kleine Siedlung mit zahlreichen Doppelhaushälften. Die Leute kannten mich und grüßten freundlich. Sogar der eine Waschbärdämon nickte mir inzwischen immerhin zu. Ob er wusste, was ich war? Ich schob das nagende Gefühl der Einsamkeit beiseite und verbannte die aufkommenden Gedanken. Ich hatte jetzt eine Familie. Meine Familie. Und für sie würde ich alles tun. Schwungvoll sprang ich vom Sitz und öffnete die Schiebetür. Der Wagen war bis oben hin geladen. Da hatte wohl ein Online-Händler wieder Rabatt-Tage. Ich sichtete die ersten Namen und klemmte die Tür ein. Für so eine Menge lohnte es sich sogar mal, den Motor abzustellen.

Seit April dieses Jahres lieferten wir auch sonntags Pakete aus. Ich hatte mich freiwillig für die Schichten gemeldet – der Bonus war ordentlich. Aber es gab noch einen anderen Grund, warum ich die Arbeit machte: Als Zusteller fand ich nebenbei neue Opfer. Es war perfekt.

In dieser Gegend wohnten eher alte Menschen. Keiner von ihnen wäre für meine Zwecke gut genug. Außerdem musste ich vorsichtig sein. Wir waren erst Anfang des Jahres nach Berlin gezogen. Ich minimierte meine Aura – ein Überlebenskniff, den ich mir über die Jahre antrainiert hatte. Ich würde meiner Tochter so früh wie möglich beibringen, ihre Aura zu kontrollieren. Sie musste es beherrschen, bevor sie in die Schule kam.

Heimunterricht wäre besser, mit einem Privatlehrer. Aber Helene bestand darauf, dass sie eine öffentliche Schule besuchte, wo sie überwiegend mit Menschenkindern in Kontakt käme. Also ließ ich ihr ihren Willen.

Die nächste Strecke führte mich durch einen kleinen Wald. Rechts und links trennten Metallzäune die krank wirkenden Bäume von der Straße. Ich spürte das Kribbeln in meinen Händen und merkte das Adrenalin durch meine Adern rauschen. Jetzt ging es los. Friedrichshagen, Hirschgarten, Köpenick. Drei Retouren und mindestens zwei neue Aufträge. Heute war immerhin Sonntag – da wollte ich meiner Familie ein richtiges Festmahl servieren! Die Parkplatzsuche in Friedrichshagen war ein Alptraum. Mit Regelmäßigkeit belegte ich eine Nebenstraße und sorgte für gelegentliches Autohupen hinter mir.

Die ersten Pakete lieferte ich in stummer Routine aus. Doch als ich das Haus der ersten Retoure erreichte, wurde ich unruhig. Gestern hatte ich diesen jungen Mann markiert, nachdem ich ihm einen verdammt schweren Karton in die oberste Etage ohne Fahrstuhl geschleppt hatte. Trinkgeld? Fehlanzeige. Tja, manchmal entschieden diese Dinge über Leben und Tod. Heute endlich war es so weit. Ich nahm mir zum Schein ein Paket aus dem Frachtraum und klingelte bei meinem Ziel.

»Ja?«, kam die mürrische Stimme aus der Gegensprechanlage.

»Paket für Sie!«, verkündete ich strahlend.

Mir lief das Wasser im Mund zusammen. Der Türöffner summte und diesmal stieg ich die sechs Etagen voller Vorfreude hinauf. Die Leute hier waren perfekt. Kaum jemand klopfte an ihre Türen und niemand würde sie so schnell vermissen. Und auch dieser Mensch, der mir im Morgenmantel die Tür öffnete, war perfekt. Er hatte keine Familie. Aber ich schon. Und sie brauchte Nahrung.

Mit einem Ruck ließ ich meine Aura los und zielte auf die Markierung. Der Unglaube in den Augen des Mannes wandelte sich rasch in eine Ahnung. Er griff sich an die Brust, japste nach Luft. Meine Aura legte sich wie ein Würgegriff um seine Brust, erstickte jedes Geräusch. Treppenhäuser waren hellhörig.

Keuchend sackte der Mann auf die Knie, während meine Aura sich gierig mit seiner Lebenskraft füllte. Wie viele Jahre er wohl noch gehabt hätte? Er war ohne Zweifel ein guter Fang. Sein letzter Atemzug klang wie süße Musik in meinen Ohren.

Ich fühlte mich besser, viel besser. Ich löste meine Aura von ihm und schloss die Tür wieder.

Die Stufen nach unten liefen sich besonders leicht. Ich hatte neue Energie und fühlte mich fantastisch. Heute könnte ich alles schaffen!

Nur zwei Straßen weiter entdeckte ich mein nächstes Ziel.

»Morgen, Kinder, wird's was geben«, summte ich im Wagen, nachdem ich der jungen Studentin mein Zeichen verpasst hatte.

Bis morgen würde sie mein Familienwappen im Nacken tragen, verborgen unter ihren langen Haaren – und sie würde es wahrscheinlich nicht einmal bemerken. In Hirschgarten waren viele Leute nicht zu Hause. Zum Glück gab es in jedem Haus Nachbarn, die als Paketannahmestelle fungierten. Sie hatten Glück – sie kamen nicht als potenzielle Nahrung in Frage. Ihr Fehlen würde sofort auffallen. Also ließ ich sie ohne einen bleibenden Eindruck hinter mir.

Ich setzte meine Fahrt fort und bog Richtung Köpenick ab. Eine Gruppe Jugendlicher überquerte die Straße und ich musterte sie genau. Meine Aura streckte sich aus und markierte einen Teenager mit Basecap. Diesmal setzte ich das Zeichen an seinem Knöchel – Menschen sahen selten zu ihren Füßen und bemerkten das Zeichen erst viel zu spät, wenn überhaupt. Auch der Junge, der in einem Modegeschäft im Forum Köpenick gearbeitet hatte, war auf diese Weise ahnungslos gestorben.

Ich verlor die Jugendlichen aus den Augen und pfiff gut gelaunt das aktuelle Lied mit. Es lief alles wie am Schnürchen.

Zufrieden fuhr ich die Friedrichshagener Straße entlang und freute mich auf meinen nächsten Stopp in Köpenick – zwei Retouren warteten dort auf mich. Ein zufriedenes Lächeln stahl sich auf meine Lippen. Früher nannte ich meine Opfer »Ernte«, doch durch meinen Job hatte sich das in »Retouren« verwandelt – sie gaben mir Energie zurück. Aber wen kümmerten schon Begriffe? Sie waren Beute, die Nahrung, die ich für mich und meine Familie brauchte. Es gab keine Alternativen, keine Umwege.

An manchen Tagen hasste ich mich für das, was ich war. Aber es ließ sich nicht ändern.

Helene hatte mich schon oft aufgemuntert und ich rief mir ihre Worte mutmachend ins Gedächtnis:»Es gibt genug Leute, die uns hassen. Da sollten wir uns nicht auch noch selbst hassen.«

Meine Frau hatte Recht und ich würde sie beschützen. Sie und meine kleine, wachsende Familie. Kurz vor Kaufland nahm ich das Tempo heraus. War das eine lilafarbene Aura? Was machte ein Vampir am helllichten Tag an einem Ort wie diesem?

Vielleicht machte mich die frische Energie übermütig, oder es lag an diesem herrlichen Tag: Ohne groß nachzudenken, ließ ich meine hellgraue Aura ausfahren und markierte das Zentrum der lilafarbenen Aura. Ein Vampir! Ich hatte einem Vampir mein Zeichen aufgedrückt! Die Menge an Lebenszeit, die ich mir morgen holen würde, versetzte mich in Ekstase.

Im Rückspiegel erspähte ich einen Mädchenkopf, der aus der Limousine lugte. Ein junger Vampir – das machte es nur bes-

214

ser! Gerade rechtzeitig trat ich auf die Bremse am Zebrastreifen. Mit einem kurzen, entschuldigenden Nicken gab ich den Leuten mit dem Hund ein Zeichen und wartete geduldig. Meine Aura lag wieder eng an und gab sich dem Sinine vor mir nicht preis. Ich war ein Jäger im Schatten, dachte ich bei mir und grinste. Noch einmal warf ich einen Blick in den Rückspiegel und erschrak.

Trug das Mädchen ein Schutzzeichen? Ich fluchte und wollte meine Markierung gerade entfernen, als ich das Schutzzeichen zuordnen konnte. Ich atmete vor Erleichterung auf. Das konnte nur ein Scherz sein. Diese Dämonenart gab es seit Jahrhunderten nicht mehr. Welcher Narr hatte die Dreistigkeit, eine solche Fälschung als Schutzzeichen zu tragen? Ich trat aufs Gas. Der D'Schar konnte sich damit befassen. Mich ging das alles nichts an. Was zählte, war meine Familie. Wir brauchten weder die Gnade der Menschen noch das Mitleid anderer Dämonen. Wir überlebten gut allein. Morgen um diese Zeit würde ich mehr Lebenszeit besitzen als je zuvor.

Ich summte zur Melodie aus dem Radio und setzte meine Route fort. Die zweite Retoure am Bahnhof Köpenick erledigte ich schnell. Mein letztes Opfer für heute wartete in der Nähe des Bahnhofs Wuhlheide.

Ich beendete die Runde und parkte an der Lagerbasis in Hoppegarten ein. Lobend klopfte ich meinem Wagen auf die Flanke. Dann drehte ich mich nach allen Seiten um und tat, was ich seit Ewigkeiten nicht mehr getan hatte: Ich spann ein filigranes Netz um meinen treuen Begleiter. Es war nicht stark genug, um jemanden zu fangen, aber stark genug, dass der Faden an jedem Eindringling haften würde. Wollten wir doch mal sehen, wer mir ins Netz ging.

Gut gelaunt machte ich mich auf den Weg nach Hause. Meine Mitfahrgelegenheit stand etwas weiter hinten auf dem Mitarbeiterparkplatz bereit und lud mich mit Lichthupe ein.

Ich stieg in das Auto und ließ mich sogar auf etwas Smalltalk über anstrengende Kunden und chaotische Fahrradfahrer ein. In Gedanken war ich schon längst zuhause. Helene würde staunen, wenn ich ihr von dem Vampirmädchen erzählte. Oder sollte ich es ihr erst morgen als Überraschung verraten? Wir bogen in meine Straße ein. Ich verabschiedete mich von meinem Kollegen und wünschte ihm einen schönen Feierabend. Ich war in Hochstimmung und musste mich beherrschen, meine Aura nicht zu früh zu entspannen. Beschwingt lief ich die vier Etagen hoch und öffnete die Tür.

»Ich bin wieder Zuhause!«, rief ich gut gelaunt und spürte Helene bereits.

Sie und unsere Tochter hatten Hunger – Ich würde sie nicht länger warten lassen. Ich zog meine Schuhe aus und schloss die Tür hinter mir ab. Helene hatte mich bereits erwartet und alle Vorhänge zugezogen. Ich nahm meine wahre Gestalt an und streckte meine acht Beine nacheinander. An meinem Hinterteil klebte noch ein kleiner Rest des Fadens, den ich um meinen Wagen gesponnen hatte. Mit einer schnellen Bewegung schüttelte ich den Rest ab und ging zu Helene und unserer Tochter. Die Küche diente uns als Brutraum, da wir ohnehin keine menschliche Nahrung brauchten. Wobei ... menschliche Nahrung traf es vielleicht sogar besser als jeder andere Begriff.

Helene lag in ihrer wahren Gestalt vor dem Kokon, unsere Tochter sanft im Arm wiegend. Doch das leise Wimmern der kleinen Gestalt wollte nicht verstummen.

»Pssst, Papa ist ja wieder da. Und er hat etwas mitgebracht.« Sanft legte ich mich neben die beiden und schmiegte mich an.

»Ich liebe dich«, flüsterte meine Frau zur Begrüßung.

Ihre Haare lagen in dünnen, verklebten Strähnen um ihren Kopf und die Müdigkeit stand ihr ins Gesicht geschrieben. Ich spürte sofort die Last der Schuld in mir aufsteigen.

Ich brachte nicht genug Nahrung nach Hause. Ich musste mehr jagen. Aber ab morgen würde alles besser werden. Ich drehte Helene meinen Rücken zu und entblößte unser Zeichen. Ein leises, klackerndes Geräusch entwich ihr, als sie ihre Aura sanft über meinen Rücken legte.

Langsam spürte ich, wie die Energie aus mir floss, direkt in sie überging. Sie brauchte sie – für sich, für unsere Tochter … und für die anderen, die bald schlüpfen würden.

»Ich liebe dich«, flüsterte ich, erschöpft von der Übertragung.

Ich ließ mich in ihren Arm sinken. Der Hunger kehrte zurück, doch ich genoss die Wärme ihres Halts, während sie von unserer Tochter sprach, die heute besonders lebhaft gewesen war. Ich spürte, wie ihre winzigen, hellgrauen Aurafäden vorsichtig nach mir tasteten. Liebevoll kam ich ihr entgegen.

Wärme, Liebe, Familie. Diese Empfindungen durchströmten mich und stärkten meinen Entschluss. Ich würde für diese Familie alles tun. Einfach alles.

Über mir regte sich der Kokon und ich meinte, den flüchtigen Umriss eines kleinen Spinnenbeins durch den Seidenfaden schimmern zu sehen. Alles würde wieder gut werden. Meine Familie würde die Kainaden wiederaufleben lassen. Wir würden nicht aussterben. Wir würden überleben! Bis dahin mussten wir Geduld üben. Ich schmiegte mich an meine kleine Familie und ließ den Blick auf den sich regenden Kokon ruhen, während mich der Schlaf überkam. Meine Familie.

Kapitel 10
Im Netz der Spinne

Menschen und Dämonen besitzen gleichermaßen einen Selbsterhaltungstrieb. Vor Kurzem hat Mara mir ein Buch von Darwin geschenkt, in dem er die Evolution der Dämonen beschreibt. Diese spezielle Ausgabe ist längst aus den Regalen verschwunden. Mara besitzt die letzten Exemplare der wahren Evolutionstheorie – schließlich kannte sie Darwin persönlich. Der Selbsterhaltungstrieb ist laut Darwin bei Dämonen und Menschen unterschiedlich stark ausgeprägt.

Während Menschen durch die Vernunft viele Kompromisse eingehen und sich damit auch selbst schaden, haben Dämonen über Jahrhunderte hinweg ihre Instinkte behalten. Laut Darwin stammen Dämonen, so wie der Mensch auch, von Tieren ab, wobei Dämonen näher an den Tieren geblieben sind. Ein Relikt dieser Evolution ist die wahre Gestalt, in der Dämonen geboren werden. Bereits wenige Stunden nach der Geburt entwickeln einige Arten die Fähigkeit, sich ein menschliches Scheinbild zuzulegen.

Anpassung, um zu überleben. Nur noch die Augen verraten inzwischen einen Dämon, aber laut Maras These wird auch das eines Tages verschleiert sein.

Wozu also dieser Exkurs? Nun, ich habe damals eine wichtige Lektion gelernt. Als Mensch hätte meine Empathie zweifellos meinen Selbsterhaltungstrieb übertrumpft. Doch da ich bereits auf dem Weg zur Dämonin war, trat die Empathie zurück – und ich überlebte.

218

Langsam öffnete ich die Augen und spürte eine Träne über meine Wange rollen. In meinem Kopf flammten Erinnerungsfetzen auf – nicht meine, sondern Kais. Ich war so stolz auf die Eier und meine, nein, *seine* Tochter.

»Kendra? Kendra!«, rief mich Marana, doch in meinem Kopf tobte noch immer ein Feuerwerk aus Erinnerungen und Gedanken.

Diese Familie war wichtig, sehr wichtig. Seit mehreren Jahren hatte Kai keinen Kontakt mehr zu anderen Kainaden gehabt – sie waren wie vom Erdboden verschluckt. Aber seine Familie würde überleben. Er würde sie beschützen und Helene zum Schluss auch seinen Körper bereitwillig opfern. Moment … er wusste, dass seine Frau ihn verschlingen würde und liebte sie trotzdem so bedingungslos?

»Kendra?«, hörte ich nun die Rothaarige ganz nah an meinem Ohr.

Ich schüttelte den Kopf, um die Gedanken loszuwerden.

»Ja, ich … gleich«, murmelte ich, unfähig, einen klaren Gedanken zu fassen.

Die nächsten Gedanken blitzten schon auf. Diesmal waren es Gefühle, die lange vor der Vision existiert hatten: Einsamkeit, als Kai in sein Revier zurückkehrte und keiner mehr dort war. Die Erleichterung, als er nach zehn Jahren Helene in den Müggelbergen fand. Und diese überwältigende, bedingungslose Liebe – für sie und die Eier. Noch eine Träne lief mir über die Wange, als ich mich langsam aufsetzte. Eliza kniete neben mir, während der D'Schar nervös auf und ab ging, bemüht, sowohl Marana als auch sich selbst zu beruhigen.

»Mir geht's gut«, flüsterte ich, obwohl ich mir selbst nicht sicher war, ob das stimmte.

Innerlich rechnete ich mit weiteren Gedanken und Gefühlen von Kai. Als diese ausblieben, schluckte ich schwer. Wenn ich leben wollte, musste Kai sterben. Und ohne Kai würden Helene und die Eier verhungern, da die Weibchen nicht selbst auf Jagd gingen, wenn sie Babys zu versorgen hatten. Auch dieses Wissen war plötzlich als Allgemeinwissen in meinem Kopf.

»Kendra? Geht es dir gut?«, fragte Marana mit ungewohnter Sanftheit.

»Nur noch einen Moment. Es ist so viel … ich muss das alles erst sortieren«, murmelte ich.

»Das liegt wohl an ihrem jungen Alter«, warf Maquin ein. »Ihr Gehirn braucht länger, um die Bilder zu verarbeiten.«

»Mir geht's gut«, wiederholte ich und sammelte mich.

In meinem tiefsten Inneren spürte ich die Verbindung zu Kai und seiner Familie. Der Gedanke an seinen Tod – oder den von Helene und den Spinneneiern – erfüllte mich mit Entsetzen. Doch gleichzeitig war das alles noch so neu und beängstigend. Dieses Dämonenzeug … Was, wenn die Erinnerungen nur kurz anhielten? Ich musste alles erzählen, bevor ich unsere einzige Chance auf Rettung vertat.

»Er heißt Kai … er gehört zu den Kainaden«, begann ich stockend und Marana spitzte die Ohren.

»Es gab seit Jahrzehnten keine Kainaden mehr in Berlin, geschweige denn in Deutschland«, merkte der D'Schar an.

»Aber ich habe ihn gesehen«, fuhr ich fort. »Er war eine riesige Spinne und das Tattoo … das Zeichen … war auf seinem Rücken. Seine Frau, Helene, ernährt sich davon – sie braucht es für die Babys. Er jagt so viel, weil er nur seine Familie schützen will.«

Die Worte sprudelten förmlich aus mir heraus.

»Stockholm-Syndrom«, hustete Eliza theatralisch und erntete ein wütendes Fauchen von Marana.

»Das ist normal, eine Nebenwirkung. Man fühlt sich nach der Vision noch etwas orientierungslos«, beteuerte Maquin und verschwand für einen Moment in der Küche.

»Kendra? Hast du noch mehr gesehen? Wir müssen alles wissen. Jedes Detail ist wichtig«, fragte Marana.

Plötzlich fühlte sich ihre schwarze Aura wieder warm an – wie die vertraute Wärme, die Kai in der Nähe seiner Familie gespürt hatte.

»Müssen wir ihn wirklich töten?«, fragte ich verzweifelt. »Er kann das Zeichen entfernen, das weiß ich! Wir könnten ihn doch einfach ... er würde alles für seine Familie tun!«

Ich bemerkte die besorgt dreinblickende Eliza. Maranas Augen blieben hinter der Sonnenbrille verborgen.

»Kendra. Details. Hast du etwas gesehen, das uns helfen könnte, ihn zu finden?«, wiederholte die Dämonin.

Mit einem Knoten im Magen begann ich, die Wohngegend zu beschreiben.

»Das Allende-Viertel«, vermutete der D'Schar und ich nickte bestätigend.

Er nahm einen Schluck Wasser, seine Finger umklammerten das Glas etwas zu fest. Nervosität lag in der Luft.

»Ja, das war es. Das Treppenhaus ist schmutzig und der Fahrstuhl ist kaputt. Er wohnt in der vierten Etage«, beschrieb ich.

Da war es – die Wahrheit lag auf dem Tisch. Jetzt lag Kais Schicksal in Maranas Händen.

»Welche Aurafarbe haben Kainaden?«, fragte Eliza und richtete ihren forschenden Blick zu Marana.

»Hellgrau, fast weiß, wie Spinnennetze«, antwortete Marana leise und ich nickte bestätigend.

»Er legt sie eng an, man sieht sie kaum. Sie ist fast durchsichtig, wenn er sie ganz fein spinnt«, fügte ich hinzu.

»Dann mal los«, sagte Eliza und ließ ihre Aura gefährlich aufblitzen.

»Nein!« rief ich plötzlich, bevor ich es stoppen konnte.

Sogar Marana sagte »Nein«, wenn auch mit deutlich mehr Ruhe.

»Ich werde die Aufzeichnungen zu den Kainaden durchsehen. Wir dürfen keinen Fehler machen«, erklärte Marana kühl. War das Angst, die ich in ihrer Aura spürte? Marana ... hatte sie wirklich Angst?

An Maquin gewandt fragte sie:»Hast du jemanden, der den Wohnblock im Allende-Viertel beobachten kann?«

Der D'Schar zögerte, Unsicherheit spiegelte sich in seinem Blick.

»Das sind alles friedliche Familien. Ich kenne die meisten persönlich, sogar mit Vornamen. Ich werde sie nicht unnötig in Gefahr bringen«, erklärte er entschuldigend.

»Das darf doch nicht wahr sein«, fluchte Marana leise vor sich hin.

Sie zückte ihr Klapphandy und sprach knapp in den Hörer: »Nik? Beobachte das Allende-Viertel. Melde mir alles Ungewöhnliche – wir haben es mit Kainaden zu tun.« Sie übermittelte meine Beschreibung der Häuser und legte kommentarlos auf.

»Welche Hausnummer betrifft es denn? Dann kann ich die Dämonen in der Nähe informieren und evakuieren lassen«, fragte der D'Schar.

Eliza ließ ein kurzes Lachen hören.»Schwächlinge«, murmelte sie leise vor sich hin.

»Ich weiß die Hausnummer nicht, es war alles Routine. Aber ich würde den Eingang erkennen«, erklärte ich.

»Nein«, erwiderte Marana knapp und auch der D'Schar nickte zustimmend.

»Wir können dich nicht bis zum Eingang bringen. Er könnte dich sehen und ausrasten«, warnte Maquin.

»Dann evakuieren wir eben nicht«, schlug Eliza vor.»Die Dämonen werden sowieso verschwinden, wenn sie unsere Auren spüren. Und die Menschen dort ... na ja, sie sind ohnehin nur ...«

»LIZA!«, fuhr Marana die Rothaarige scharf an.

Maquin, Eliza und ich zogen sofort unsere Auren zurück. Meine Aura glitt von selbst, wie ein ängstlicher Welpe, schutzsuchend zwischen meine Füße.

»Verzeihung«, murmelte Eliza und zog ihre violette Aura mit einem entschuldigenden Blick wieder zurück.

Dann begann Marana, routiniert die Aufgaben zu verteilen: »Jeder von euch sucht in den Büchern nach Informationen zu den Kainaden. Wie kann man das Zeichen entfernen? Was geschieht mit den Markierten, wenn der Kainade stirbt, bevor er es einlösen kann? Wir haben zwei Stunden. Maquin, wir nehmen deinen Wagen. Du kennst die Strecke?«

Alle nickten mehr oder weniger einverstanden.

»Können wir vielleicht auch nachsehen, ob es andere Nahrungsquellen für sie gibt?«, fragte ich vorsichtig.

Ich konnte den Gedanken nicht ertragen, für den Tod einer Familie verantwortlich zu sein. Die drei Dämonen starrten mich schweigend an.

»Nein«, durchbrach Marana schließlich die Stille.

In diesem einzelnen Wort lag so viel Macht, dass ich nicht noch einmal fragte oder nach einem Grund verlangte. Ohne ein weiteres Wort zeichnete Marana unsichtbare Symbole in die Luft und die Bücher vor uns verschwanden. Augenblicke später erschienen nach und nach neue Bände. Eliza schnappte sich das erste und ließ sich neben mir auf das Sofa fallen. Maquin ließ die nächsten Wälzer auf Latein unberührt und wählte dann ein englischsprachiges Buch. Offensichtlich konnte er auch kein Latein. Das nächste Buch, das auftauchte, war auf Deutsch und ich griff es mir sofort. Es war ein Sammelband. Weitere Bücher erschienen auf dem Couchtisch, doch es gab keine weiteren auf Deutsch, also setzte ich mich wieder neben Eliza.

Maquin lehnte sich ans Fenster, als wolle er im Stehen lesen.

»Wenn ihr etwas habt, lest es laut vor«, verlangte Marana. »Bis dahin – stört mich nicht.«

Sie ließ sich in den einzigen Sessel im Raum fallen und warf einen letzten Blick auf die Uhr. Dann korrigierte sie sich: »Eine Stunde muss reichen. Beeilt euch.«

Mit fließenden Bewegungen zeichnete sie glühende, rote Symbole in die Luft und atmete laut aus. Ich wartete auf ein hörbares Einatmen – doch es kam nicht. Sie saß lautlos auf ihrem Sessel und bewegte sich nicht mehr. Besorgt sah ich zur Rothaarigen.

»Das ist irgend so ein Astralreisen-Magie-Ding. Ihr geht es gut«, beruhigte mich Eliza.

Ich nickte und nutzte die Gelegenheit, noch eine Frage loszuwerden: »War ich wirklich so lange in Trance?«

Die Panik stieg in mir auf. War mein Tod wirklich schon so nah?

»Fast zwei Stunden«, erklärte Eliza und vertiefte sich wieder in ihr Buch.

Zwei Stunden? Wenn man bedachte, dass ich den ganzen Tag als Kai verbracht hatte, waren zwei Stunden vielleicht sogar noch recht wenig. Mit gemischten Gefühlen wandte ich mich meinem Buch zu. Dieses Mal gab es sogar ein Inhaltsverzeichnis. Ich fand »Kainaden« und suchte die richtige Seite. Vorerst las ich den Text stumm für mich.

Der Name dieser Dämonenrasse stammt vom biblischen Brüderpaar Kain und Abel. In der Bibel erschlägt Kain seinen Bruder Abel und wird daraufhin von Gott mit dem Kainsmal gezeichnet. Ein Zeichen, das sowohl als Stigma als auch als Schutzzeichen fungiert, da Kain von nun an nicht getötet werden kann.

Die Kainaden sind spinnenartige Dämonen, deren Männchen, ähnlich wie bei der Kreuzspinne, ein markantes Zeichen auf ihrem Rücken tragen. Dieses Zeichen dient zur Markierung ihrer Beute, die sie frühestens nach 24 Stunden ernten können. Das Kainadenmännchen spürt die Anwesenheit seiner markierten Opfer und ist in der Lage, sie mühelos aus einer Entfernung von bis zu fünf Metern zu töten. Andere Kainaden erkennen diese Zeichen als eine Art Familienwappen, wodurch es unmöglich ist, dass ein Opfer von zwei Kainaden gleichzeitig markiert wird.

Kurz vor der Ei-Ablage benötigt ein Kainadenweibchen bis zu drei Mal mehr Nahrung als üblich. Die Spinneneier und frisch geschlüpften Jungdämonen werden von der Mutter bereits am dem ersten Tag gefüttert und zehren von der Energie, die das Männchen von seinen Jagden zurückbringt. Ist die gesamte Brut selbst in der Lage zu jagen, tötet das Weibchen das Männchen. Nach ihrer Stärkung ziehen die Jungdämonen in verschiedene Gebiete, um das Familienwappen möglichst weit zu verbreiten. Im frühen Mittelalter standen die Kainaden kurz vor der Ausrottung. Gegenwärtig wird ihre Population auf nur noch wenige Hundert geschätzt.

Der Eintrag machte mich traurig. Kai und Helene waren möglicherweise wirklich Teil einer aussterbenden Art. Ich blätterte weiter, doch der Eintrag war abgeschlossen. Kein Hinweis darauf, wie man das Zeichen entfernen konnte. Enttäuscht schloss ich das Buch und bemerkte auf der ersten Seite eine Jahreszahl. Schon vor fast zweihundert Jahren schätzte man die Kainaden nur noch auf wenige Hundert. Heute mussten es noch viel weniger sein.

»Hast du etwas?«, stieß mich Eliza mit dem Ellenbogen an.

Alle Blicke richteten sich gespannt auf mich. Traurig nickte ich und gab die Informationen weiter. Mit jeder neuen Erkenntnis schien sich die Schlinge um Kais Hals enger zu ziehen.

»Hm«, nahm Marana einsilbig die Fakten zur Kenntnis.
»Mach weiter«, ermutigte mich Eliza und schob mir das nächste Buch hin. Dieses Mal wieder auf Englisch.

Noch etwa sechzehn Stunden

»Halten Sie sich da raus«, beendete Marana das Gespräch mit der Dämonenbehörde und knallte den Telefonhörer zurück in seine Ladestation. »Die BfdA hat Wind von unserem Plan bekommen. Wir müssen uns beeilen.«

»Hat Tesla die Leitungen nicht abhörsicher gemacht?«, warf Eliza ein, während sie ungeduldig mit dem Fuß wippte.

Sie hatte sich bereits umgezogen und trug jetzt eine Jeans und die rote Bluse, die eigentlich für mich gedacht war. Sie hatte schon vor einer halben Stunde aufbrechen wollen.

»Wenn wir ihn töten und Kendra ebenfalls stirbt … Es ist zu gefährlich«, beharrte Marana.

Wir hatten die wichtigsten Informationen zusammengetragen, doch es blieben immer noch viele Wissenslücken.

»Solange sie fünf, meinetwegen zehn Meter Abstand hält, dürfte er sie nicht angreifen können. Außerdem heißt es, frühestens nach 24 Stunden«, sagte Maquin und bezog sich auf unsere Quellen.

Marana überlegte und passte den Plan an: »Du bleibst bei ihr im Wagen. Direkt neben ihr. Eliza und ich gehen rein und kümmern uns um ihn. Er löst das Zeichen und ich rufe dich an. Dann bestätigst du das.«

Der letzte Teil war mir zu vage.

»Was ist mit den Kindern?«, fragte ich, aber niemand antwortete.

Eliza seufzte theatralisch, überging meinen Einwand aber ebenfalls. Wir brachen auf. Den ganzen Weg durch das Hotel schwiegen wir.

Erst am Parkplatz vor einem unscheinbaren, silberfarbenen Fiat ergriff Maquin das Wort. »Wollt Ihr fahren?«, fragte er Marana, deren Aura wie eine unheilvolle schwarze Sonne hinter ihr schwebte. Auch sie sprach er in der ehrfurchtsvollen Anrede an.

»Heute nicht«, antwortete Marana nur und öffnete wie selbstverständlich die Beifahrertür.

Maquin schien erleichtert und ging zur Fahrerseite.

»Wir wollen ja heil ankommen«, kicherte Eliza von der Rückbank.

»Ich habe mehr Fahrpraxis als du«, stellte Marana klar.

Der D'Schar und ich hielten uns aus der Unterhaltung raus. Ich nahm neben Eliza Platz und schnallte mich an. Die anderen verzichteten auf den Gurt.

Der D'Schar lenkte den Wagen jetzt auf die Straße und chauffierte uns durch Köpenick. Ich starrte schweigend aus dem Fenster und versuchte, meine Gedanken zu beruhigen.

Wie war ich nur in diesen Wahnsinn geraten? Vor zwei Tagen war die Abiturprüfung noch mein größtes Problem gewesen. Jetzt ging es um mein Leben.

Ich fühlte mich ausgelaugt und träge.

Wir brauchten nicht lange, dann waren wir bereits im Allende-Viertel. Die Gebäude kamen mir seltsam vertraut vor und fühlten sich nach zuhause an. Ich unterdrückte das Gefühl – es stammte nicht von mir. Das musste ich mir endlich merken. Maquin fuhr jetzt mit gedrosselter Geschwindigkeit und wartete auf Rückmeldung.

»Kendra?«, drängte Eliza ungeduldig.

»Ja, irgendwo hier in der Nähe. Aber nicht genau hier«, sagte ich und ließ meinen Blick zwischen den Fenstern hin und her wandern.

Kai musste aus einer anderen Richtung gekommen sein oder eine andere Straße genommen haben. Die Häuser hier waren nicht … und dann sah ich es.

»Da«, sagte ich und zeigte auf den Hauseingang links.

Die Fassade in dreckigem Rosa und vor der Tür stand ein Fahrrad: Hier war es. Maquin fuhr gleichmäßig weiter und hielt an der Ecke des Häuserblocks.

»Das sind jetzt knapp fünfzig Meter. Reicht das?«, fragte der D'Schar und Marana nickte.

Ich drehte mich auf der Sitzbank um und konnte den Eingang noch gerade so sehen.

»Jeder hält sich genau an den Plan«, erinnerte Marana uns, bevor sie ohne ein Wort des Abschieds aus dem Wagen stieg.

Eliza klatschte aufgeregt in die Hände. »Es wird mir ein Vergnügen sein, dich von dem Kainadenmal zu befreien, Liebes. Und dann wird alles besser.«

Die Autotür schlug zu und ich beobachtete, wie die Rothaarige zu Marana aufschloss.

»Sie werden ihn töten, oder?«, fragte ich den D'Schar, ohne ihn anzusehen.

Er schien sich in seiner Rolle unwohl zu fühlen, erklärte dann aber nach einigem Zögern: »Er hat das Schutzzeichen ignoriert. Er hat seinen Tod selbst zu verantworten.«

Schutzzeichen ... ich erinnerte mich an ähnliche Worte von Kai.

»Er hat ein Schutzzeichen gesehen und es für eine Fälschung gehalten«, sagte ich leise.

Maquin lachte trocken auf.

»Wer würde das nicht tun? Aber es bleibt dabei: Er hat das Risiko in Kauf genommen, jetzt zahlt er den Preis. Du solltest aufhören, ihn zu verteidigen. Es geht um dein Überleben. Er oder du. So einfach ist das«, erklärte er mir.

»Wie macht man eigentlich Schutzzeichen? Gehört das auch zu Magie?«, fragte ich, während ich weiter konzentriert auf den Hauseingang starrte.

Marana und Eliza verschwanden soeben im Treppenflur.

»Frage gegen Frage«, forderte der D'Schar plötzlich und überrumpelte mich damit.

Er warf mir über den Rückspiegel einen verschmitzten Blick zu. Seine blauen Augen funkelten bedrohlich.

»Einverstanden?«, fragte er und ich stimmte unsicher zu. Was sollte das jetzt?

»Weißt du, wie alt Marana ist?«, fragte er unverblümt.

Ich schüttelte den Kopf. Daraufhin erklärte er mir, wie man Schutzzeichen vergab: »Jeder Dämon kann ein Schutzzeichen verleihen. Man nimmt einen Teil seiner eigenen Aura und stellt das Ziel damit unter seinen Schutz. Magie? Nur, wenn man die Aura als etwas Magisches ansieht.«

»Kann man auch Menschen unter seinen Schutz stellen?«, fragte ich, aber der D'Schar war wieder an der Reihe: »Weißt du, welcher Art Marana angehört?«

»Sie ist eine Vampirin, dachte ich«, antwortete ich ehrlich.

Der D'Schar war mit meiner Antwort nicht zufrieden.

»Vampire haben violette Auren, das müsstest du doch wissen. Also, nimm das ernst und antworte«, ermahnte er mich.

»Ich bin erst seit Kurzem eine Dämonin. Das ist alles noch neu für mich, aber ich bemühe mich«, verteidigte ich mich.

Trotzdem trafen mich seine Worte. Hatte ich das nicht schon bemerkt? Nikola, Eliza und ich hatten violette Auren, wobei Elizas am kräftigsten und meine am blassesten war. Maranas Aura war völlig anders. Mir wurde klar, wie wenig ich über diese Frau wusste.

»Welcher Dämon hat eine schwarze Aura?«, fragte ich laut und Maquin beendete unsere kurze Fragerunde mit einem Seufzen.

»Du weißt also rein gar nichts«, murmelte er genervt und erschrak plötzlich. »Verdammt! Kopf runter, Mädchen!«

Er machte sich klein und rutschte auf seinem Sitz nach hinten. Hastig duckte ich mich auf die Rückbank.

»Was?«, flüsterte ich nervös.

»Psst«, zischte Maquin.

Ich schloss die Augen und versuchte, andere Auren zu spüren. Aber entweder war meine Aura noch vom Frühsport erschöpft, oder sie funktionierte aus Gewohnheit wieder nicht. Dreimal klopfte es an die Fensterscheibe.

»BfdA. Aussteigen, bitte«, forderte eine kräftige Männerstimme und Maquin fluchte leise.

Langsam richtete er sich auf und vermied es, mich beim Sprechen anzusehen. »Ich lenke sie ab und du rennst so schnell du kannst in die andere Richtung«, flüsterte mir D'Schar zu.

Er öffnete erst die Tür und stieg dann aus.

»Was gibt's?«, fragte er lässig. »Zählt das hier etwa als Parkverbot?«

Einer der Behördenmänner griff nach ihm, doch Maquin wich geschickt aus.

»Hände an den Wagen«, befahl der Mann dem D'Schar. Dessen ruhiger Auraring verwandelte sich in ein tobendes Wasserspiel.

»Kendra, du auch«, forderte mich eine Frauenstimme auf.

Ich wechselte hastig auf die entgegengesetzte Seite des Autos und stieg aus, doch zum Wegrennen kam ich nicht. Der Glatzköpfige aus dem Verhörraum hatte das Auto bereits umrundet und versperrte mir den Fluchtweg. Seine Hand ruhte auf der Waffe.

»Renn einfach, die schießen nicht auf dich!«, rief Maquin von der anderen Seite des Autos.

Ich war mir unsicher und zögerte. Dann zwängte der Dämon sich an seinen Bewachern vorbei und verwandelte sich. Wie Kai hatte auch er eine andere, seine wahre Gestalt. Die Kreatur, in die er sich verwandelt hatte, erinnerte an eine Mischung aus Luchs, Otter und irgendetwas Urzeitliches. Sie bewegte sich auf allen Vieren, hatte Klauen und Schwimmhäute sowie einen blau-geschuppten Körper. Orangene Sprenkel pulsierten auf seiner Haut und gaben dem D'Schar ein mystisches Aussehen. Er stellte die Flossen an seinem Hals auf und fauchte bedrohlich, als jemand eine Waffe zog.

Ich nutzte die Ablenkung und rannte in die einzige freie Richtung. Hinter mir hörte ich ein unmenschlich hohes Kreischen. Besorgt drehte ich mich nach Maquin um und sah gerade noch, wie er über eine Hecke sprang und davonlief. Mehrere Männer waren ihm auf den Fersen, doch der Glatzkopf war leider nicht dabei. Trotz seiner sperrigen Türsteher-Figur hatte er mich eingeholt und mir die Hände auf den Rücken gerissen.

»Nein!«, rief ich und kämpfte gegen seinen Griff an.

Nicht schon wieder! Sollten Vampire nicht übermenschlich stark sein? Ich stemmte mich mit aller Kraft gegen seinen Griff, aber es brachte nichts. Auch meine Aura hing schlaff um mich herum und war keine große Hilfe. Der Mann schob mich zielsicher auf einen schwarzen Transporter zu. Im Inneren erkannte ich die Frau, die Marana und mir am Spreetunnel aufgelauert hatte.

»Lassen Sie uns einen Moment allein«, forderte sie und deutete auf die Sitzbank ihr gegenüber.

Der Glatzköpfige drückte meine Handgelenke noch einmal betont fest, bevor er sie losließ.

»Lass uns reden, Kendra«, sagte die Frau mit entschlossener Stimme.

Widerwillig stieg ich in den Wagen und setzte mich. Vorsichtig rieb ich mir die Handgelenke. Der Glatzköpfige hatte keine Rücksicht auf die Einschnitte vom Springseil genommen. Die Seitentür des Wagens schloss sich und durch das getönte Fenster erkannte ich die breiten Schultern des Mannes. Einen anderen Fluchtweg gab es nicht.

»Also, Kendra. Warum erzählst du mir nicht, was hier gerade passiert?«, begann die Frau.

Ich schwieg so laut ich konnte.

»Sieh mal, in etwa fünf Minuten stürmen wir die Wohnungen und werden früher oder später auf unser Ziel treffen. Es wäre hilfreich zu wissen, was uns erwartet«, fuhr sie fort. Ich schwieg weiter, während ich in Gedanken die möglichen Szenarien durchging. Würden Marana und Eliza es rechtzeitig hinaus schaffen? Hatte Kai das Zeichen schon von mir entfernt? Was würde mit Helene und den Eiern passieren? Die Frau beobachtete mich aufmerksam.

»Du bist hier unfreiwillig zwischen die Fronten geraten, Kendra. Das ist unglücklich gelaufen. Aber wir sind hier nicht die Bösen. Wir wollen, dass Menschen und Dämonen friedlich zusammenleben können. Und ja, manchmal müssen wir dafür kriminelle Dämonen festnehmen. Das sollte doch auch in deinem Sinne sein, egal ob Dämon oder Mensch«, sagte sie. Etwas in mir fand ihre Aussagen logisch, doch mein Bauchgefühl schrie nach Flucht. Tja, Flucht war keine Option. Also musste ich Zeit schinden und wieder einmal auf Rettung warten.

»Er ist nicht kriminell«, verteidigte ich Kai leise.

Die Frau hörte aufmerksam zu. Entweder war ich unkreativ oder einfach nur gestresst. Mir fielen keine glaubwürdigen Lügen ein, also gab ich der Behördenfrau häppchenweise Teile der Wahrheit.

»Er muss sich von Menschen ernähren, es geht nicht anders«, erklärte ich.

Die Frau zeigte überraschenderweise Verständnis: »Es gibt Dämonen, die sich auf eine Ernährungsweise spezialisiert haben. Vampire müssen Menschenblut trinken, ob sie wollen oder nicht. Ich verstehe das, Kendra. Das ist keine Mordlust, das ist Überlebensinstinkt.«

Ich musterte die Frau skeptisch. Ich wünschte, ich könnte Lügen erkennen, aber ihre Worte klangen echt.

»Überrascht?«, fragte sie mit einem wissenden Lächeln. »Wie ich schon sagte: Wir sind nicht die Bösen. Wenn ›er‹ sich kooperativ zeigt, können wir ihm den gleichen Deal anbieten wie den Sanguinikern. Die BfdA übernimmt seine Versorgung, damit ›er‹ nicht mehr töten muss. Wie klingt das?«

Die Frau schlug tatsächlich einen Deal vor. Ich zögerte. Konnte ich Kai und seine Familie vielleicht doch retten? Aber wie wollte die BfdA die Nahrung beschaffen, die Kai brauchte?

»Die Babys …«, dachte ich versehentlich laut und bereute es sofort.

»Babys?«, griff die Frau sofort auf. »Es sind Säuglinge involviert?«

Was sollte ich tun? Ein Blick durch das Autofenster zeigte keine Spur von Eliza oder Marana. Vor der Frau wagte ich es nicht, nach dem Tattoo zu sehen. Die Behörde wusste von unserem Plan und damit auch irgendetwas über Kai und seine Familie. Trotzdem schien einiges, was die Frau sagte, wie ein Bluff. Ich musste vorsichtig sein.

»Kendra, die fünf Minuten sind fast um. Das Haus wird gleich gestürmt. Und ohne bestimmte Informationen können wir weder die Sicherheit des Täters noch die von irgendwelchen Babys garantieren. Ich sage es dir ganz offen: Wenn die Blutgräfin und Frau Tepes sich uns in den Weg stellen, kann ich ihre Sicherheit nicht gewährleisten«, drängte mich die Frau zu einer Entscheidung.

Ich wollte nichts mit der Dämonenbehörde zu tun haben, aber ich wollte auch nicht, dass jemand starb. Marana, Eliza, Kai und seine Familie – konnte ich sie alle retten? Maquin hatte Kais Tod als unvermeidlich beschrieben. Für Helene, das Baby und die Eier gab es also noch Hoffnung, oder?

»Okay, okay!«, sagte ich.

»Also reden wir jetzt?«, fragte die Frau und ich nickte.

»Ich will, dass niemand getötet wird«, forderte ich.

»Sofern das in unserer Macht liegt«, stimmte die Behördenfrau meiner Forderung zu.

Aber das war mir nicht genug.

»Sie schießen auf niemanden. Am besten gehen Sie unbewaffnet rein«, forderte ich.

Die Frau lachte kurz und sagte kühl:»Abgelehnt. Kendra, wir gehen da nicht vollkommen schutzlos rein. Wir schießen nur, wenn wir bedroht werden. Das kann ich dir zusagen.«

Ich wusste, dass Eliza nicht friedlich bleiben würde.

»Ich komme mit«, forderte ich daher.

Die Frau wollte gerade protestieren, doch ich schnitt ihr das Wort ab:»Wenn ich voran gehe, greift Sie niemand an. Ich weiß, welche Wohnung die richtige ist. Sie können mich reden lassen und alles bleibt friedlich.«

Die Frau überlegte kurz und rief dann jemanden über Walkie-Talkie zu uns.

»Ich brauche eine Zweitmeinung«, erklärte sie.

Als ein SEK-Polizist zu uns ins Auto stieg, wiederholte sie meinen Vorschlag:»Wir gehen rein, Kendra geht voran und zeigt uns das Zielobjekt. Bei Kontakt vermittelt sie.«

»Eine Geisel?«, fragte der Mann unverblümt.

Im Grunde war ich das. Inzwischen sah ich fast im Sekundentakt aus dem Fenster. Waren die beiden Dämoninnen endlich fertig? Ich schwankte immer noch zwischen zwei Entscheidungen: Marana und Eliza alles überlassen und auf sie warten, oder den kleinen Funken Hoffnung nutzen und selbst aktiv werden. Vielleicht konnte ich so Leben retten. Da keine der beiden aus dem Hauseingang kam, fiel meine Wahl auf den zweiten Weg. Wurde ich damit zur Verräterin? Wie gingen Dämonen mit Verrätern um?

»In Ordnung«, sagte die Frau schließlich und stimmte meinem Plan zu, bevor sie mich nach ihr aussteigen ließ.

»Was ist mit dem Mann?«, fragte ich nach dem D'Schar.

Maquins Aura war nirgendwo zu sehen.

»Welcher Mann?«, fragte die Frau und der SEK-Mann brachte sie kurz auf den neuesten Stand.

»Sie war in Begleitung eines Mannes. Er hat sich verwandelt und einige Einsatzkräfte angegriffen, dann ist er geflohen und ins Wasser gesprungen«, stellte der SEK-Mann Maquin als Feind dar.

»Er hat niemanden angegriffen«, verteidigte ich Maquin, doch mir war klar, wem die Frau glauben würde.

»Hier rüber«, forderte sie mich auf und widerwillig folgte ich ihr zu einer Gruppe von bewaffneten Menschen in voller Montur.

Helme verbargen die Gesichter, Schusswesten und Waffen ließen keinen Zweifel an ihrer Kampfbereitschaft. Der SEK-Mann erklärte den Ablaufplan für alle hörbar. Die Frau schnallte sich gerade eine Schussweste um.

»Nur für den Fall«, kommentierte sie meinen besorgten Blick. War das ein Fehler? Noch ein Blick zum Hauseingang. Wieder keine Spur von Marana und Eliza. Neben mir stand der Glatzkopf Wache und folgte meinem Blick. Zur Erinnerung tippte er zweimal an seinen Waffengürtel. Wegrennen war keine Option mehr.

»Bist du bereit?«, fragte die Frau.

Hinter ihr wartete der Einsatzleiter mit fünf weiteren Personen auf ein Zeichen. Ich war alles andere als bereit. Ich war überfordert, hilflos und vermutlich auch absolut unvernünftig. Weil ich meiner Stimme nicht traute, nickte ich nur und ging steif auf den Hauseingang zu. Wenn Eliza und Marana doch jetzt einfach rauskommen könnten! Hinter mir klapperten die Uniformen und erinnerten mich daran, dass ich eine Menge bewaffneter Leute im Rücken hatte. Hielten sie mich für eine Verbündete oder eine Feindin?

Der Einsatzleiter schob mich und die Frau zur Seite, brach gekonnt das Türschloss auf und ließ mir wieder den Vortritt. Gefolgt von der Frau stieg ich die Treppen wie in Zeitlupe hoch. Vier Etagen. Mein Herz raste und meine Hände waren schwitzig. Plötzlich überkamen mich Zweifel anderer Art: Was, wenn Kai und Helene Marana und Eliza bereits ausgeschaltet hatten? Was, wenn ich direkt in meinen Tod lief und Kai mich, anstatt später, einfach sofort tötete?

Bereits auf der dritten Etage schlug mir der beißende Geruch von verbranntem Holz und etwas anderem, das ich nicht sofort identifizieren konnte, in die Nase. Meine Schritte wurden langsamer und die Luft wurde schwerer, als wir die vierte Etage erreichten.

»Rauch!«, rief jemand hinter mir, als wir die Tür zur Wohnung ins Visier nahmen.

Inmitten der Rauchschwaden erkannte ich Maranas schwarze Aura. Sie quoll aus der Wohnung heraus, dick und undurchdringlich, als würde sie jeden, der näherkam, verschlingen wollen. Ich hielt den Atem an und tastete nach Elizas Präsenz – ja, da war sie. Sie lebte also auch. Meine Anspannung ließ für einen Moment nach. Doch die Gefahr blieb spürbar. Der Einsatzleiter hinter mir drängte sich nach vorne, seine Finger umklammerten seine Waffe fest.

Ich hielt es keine Sekunde länger aus. Mit einer raschen Bewegung drückte ich die Klingel. Das schrille Läuten hallte durch das verrauchte Treppenhaus und zerriss den beklemmenden Moment. Die Frau hinter mit stöhnte genervt und der Einsatzleiter gab hektische Handzeichen an seine Truppe.

»Nicht schießen!«, ermahnte ich die Frau, die jetzt gebannt auf die Tür starrte.

Die Sekunden zogen sich ins Unendliche, bis plötzlich Elizas Aura stärker wurde. Sie war nah. So nah, dass ich sie spüren konnte. Die Tür öffnete sich einen Spalt und ihr prüfender

Blick huschte über die Szene, bevor sie mich ohne Vorwarnung in die Wohnung zog. Als die Tür hinter uns ins Schloss fiel, wirbelte der Luftzug den Rauch für einen Moment auf.

»Mara?«, rief Eliza nach ihrer Freundin und die Dämonin trat zu uns in den Flur. »Kannst du die Tür sichern?«

Eliza schob mich zur Seite.

Mit dem Blut, das Marana an der Hand hatte, zeichnete sie eine Art Rune auf die Tür und wandte sich an mich: »Maquin?«

»Ist in die Spree gesprungen«, antwortete ich.

»Hm«, war ihre einzige Antwort, bevor sie zurück in die Küche mit dem Kokon ging.

»Ist er tot?«, fragte ich die Rothaarige und sie nickte.

»Wir sind hier gleich fertig«, erklärte sie und hielt mich davon ab, nach den Eiern zu sehen. »Ah! Nein, das musst du wirklich nicht sehen.«

Nur um sicherzugehen, hob ich mein T-Shirt und sah nach dem Zeichen: Es war verschwunden. Ich hatte nicht einmal ein Kribbeln gespürt.

»Bleib hier und verwische das Zeichen an der Tür nicht. Schaffst du das?«, fragte mich Eliza.

Erst jetzt bemerkte ich, dass auch Elizas Bluse voller Blutspritzer war.

»Ich kaufe einfach eine neue«, kommentierte sie meinen Blick und zuckte zusammen, als ein schrilles Piepen ertönte.

»Das Feuer!«, rief ich und erkannte das Geräusch eines Rauchmelders.

Das Pochen an der Tür wurde lauter und jemand betätigte ununterbrochen die Klingel.

»Sind wir durch?«, fragte Eliza und ließ mich einen Moment allein im Flur.

Ich nutzte die Gelegenheit und spähte in die Küche, den Brutraum. Sofort wandte ich mich ab und erbrach mich. Kai und Helene waren in ihrer Spinnenform gestorben. Wobei »gestorben« viel zu friedlich klang für das, was im Raum zu sehen war. Und der Kokon? Marana verbrannte ihn gerade. Ich war zu spät.

»Nicht doch!«, sagte Eliza in einem halbherzigen Versuch, mich zu trösten.

Ein neuer Schwall aus Galle und Blut stieg mir in den Hals und Eliza trat angeekelt einen Schritt zurück.

»Beeil dich, der Lärm ist unerträglich!«, fluchte Eliza und nickte dankbar, als Marana den Rauchmelder mit einer Handbewegung an der Zimmerdecke explodieren ließ.

Ich torkelte zurück und lehnte mich mit dem Rücken an die Eingangstür. Rauch erfüllte die gesamte Küche und ein Fenster zersplitterte. Die Tür vibrierte unter den Schlägen der Einsatzkräfte, aber sie gab nicht nach.

»Pass auf das Zeichen auf!«, erinnerte mich Eliza an das blutige Symbol auf der Tür.

Sie wurde sichtlich unruhig. Marana kam aus der Küche und das Blut an ihrer Hand war verschwunden. Ihre Kleidung war völlig makellos, ohne einen einzigen Blutfleck.

»Erledigt«, sagte sie und Eliza atmete erleichtert auf.

»Jetzt müssen wir nur noch raus. Darf ich mich um die da kümmern?«, fragte die Rothaarige und nickte in Richtung Eingangstür.

»Nein!«, bat ich und versuchte, sie von einem weiteren unnötigen Blutbad abzuhalten. Konnte ich das überhaupt?

»Kendra? Wenn du willst, kannst du mit ihnen gehen. Ich zwinge dir dieses Leben nicht auf«, stellte mich Marana plötzlich vor die Wahl.

Die Mundwinkel der Rothaarigen sanken enttäuscht nach unten.

»Was?!«, rief sie überrascht über Maranas plötzliche Ansprache.

Ich wollte nicht mit zur Behörde. Aber ich wollte auch nichts mit mordenden Dämonen zu tun haben. Mein Vampirvater hatte meine Mutter getötet. Eliza und Mara sogar eine ganze Familie. Wem konnte ich vertrauen? Wo sollte ich hin? So viele Entscheidungen wie an diesem Wochenende hatte ich noch nie treffen müssen.

»Keine Antwort ist auch eine Antwort«, interpretierte Eliza mein Schweigen und stellte sich enttäuscht neben Marana.

Ich stand immer noch mit dem Rücken zur vibrierenden Tür.

»Nein, ich will nicht mit«, sagte ich und meinte die Behörde. Schnell fügte ich hinzu: »Mit ihnen mit. Ich will nicht mit *ihnen* mit.«

Ich spürte Maranas Blick durch ihre Sonnenbrille hindurch.

»Aber?«, fragte sie, nicht zufrieden mit meiner Antwort.

»Aber ich will niemanden töten«, wiederholte ich.

»Das musst du auch nicht«, sagte Marana mit ruhiger Stimme.

Ein lauter Knall aus dem Treppenflur ließ die Tür erzittern und ich wich zurück.

»Können wir jetzt endlich los?«, drängte Eliza ungeduldig.

Marana nickte und legte ihre beiden Hände an die Wand am Ende des Flurs. Der Beton bröckelte und staubte, als sich eine Türöffnung formte, die den Weg in die Nachbarwohnung des nächsten Hauses freigab. Ich war sprachlos.

»Na los jetzt« sagte Eliza, sichtlich amüsiert über mein Staunen und ging wie selbstverständlich in die Nachbarwohnung.

Marana folgte mir und schloss die Betonlücke hinter uns.

»Niemand da«, sagte Eliza, nachdem sie ihre Aura vorausgeschickt und bis zur Eingangstür gegangen war.

Sie hielt uns die Tür auf und folgte uns die vier Etagen nach unten. Mit einer Handbewegung löste Eliza die Blutflecke auch von ihrer Kleidung.

»Kannst du uns auch unsichtbar machen?«, fragte ich spöttisch, als wir die gläserne Haustür im Erdgeschoss erreichten. Der Glatzkopf und ein paar Zivilisten ohne Uniform waren bei den Autos geblieben und würden uns von dort aus leicht bemerken.

»Mach dir darüber keine Sorgen«, meinte Marana kühl und verstärkte ihre Aura.

Elizas Aura zog sich automatisch zurück und ein Schauer lief mir über den Rücken.

»Halte durch und bleib in meiner Nähe«, befahl Marana, bevor sie das Haus verließ.

Was auch immer die Dämonin dieses Mal für Magie gewirkt hatte: es funktionierte! Niemand bemerkte uns. Ich warf einen Blick zurück und sah jetzt auch den Rauch, den man bisher nur hatte riechen können. Die ersten Anwohner hatten bereits ihre Wohnungen verlassen und versammelten sich an einem ausgewiesenen Platz. In der Ferne hörte ich bereits Sirenen. Wir bogen in die nächste Nebenstraße ein, liefen eine Allee entlang und gelangten bald wieder auf die Hauptstraße. Immer wieder sah ich mich um, doch wir blieben unbemerkt. Niemand folgte uns oder nahm uns wahr.

Als Marana ihre Aura wieder zurückzog, atmete ich erleichtert auf. Obwohl ich mich langsam an ihre schwarze Aura gewöhnt hatte, wirkte sie immer noch erdrückend und unheimlich mächtig.

An einem Taxistand in der Nähe stieg Marana direkt in das vorderste Taxi. Eliza und ich nahmen auf der Rückbank Platz, während Marana dem Fahrer die Hoteladresse nannte.

»Das is gleich die Straße runter«, sagte der Taxifahrer, doch Marana bestand auf die Fahrt. »Soll mir recht sein.«

Er startete den Motor und das Taxameter begann beim Grundpreis zu laufen. Eliza und ich schwiegen auf der Hinterbank. Ich hing meinen eigenen Gedanken nach und versuchte, den Geschmack von Galle zu ignorieren. Die Bilder der verrenkten Spinnenkörper ließen mich nicht los. Und der Geruch …

Eliza und Marana hatten das getan. Obwohl sie wie Menschen aussahen, waren sie keine. Kein Mensch wäre zu so etwas in der Lage gewesen. Ich fragte mich, wie sie wohl in verwandelter Gestalt aussahen. Maquin hatte im Vergleich zu den Kainaden fast harmlos gewirkt und war in die Müggelspree geflohen, als die Behördenleute ihn verfolgt hatten. Aber Kai und Helene? Die großen Spinnendämonen mussten mit all ihrer Kraft gekämpft haben. Mein Blick glitt zu Eliza. Im Training hatte sie allein durch ihre Aura weite Sprünge geschafft, aber ihre Gestalt nicht verändert. Hatten Vampire überhaupt eine andere Form?

Das Taxi hielt nach kurzer Fahrt vor dem Hotel und Marana gab dem Fahrer großzügig Trinkgeld:»Bitte warten Sie hier. Wir sind gleich wieder da.«

Dem Fahrer blieben die Widerworte im Hals stecken, als er den Hundert-Euro-Schein mit den Fingerspitzen annahm.

»Alles klar, Chefin«, sagte er.

Auf dem Weg zum Hotel musterte ich Marana und wurde einfach nicht schlau aus ihr. Sie war keine Vampirin, das hatte Maquin zumindest angedeutet. Tief in mir wusste ich auch, dass sie anders war als Nikola und Eliza – und ich. Hatte sie eine andere Gestalt? Was war sie wirklich und wie weit konnte ich ihr vertrauen?

Wir durchquerten stumm das Foyer und teilten uns auf. Marana nahm die Treppen und ließ mich mit Eliza in den Aufzug steigen.

Erst als wir allein dort waren, stellte ich meine Frage:»Sie ist keine Vampirin, oder?«

Die Rothaarige lachte und verneinte dann schlicht.

»Was ist sie dann?«, drängte ich sie ungeduldig.

Wir waren fast in unserem Stockwerk, doch Eliza ließ sich absichtlich Zeit und trat grinsend aus dem Aufzug. Marana wartete bereits auf uns.

»Alles in Ordnung?«, fragte sie mich.

»Hm«, murmelte ich und ging nicht weiter auf ihre Frage ein.

»Packt eure Sachen, sie könnten jeden Moment ins Hotel kommen«, forderte Marana uns auf und ließ ein Buch nach dem anderen vom Couchtisch verschwinden.

Jetzt waren wir also auf der Flucht? Natürlich waren wir das! Marana hatte zwei Erwachsene, ein Baby und mehrere Ungeborene getötet. Die Behörde für dämonische Angelegenheiten hatte jeden Grund, sie zu jagen. Aber auch Eliza hatte überall auf ihrer Bluse Blut gehabt. Sie hatte sicher auch ihren Teil dazu beigetragen.

Ich sammelte inzwischen meine wenigen Sachen zusammen. Ich hatte nur noch die Kleidung, die ich trug. In meinem Rucksack waren nur noch das gekaufte Notizbuch, mein Fantasy-Roman und eine zerknitterte Packung Kaugummi vom letzten Klassenausflug. Ich wollte mein Handy aus dem Bad holen, erinnerte mich dann aber, dass die Behörde es schon gestern mitgenommen hatte. Die Rothaarige schob ihren Rollkoffer ins Hauptzimmer und stellte sich neben mich.

»Hast du alles?«, fragte sie mit einem Blick auf meinen fast leeren Rucksack.

»Ja. Nein. Ist doch egal«, antwortete ich.

»Warum bist du sauer, hm? Es lief doch alles gut?«, meinte Eliza und schenkte mir ein Lächeln.

Wenigstens eine hier hatte gute Laune. Marana hatte ihren Rundgang durch das Hotelzimmer beendet und war bereit zum Aufbruch.

»Kendra?«, fragte sie erneut und ich hörte eine Spur Sorge in ihrer Stimme.

»Das ist vielleicht nicht der richtige Zeitpunkt, aber könnten wir vielleicht einmal festhalten, dass ihr gerade Menschen getötet habt? Ich meine Dämonen, ihr wisst schon! Und jetzt tut ihr so, als wäre das alles normal!«, ließ ich meinen Gedanken freien Lauf.

Die Rothaarige sah fragend zu Marana, doch diese legte nur den Kopf schief.

»Du hast Recht«, antwortete die Dämonin schließlich.

Jetzt war ich verwirrt. Ich hatte mit Rechtfertigungen oder zumindest mit irgendwelchen geheimen Dämonengesetzen gerechnet. Gespannt wartete ich auf eine Erklärung, doch es lag ein Missverständnis vor.

»Es ist wirklich nicht der richtige Zeitpunkt. Lasst uns gehen«, schloss Marana und verließ als Erste das Zimmer.

Eliza schnappte sich ihren Rollkoffer und folgte ihr, warf dabei aber einen Blick zurück zu mir.

»Kommst du?«, fragte sie neckend.

Sie ahnte nicht, wie sehr ich innerlich mit mir haderte.

Wieder im Fahrstuhl fragte ich die Rothaarige: »Sei ehrlich: Tötet ihr öfter?«

Eliza wich meiner Frage aus und fragte stattdessen: »Spielt das eine Rolle?«

»Ja, das tut es«, antwortete ich. »Es beeinflusst meine Entscheidung. Die Behördenfrau hat etwas gesagt und ich muss abwägen. Dazu brauche ich eine Antwort: Tötet ihr häufiger?«

Jetzt lächelte die Rothaarige. »Oh, Kendra. Liebes, du weißt doch, dass du eigentlich keine Wahl hast, oder?«

Die Fahrstuhltür öffnete sich und ich folgte ihr und Marana niedergeschlagen durch die Lobby. War das mein zukünftiges Leben? Immer nur folgen und auf jemand anderen angewiesen sein? Ich hatte Heimweh und sehnte mich nach meinem alten Leben zurück, wo ich wenigstens wusste, was in welchen Situationen zu tun war. Hier mit den beiden Dämoninnen geriet ich von einer hilflosen Lage in die nächste. Die Behörde war mir, trotz der vernünftig klingenden Erklärung, zu unheimlich. Gab es keinen anderen Weg? Konnte ich nicht sowohl Dämonin als auch Mensch sein?

Schweigend stieg ich wieder ins Taxi und dachte nach. Meine Oma hatte immer gesagt, ich solle in schwierigen Situationen auf mein Bauchgefühl hören. Ich wusste nicht, was richtig und was falsch war, oder ob ich Marana und Eliza vielleicht sogar beleidigte. Aber eines wusste ich: Wenn ich jetzt nicht handelte, würde ich es mein Leben lang bereuen.

»Ich habe mich entschieden: Ich will zu meinen Großeltern«, verkündete ich und Eliza runzelte die Stirn.

»Kendra? Du weißt, dass das nicht geht, oder?«, erinnerte mich die Rothaarige. »Früher oder später musst du etwas essen, das weißt du.«

Der Fahrer behielt seine Gedanken für sich. Maranas Erscheinungsbild schrie förmlich *Dämonin*: er wusste sehr wohl, wen oder was er da gerade fuhr.

Marana hatte bisher geschwiegen, meldete sich jetzt aber auch zu Wort: »Hast du dir das gut überlegt? Sie werden dich nicht in Ruhe lassen.«

Daran hatte ich gedacht, aber irgendwoher musste ich ja das Blut nehmen. Oder würde einer meiner Freunde vielleicht aushelfen? Ich schüttelte den Gedanken schnell ab. Nach und nach kristallisierte sich der einzig mögliche Weg für mich heraus.

Bauchgefühl und Vernunft näherten sich an und ich sagte: »Ich will nur mit meinen Großeltern sprechen. Eine dritte Meinung einholen. Dann entscheide ich mich endgültig.«

»Eine dritte Meinung?«, fragte Marana skeptisch.

Eliza antwortete für mich: »Diese Behördenfrau hat ihr scheinbar ein paar nette Sachen erzählt und jetzt denkt sie, eine Zukunft bei denen wäre tatsächlich eine Option.«

So wie Eliza es erklärte, klang es naiv und dumm, überhaupt über den Vorschlag der Behörde nachzudenken.

Nach einer kurzen Pause ergänzte die Rothaarige beiläufig: »Ach, die zweite Meinung war dann vermutlich meine.«

»Liza …«, seufzte Marana und wandte sich dann resigniert an mich. »Die Adresse deiner Großeltern?«

Ich nannte die Straße, Hausnummer und automatisch auch die Postleitzahl.

»Da hin«, wies Marana den schweigsamen Fahrer an und er aktualisierte das Ziel im Navi.

»Ankunftszeit 21:43 Uhr«, verkündete die blecherne Stimme des Navis.

Die ganze Fahrt über sprach keiner von uns ein Wort mehr.

Kapitel 11
Zwischen zwei Welten

Während meiner Schulzeit habe ich an einigen Kursen zur Berufswahl teilgenommen. Einer der Seminarleiter sagte etwas, das mir bis heute im Gedächtnis geblieben ist: „Wir zeigen immer nur einen Teil von uns. Bei Freunden sind wir anders als gegenüber der Familie. Fremden gegenüber zeigen wir wieder eine andere Seite."

Für Eliza und Marana wollte ich eine möglichst starke Jungvampirin sein, die zeigte, dass man als Dämonin nicht immer alles mit Gewalt lösen musste. Für meine Großeltern wollte ich ihre ganz normale, menschliche Enkelin bleiben. Für meine Freunde wäre ich am liebsten für immer „typisch Kendra" geblieben. Aber so funktionierte das nicht. Seit meinem Erwachen fühlte ich mich nicht wie *eine* Person, sondern wie viele verschiedene Varianten von mir. Ich wusste nicht, wer ich war oder wer ich sein konnte. Und ich hatte keine Anhaltspunkte, was man von mir erwartete, welche Rolle ich spielen sollte, oder welche Optionen es überhaupt gab. Ich wollte so sehr, dass man mir einfach sagte, was richtig war.

Da war die Behörde für dämonische Angelegenheiten, deren Motive ich heute besser verstehe. Dann waren da Mara und vor allem Eliza, die mich abwechselnd faszinierten und abschreckten. Und schließlich waren da meine Großeltern.

Heute weiß ich, dass Selbstfindung nicht an einem Wochenende erledigt ist. Sie braucht Zeit. Und man braucht den Mut, seine eigenen Taten und Gedanken zu ergründen. Noch immer entdecke ich neue Seiten an mir und versuche, mit ihnen umzugehen. Es ist nicht immer einfach, aber das ist das Leben nie.

„Habe Mut, dich deines eigenen Verstandes zu bedienen", sagt Kant.

„Verlasse dich nie auf andere", sagt Eliza.

Aber ich schweife ab. Egal, ob ihr Mensch, Dämon oder Halbdämon seid – in der Regel habt ihr nur ein Leben. Lebt es, trefft Entscheidungen und wachst an euren Fehlern. „Wer Angst vor Entscheidungen hat, hat Angst vor dem Leben." – Kendra Pollock

Das Taxi hielt vor der Doppelhaushälfte meiner Großeltern. Im Wohnzimmer brannte noch Licht und Oma hatte die Vorhänge noch nicht zugezogen.

»Eine Viertelstunde, alles andere wäre zu riskant«, stellte Marana klar. »Danach kommst du raus und teilst uns deine Entscheidung mit.«

Ich nickte und stieg aus, den fast leeren Rucksack in der Hand.

Kurz bevor die Autotür sich schloss, hörte ich Eliza zu Marana sagen: »… die wir aber nicht respektieren müssen.«

Ich hatte genug von Leuten, die alles wörtlich nahmen. Ich wollte einfach nur nach Hause. Mit einem mulmigen Gefühl klingelte ich an dem Schild, auf dem unter dem Namen meiner Großeltern auch mein Name stand: Pollock. Meine Mutter hatte den Namen meines Vaters angenommen. Der Name und jetzt auch der Vampirismus: Mein Vater hatte mir letztendlich doch etwas hinterlassen.

Mein Opa öffnete die Tür und rief sofort nach meiner Oma.

»Kendra!«, rief sie erfreut und schob meinen Opa aus der Tür.

Sie umarmte mich stürmisch und ich spürte Tränen in meinen Augen, als wir uns in den Armen lagen.

Mein Opa bemerkte das Taxi und fragte: »Ist *sie* das?«

Ich nickte und fragte: »Kann ich reinkommen? Ich muss etwas mit euch besprechen.«

»Besprechen?«, fragte mein Opa skeptisch.

Meine Oma hakte mich schon unter und sagte: »Das trifft sich gut, wir wollten auch etwas mit dir besprechen.«

Ich streifte wie gewohnt meine Schuhe ab und folgte meiner Oma ins Wohnzimmer. Wie früher setzte ich mich aufs Sofa und zog die Beine automatisch mit hoch.

»Tee?«, bot meine Oma an, aber bevor ich ablehnen konnte, kam mein Opa gleich zur Sache.

»Also, was willst du besprechen?«, fragte er direkt.

Meine Oma setzte sich zu mir aufs Sofa und tätschelte meinen Knöchel.

»Ich muss eine Entscheidung treffen und brauche euren Rat«, erklärte ich allgemein den Grund meines Besuchs. »Ich muss in fünfzehn Minuten zurück und Bescheid sagen, also …« Ich kam nicht dazu, meinen Satz zu beenden.

»Dein Opa und ich haben uns schlau gemacht, was man jetzt alles machen kann«, unterbrach mich meine Oma.

Sie stand auf und holte einen Stapel Blätter vom Telefontisch.

»Wir haben das schon mal vorausgefüllt, du musst nur noch unterschreiben«, sagte sie und hielt mir das Registrierungsformular hin.

»Einen Stift? Wir brauchen einen Stift!«, scheuchte sie meinen Opa hoch und erzählte mir ihre Vision meiner Zukunft: »Wir melden dich da an und du musst ab und zu vorstellig werden. Aber die kümmern sich um deine … speziellen Bedürfnisse und das sogar kostenfrei! Später kannst du dort auch direkt eine Ausbildung machen, aber das kannst du ja noch später entscheiden.«

Mir gefiel diese Zukunftsvision nicht, denn sie hatte bestimmt einen Haken. Oder hatte sie keinen Haken und Marana und Eliza waren nur aus Prinzip misstrauisch, weil sie Dämoninnen waren? Mein Verhör bei der BfdA hatte ich allerdings auch nicht vergessen, wie konnte ich auch? Ich wollte mich ja entscheiden, aber eben richtig. Doch was war überhaupt richtig? Ich würde nicht nur bei Marana bleiben, weil meine Mutter das früher mal so beschlossen hatte. Was wäre das Schlimmste, das passieren könnte, wenn ich bei der Behörde unterschriebe?

»Gibt es eine Art Probemonat?«, fragte ich und brachte meine Oma damit zum Lachen.

»Nein, so läuft das nicht. Wir melden dich da an und dann schauen wir weiter, ja? Wir können trotzdem weiter eine Familie sein! Und die Frau meinte sogar, dass du auch deine Freunde ganz normal weitertreffen könntest, also, nach einer Weile«, gab sie die Worte der Behördenfrau wieder.

Das klang so gut! Zu gut? Warum verschwand diese Skepsis einfach nicht? Mein Opa kam ins Wohnzimmer und hatte einen Stift und einen kleinen Metallkoffer bei sich. Das war definitiv kein Schminkkoffer von Oma, so viel war klar.

»Was ist das?«, fragte ich, als er den Alukoffer auf dem Couchtisch abstellte.

»Die Sonderregelung für deine … Art«, brummte mein Opa und schob mir den Kugelschreiber rüber.

»Und was ist da drin?«, fragte ich.

Welche Regelung meinte er damit?

»Ach, das ist Teil der Anmeldung. Der Registrierung, meine ich. Daran werden wir uns schon noch gewöhnen, denke ich«, sagte meine Oma und machte mich noch neugieriger auf den Inhalt.

Mein Opa ließ die beiden Verschlüsse klacken und öffnete den Koffer. Ich setzte mich auf, um den Inhalt besser sehen zu können.

»Also dann …«, sagte mein Opa, während er den Metallring aus seiner Halterung nahm und ihn in beiden Händen hielt.

»Ein Halsband?« Mir fiel kein anderer Begriff für den unheimlichen Metallring ein.

»Siehst du, Simon! Das habe ich auch gesagt!«, stimmte meine Oma mir sofort zu.

Es gab absolut kein Szenario, in dem ich so etwas um meinen Hals tragen würde. Für einen Moment hatte ich das Bild von Heiko und den Malen an seinem Hals im Kopf. Nein, ich würde mir das nicht anlegen lassen. Der steife Ring ließ sich selbst mit viel Fantasie nicht als Schmuckkette bezeichnen. Ich legte den Stift zurück und schüttelte den Kopf.

»Auf gar keinen Fall!«, sagte ich entschlossen.

»Das sind nun mal die aktuellen Regelungen. Wenn du weiter als Mensch leben willst, führt kein Weg daran vorbei«, erklärte mein Opa und hielt mir den Metallring hin.

Meine Oma nahm ihm das Halsband aus den Händen und ich rutschte ein Stück von ihr weg.

»Soll ich es dir ummachen?«, fragte sie, während sie das Stück Metall in der Hand drehte.

»Sei vorsichtig, wenn das einmal zu geht, ist es fest«, brummte mein Opa und versuchte, ihr das Halsband wieder abzunehmen.

»Es bleibt dabei: Das Ding kommt garantiert nicht um meinen Hals. Wo steht das mit dem Halsband eigentlich?«, fragte ich, während ich den vorausgefüllten Registrierungsbogen durchblätterte.

Anders als die Blätter, die mir vorgezeigt worden waren, lag hier der Sonderbogen für Sanguiniker bei. »Da also …«, murmelte ich, als ich die Auflistung aller Verpflichtungen fand, die ich für Blut eingehen müsste.

»Der/Die Registrierte verpflichtet sich zum Tragen eines Registrierungsrings (im Folgenden RR genannt). Der RR muss in Gegenwart von Menschen stets sichtbar getragen werden und darf nicht durch Textilien (Tücher, Pullover, Kragen etc.) verdeckt werden«, las ich die erste Regel laut vor.

Genau das hatte Marana damals im Gespräch im Behörden-
büro vorhergesagt! Oder hatte es diese Regelung die ganze Zeit
über schon gegeben?

»Kendra, wenn du bei uns bleiben willst, musst du den Ring
tragen. Aber die Frau hat gesagt, nach ein paar Wochen merkt
man ihn gar nicht mehr«, versuchte meine Oma, mir das Ding
schmackhaft zu machen.

»Dann soll *sie* ihn doch tragen«, murmelte ich und las die
nächsten Absätze zügig durch.

Eine Regelung war schlimmer als die andere. Das Ganze las
sich wie eine Anleitung für gelistete Kampfhunde. Egal, wie die
Behörde es verpackt hatte: Sanguiniker wurden hier wie gefährliche Tiere eingestuft.

»Das können die nicht ernst meinen?!«, rief ich aufgebracht
und drehte das letzte Blatt um.

»Die BfdA behält sich vor, den/die Registrierte/n nach eige-
nem Ermessen in Gewahrsam zu nehmen und festzusetzen.
Eine Begründung seitens der Behörde ist optional und in drin-
genden Fällen nicht zwingend erforderlich«, las ich vor. »Die
sehen uns als Tiere!«

Aufgebracht blätterte ich durch den Sonderbogen. Auf. Gar.
Keinen. Fall.

»Junge Dame! Es geht nur so. So, oder gar nicht! Und nun zier
dich nicht so!«, sagte mein Opa laut und stand auf.

In seinen Händen hielt er den »Registrierungsring«.

»Nein«, sagte ich und einen Moment lang erkannte ich meine
eigene Stimme nicht wieder.

Ich drehte mich um und sah meine Aura, die sich wie eine fau-
chende Katze sträubte. Es war zwar weit von einem beeindru-
ckenden Pfauenschwanz entfernt, aber es gab mir genug Kraft.
Oder zog sie die Kraft aus mir? Plötzlich war da keine Angst,
keine Unsicherheit und auch keine Zweifel mehr. Ich lächelte
traurig. Meine Oma kannte diesen Blick.

»Nein, Kendra. Nein. Wir sollten es probieren, denkst du nicht? Wir können dich nicht noch ein zweites Mal verlieren«, sagte sie.

Ihre Augen wurden feucht.

»Nein«, wiederholte ich etwas sanfter, doch die Entschlossenheit blieb.

»Ist das dein letztes Wort?«, fragte mein Opa und spielte nervös mit den Fingern am Metallring.

»Ja. Es tut mir leid«, antwortete ich aufrichtig.

Ein Blick auf die Uhr verriet mir, dass ich bereits über die Zeit war.

»Ich hole noch ein paar Sachen«, entschuldigte ich mich und ging mit meinem Rucksack in mein Zimmer.

So sahen meine Großeltern nicht, wie ich mir Tränen aus den Augen wischte. Jetzt bloß nicht weinen! Ich leerte meinen Rucksack und steckte den Registrierungsantrag zwischen die Seiten meines Notizbuchs, bevor ich beides wieder einpackte. Dann nahm ich den Bilderrahmen von meinem Nachttisch und suchte in der Erinnerungskiste nach dem Fotoalbum, in dem die Bilder der letzten Klassenfahrt waren. So würde ich nicht vergessen, wer ich als Mensch gewesen war. Ein letztes Mal sah ich mich um und nahm Abschied. Würde ich jemals wieder hierher zurückkehren? Würden meine Großeltern ohne mich zurechtkommen?

»Nur für eine Weile …«, redete ich mir ein, obwohl ich es besser wusste.

Die aktuellen Regelungen machten es unmöglich, mit meiner Familie und meinen Freunden zusammen zu sein. Aber vielleicht eines Tages wieder? Ich schulterte den Rucksack, ging die Treppen hinunter und zog mir im Flur die Schuhe an. Aus dem Wohnzimmer hörte ich meine Oma weinen.

»Ich gehe jetzt«, sagte ich und hoffte, dass man sich diesmal von mir verabschieden würde.

Ein Blick ins Wohnzimmer genügte. Keiner von beiden würde von sich aus zur Tür kommen. Meine Hoffnung war wieder vergebens. Gerade wollte ich gehen, da dachte ich an Eliza. Sie würde nicht einfach warten, sie würde handeln. Also ging ich ins Wohnzimmer, umarmte meine Oma, dankte ihr und verabschiedete mich.

»Ich sehe ab und zu nach euch«, versprach ich und wollte dieses Versprechen wirklich halten.

Mein Opa saß mit geballten Fäusten am Esstisch und beobachtete uns grimmig.

»Opa …«, begann ich zögernd, doch als er aufstand und mich umarmte, drückte ich ihn fest zurück.

»Pass auf dich auf, Kendra«, sagte er und ließ mich los.

»Du kannst jederzeit zurückkommen«, rief mir meine Oma hinterher, folgte mir jedoch nicht in den Flur.

Ich öffnete die Tür und war erleichtert, als ich das Taxi sah. Obwohl ich die fünfzehn Minuten überzogen hatte, waren sie geblieben und hatten auf mich gewartet. Marana stand an der Beifahrertür und hielt nach möglichen Verfolgern Ausschau.

Ich eilte zu Marana und entschuldigte mich: »Ich habe mich nur noch verabschiedet«, sagte ich und machte klar, wie ich mich entschieden hatte.

Im Wagen kommentierte Eliza sofort meinen prall gefüllten Rucksack: »Dann bleibst du wohl doch länger?«

Ich nickte und sagte: »Ich hoffe, das ist in Ordnung.«

»Ist es«, sagte Marana deutlich vom Beifahrersitz und schnitt Eliza das Wort ab.

»Wohin fahren wir jetzt?«, fragte ich.

Woher die Dämoninnen stammten, hatte mir bisher noch niemand verraten.

»Zum Flughafen«, sagte Eliza und hielt unser endgültiges Ziel wohl absichtlich geheim.

Im Moment war mir das aber egal. Ich war müde, erleichtert, traurig, wütend und müde. Ja, zweimal müde.

Ich musste kurz eingenickt sein, denn plötzlich waren wir am Flughafenhotel. Ich war dankbar, dass Marana den Check-in an der Rezeption übernahm und ich einfach nur Eliza hinterher trotten musste. Ich war so erschöpft, dass ich nicht einmal die Fahrstuhlfahrt zum Reden nutzte. Marana hatte uns ein Hotelzimmer mit zwei Doppelbetten besorgt und ich war dankbar für meinen eigenen Bereich und das weiche Bett.

Ich warf mich mit dem Bauch voran aufs Bett und blieb einfach so liegen.

»Zieh dir wenigstens die Schuhe aus«, meinte Marana im Vorbeigehen und Eliza kicherte.

»Lass sie doch«, hörte ich sie sagen, aber ich streifte mir im Liegen trotzdem noch die Schuhe ab.

Der Tag forderte seinen Tribut. Trotz der vielen Gedanken und neuen Eindrücke schlief ich fast augenblicklich ein.

Ich glaube, in der Nacht träumte ich von meinem zukünftigen Ich. Die Frau hatte meine Augen, auch wenn ihre violetten Sprenkel in der grünen Iris kräftiger funkelten. Ihre Haare waren schulterlang und ihre Kleidung wirkte so … erwachsen. Im Traum passierte nicht viel: Ich sah sie an und wusste, dass sie die Kraft und Entschlossenheit hatte, alles zu erreichen. Ich wollte so sein wie sie und das am besten sofort.

Als ich aufwachte, hielt das Gefühl aus meinem Traum noch eine Weile an. Unter der Dusche ordneten sich nach und nach meine Gedanken. Ich wollte, dass Menschen und Dämonen friedlich miteinander leben konnten. Ich wollte

Aufklärung, gemischte Klassen und Schüleraustauschprogramme. Wie sollte ein gesundes Zusammenleben entstehen, wenn die Behörde für dämonische Angelegenheiten einige Arten wie Tiere einstufte? Konnte man die Regeln der Dämonengesellschaft in die Gesetze der Menschen integrieren?

Voller Tatendrang und Fragen verließ ich das Bad und gesellte mich zu den beiden Frauen, die inzwischen in den Hauptraum unseres Zimmers gekommen waren.

»Na, was ist denn mit dir passiert?«, fragte Eliza und nickte in Richtung meiner Aura.

Die violette Masse war seit gestern gewachsen und zeigte jetzt deutlichere Konturen. Das Training! Eliza und ich tauschten stumme Blicke aus, dann lächelte sie.

»Du kannst mir später danken«, sagte sie und verriet Marana nicht, worum es ging.

»Ist alles in Ordnung?«, fragte Marana und ich nickte. »Und der Abschied?«

Da fiel mir der Antrag wieder ein und ich holte ihn aus dem Nebenzimmer.

»Dieser Sondervertrag hat es echt in sich! Das liest sich wie die Maulkorbpflicht für Kampfhunde! Das wollten die mir unterjubeln! Wer lässt solche Sachen eigentlich durchgehen? Das verstößt doch gegen jegliche Menschenrechte!«, redete ich mich wieder in Rage und gab Eliza und Marana Zeit zum Durchlesen.

Beide schienen nicht besonders beeindruckt.

»Stört euch das denn nicht? Was, wenn sich jemand registrieren lässt und ihnen dann komplett ausgeliefert ist? Dieses Halsband sah auch nicht so aus, als könnte man es selbst öffnen! Das ist doch …«, regte ich mich weiter auf.

»Das ist ja nicht das erste Mal«, tat Eliza die Sache ab und gab mir die Blätter zurück.

»Geschichte wiederholt sich«, stimmte Marana zu.

»Aber man muss doch etwas dagegen tun?«, empörte ich mich weiter.

»Sieht so aus, als wollte unsere Kendra eine Revolution anzetteln«, neckte mich Eliza.

Ich wollte sie nicht einfach mit ihrer Reaktion durchkommen lassen, hielt dann aber inne.

»*Unsere* Kendra«, hatte sie gesagt.

Ich lächelte.

»Was denn jetzt?«, die Rothaarige überrascht.

»Nichts«, antwortete ich geheimnisvoll und genoss den Moment.

Maranas Telefon vibrierte und unterbrach den Augenblick.

»Hm?«, nahm sie routiniert den Anruf entgegen und schaltete auf laut.

Die Stimme gehörte Nikola:»Der Flieger ist in einer Stunde bei euch, ich hoffe, das reicht?«

Marana bejahte und fragte:»Und der D'Schar?«

Nikola setzte seinen Bericht fort:»Mister Blake? Der ist über eure Ankunft informiert und steht jederzeit zur Verfügung. Er hat allerdings angedeutet, dass er eine Voranmeldung begrüßen würde. Ach und der aus Berlin? Dem geht's gut. Alle Aufnahmen, auch die von der Helmkameras, sind gelöscht. Niemand hat ihn je gesehen.«

»Gut. Wir sind dann gleich am Flughafen. Du hast alles im Blick?«, fragte Marana zur Bestätigung.

»Natürlich. Wie immer«, antwortete Nikola.

Marana legte auf und erklärte:»Es reicht, wenn wir in einer Dreiviertelstunde rübergehen. Ruht euch noch etwas aus.«

Ich fühlte mich ausgeruht wie nie zuvor, bemerkte aber, dass Marana nicht besonders energiegeladen war. Hatte sie die Sache gestern so angestrengt?

»Ich leg' mich kurz hin«, sagte sie und schloss die Schlafzimmertür hinter sich.

Eliza verdrehte hinter Maranas Rücken die Augen.

»Setz dich doch zu mir«, sagte sie und ich nahm auf dem Sessel ihr gegenüber Platz.

»Wegen gestern?«, flüsterte ich und sie nickte.

»Unter anderem«, gab sie zu, wechselte aber schnell das Thema.

»Also, Liebes. Ich erkenne eine junge, starke Frau, wenn ich sie sehe. Was hast du mit deiner Energie vor, hm? Vielleicht könntest du eine Verbündete mit gutem Ruf gebrauchen?«, fragte mich Eliza freudestrahlend und machte mir ein Kompliment.

Noch nie hatte mich jemand als »junge, starke Frau« bezeichnet.

»Vielleicht starte ich ja eine eigene Petition oder organisiere Demonstrationen, keine Ahnung. Dieser Registrierungsbogen kann doch nicht einfach so hingenommen werden!«, teilte ich meine losen Gedanken mit Eliza.

Diese lehnte sich zurück und erklärte: »Mara hat Recht, die Geschichte wiederholt sich. Menschen versuchen, Dämonen zu bändigen – ob nun mit Beschwörungsformeln, Ketten oder Halsbändern. Die Dämonen lehnen sich auf, werden zurückgedrängt, Menschen sterben, Dämonen sterben, Dämonen tauchen unter und eines Tages wieder auf. Dann beginnt der ganze Zirkus von vorn.«

Ich ließ ihre Worte sacken. Eliza war über hundert Jahre alt und hatte diesen Zyklus vermutlich selbst schon einmal durchlaufen.

»Kann man diesen Teufelskreis nicht irgendwie durchbrechen?«, fragte ich und sie lachte.

»Nun, wenn es nach den Menschen ginge, müssten sich Dämonen einfach nur unterwerfen. Und wenn es nach Dämonen ginge, müssten die Menschen einfach nur die Überlegenheit von Dämonen anerkennen«, sagte Eliza und zuckte mit ihren

Schultern. »Aber das passiert nie, deshalb wiederholt sich alles. Dämonen haben ihren Instinkt und Menschen haben ihren Überlegenheitskomplex. Da kann man nichts machen.«

»Falls du trotzdem mal ein paar üblen Menschen einen Schrecken einjagen willst: Frag lieber mich und nicht …«, bot sie an und formte lautlos Maranas Namen mit ihren Lippen.

Erst als sie auf die Tür zeigte, begriff ich.

»Ich will ja gar nicht, dass ein Krieg oder so etwas ausbricht. Aber es muss doch einen Weg geben, wie man beide … Kulturen? Wie man beide Gesellschaften miteinander vertraut machen kann?«, erklärte ich und dachte dabei an eine Art Einrichtung, in der Dämonen über Menschen und Menschen über Dämonen lernen würden.

»Na toll, noch eine Avalonistin«, seufzte Eliza und streckte sich auf dem Sofa aus.

»Was bedeutet das?«, fragte ich, in der Annahme, dass es etwas Schlechtes sei.

Hatte Nikola das Wort nicht schon einmal benutzt?

»Früher, also ganz, ganz, ganz früher, gab es eine Region, so groß wie ein Land, die Avalon hieß. Dort gab es eine funktionierende Gesellschaft aus Menschen und Dämonen gleichermaßen. Zugegeben, es war eine Art Monarchie, aber Demokratie gibt es noch gar nicht so lange. Trotzdem: Menschen und Dämonen lebten friedlich zusammen und folgten denselben Gesetzen. Dämonen, die diese Art Zusammenleben anstreben, nennt man in Gedenken an das vergangene Avalon eben Avalonisten«, erzählte Eliza und ich lauschte gebannt.

»Was ist mit Avalon passiert?«, wollte ich wissen.

Gleiche Gesetze für Menschen und Dämonen bräuchten wir heute doch mehr denn je.

»Es ging unter«, beendete Eliza die Geschichte.

»Wie? Was ist passiert? Warum gibt es das heute nicht mehr? Wurde versucht, es wieder aufzubauen?«, fragte ich, in der

Hoffnung, der Rothaarigen noch mehr Informationen zu entlocken.

Sie warf einen Blick zur Tür und senkte ihre Stimme zu einem Flüstern:»Es gab einen Streit im Königshaus und die Monarchen starben an nur einem Tag aus. Ohne Führung kam es häufiger zu Konflikten und bald gingen Menschen und Dämonen getrennte Wege. Ein paar Avalonisten haben ein ähnliches Stadtmodell gegründet, aber das hielt gerade mal zehn Jahre. Inzwischen gibt es nur noch kleinere Varianten, wie Kommunen oder Misch-WGs.«

Ich dachte über Elizas Worte nach und wagte zu fragen:»Misch-WGs wie die von Marana und meiner Mutter?«

Die Rothaarige schlug die Beine übereinander und sagte:»Ja, so ähnlich. Aber lassen wir das Thema. Ich bin nämlich keine Avalonistin, nur, damit wir uns richtig verstehen.«

Eine Chance wie diese würde nicht wiederkommen, also ergriff ich sie und stellte klar:»Schön, ich respektiere das. Aber eine Sache noch: Wenn wir in Zukunft mehr Zeit miteinander verbringen werden, wäre es hilfreich, wenn ihr aufhören würdet, Leute umzubringen.«

Das hatte in meinem Kopf viel besser geklungen!

Eliza lächelte und neckte:»Es wäre hilfreich?«

Ich konzentrierte mich und griff auf die Kraft zurück, die ich im Gespräch mit meinen Großeltern gespürt hatte und wurde deutlicher:»Ich möchte, dass ihr keine Menschen oder Dämonen mehr tötet.«

Elizas Lächeln wurde noch breiter.»Und ich möchte, dass die Menschen endlich ihren Platz zugewiesen bekommen. Aber man kann wohl nicht alles haben.« Sie spielte mit mir.

Meine Aura sträubte sich wie das Fell einer fauchenden Katze und ich wurde präziser:»Hört einfach auf, Lebewesen zu töten, okay?«

Elizas Lächeln verschwand und ihr Ton wurde ernst:»Kendra, Liebes. Es gibt nur zwei Wege, um etwas zu bekommen. Du bittest darum, oder du nimmst es dir. Und ich sage dir gleich: Du kannst Mara nicht verbieten, dich zu beschützen. Sie hat ein Versprechen gegeben und das wird sie halten. Wenn sie dafür töten muss, dann ist das so.«

Auf eine verquere Weise ergaben ihre Worte Sinn. Trotzdem wollte ich das nicht.

Eliza erkannte meine Gefühle und fügte hinzu: »Wenn du mal stark genug bist, kannst du zumindest versuchen, *mich* zu zwingen.«

»Wer zwingt hier wen?«, fragte Marana, als sie wieder ins Zimmer kam.

Die halbe Stunde Schlaf schien nichts gebracht zu haben, denn sie sah immer noch erschöpft aus.

»Ach, es ist nichts. Kendra *möchte* nur, dass wir aufhören, Leute umbringen«, zog Eliza mich weiter auf.

»Es war notwendig«, erklärte Marana und rieb sich die Schläfen.

»Das verstehe ich, aber ich meine für die Zukunft. Solche Dinge rechtfertigen doch diese Halsbänder der Behörde. Könntet ihr euch also bitte zurückhalten?«, bat ich die Dämoninnen.

»Vergiss es«, wischte Eliza meine Bitte als Erste beiseite.

Marana ließ zumindest ein paar Sekunden verstreichen, bevor auch sie verneinte: »Allein aus beruflichen Gründen geht das nicht.«

Auf meinen fragenden Blick hin ging sie näher ins Detail: »Wenn Dämonen das Gesetz brechen, bin ich für ihre Bestrafung zuständig. Und je nach Vergehen bedeutet das den Tod.«

Das wurde ja immer besser.

»Der Kodex? Du hast so etwas bei Maquin erwähnt«, erinnerte ich mich.

Marana nickte: »Das ist das Gesetz für Dämonen, ja.«

Nach und nach formte sich ein Plan in meinem Kopf. »Tja, dann werde ich mich wohl auch mit diesem Kodex auseinandersetzen müssen, oder?«

Eliza schwieg und überließ Marana das Wort.

»Ja, das wirst du. Ich kann dir ein Exemplar geben, wenn wir da sind«, sagte die Dämonin und warf einen Blick auf die Uhr.

Es musste doch einen Weg geben, die beiden Gesetzessysteme in Einklang zu bringen und eine neue Version von Avalon zu schaffen. Sobald ich den Kodex hatte, würde ich die Gesetze auf Lücken und Möglichkeiten durchforsten. Das klang doch nach einem Plan.

Marana setzte sich zu uns und Eliza schaltete den Fernseher ein. Es war kurz vor um zehn und gleich war es Zeit für die Nachrichten. Eliza ließ den Sender laufen und lehnte sich an Maranas Schulter. Auch sie wirkte noch nicht ganz ausgeruht.

Das Fernsehen lief ähnlich wie bei meinen Großeltern ab. Mein Opa hatte immer den Nachrichtensprecher unterbrochen und meine Oma hatte dazwischen gemeckert, dass sie nichts mitbekommt. Jetzt hatte ich die dämonische Variante davon. Eliza verspottete die Aktionen der Menschen und regte sich über Katastrophen auf, die scheinbar schon oft passiert waren.

»Langweilig. Hatten wir schon. Nächstes«, kommentierte sie.

Marana beobachtete den Bildschirm stumm, doch an ihrer Aura erkannte ich, welche Themen sie mehr berührten und welche sie kaltließen.

»Japan führt als erstes Land einen Staats-Ansprechpartner für Dämonen ein«, erklärte der Nachrichtensprecher gerade.

»Den gab's vorher schon, das ist der D'Schar«, nörgelte Eliza.

Ich lauschte gebannt. Die Kamera zeigte zwei Männer, die sich in einer feierlichen Zeremonie die Hände schüttelten.

Sie zoomte auf einen der Männer und der Dolmetscher übersetzte aus dem Japanischen: »Es ist mir eine Ehre und

Freude zugleich, in diesem Land eine so wichtige Position einnehmen zu dürfen. Ich ermutige, nein, *wir* ermutigen alle japanischen Bürger, die Angst voreinander abzulegen und den Austausch zu suchen. Menschen und Dämonen gleichermaßen sind in unserer Ansprechstelle willkommen und können sich nun endlich direkt auf Augenhöhe begegnen.«

»Das ist toll!«, sagte ich, aber Eliza bremste mich sofort wieder.

»Der D'Schar arbeitet schon lange mit der Regierung zusammen. Wenn das so wird wie diese Behörde hier, wird es bald wieder große Flüchtlingsmassen geben, die einwandern«, erklärte sie nüchtern.

Vermutlich hatte sie das auch schon einmal miterlebt.

»Nicht zwangsläufig«, meldete sich Marana zu Wort und schaltete den Fernseher aus.

Sie seufzte.

»Willst du nachhelfen?«, fragte Eliza ungläubig, doch Marana schüttelte den Kopf.

»Nein, aber ich werde ihm wohl persönlich gratulieren müssen«, sagte sie.

»Und ihn an den Kodex erinnern ...«, beendete Eliza Maranas Satz.

»Lasst uns gehen, das Flugzeug ist bald da«, sagte Marana und ging das Hotelzimmer, wie schon gestern, noch einmal ab.

»Wozu ist das gut?«, fragte ich Eliza flüsternd und sie zuckte nur die Schultern.

»Angewohnheit. Eine Zeit lang musste man seine Spuren genauestens verwischen«, erklärte sie und holte ihren Rollkoffer.

Auch ich schulterte wieder meinen Rucksack und wurde so langsam aufgeregter.

»Ähm, muss man Handgepäck eigentlich ausleeren?«, fragte ich.

Es war schon eine Weile her, seit ich das letzte Mal geflogen war.

»Wieso, hast du etwas Verbotenes dabei?«, neckte mich Eliza.

»Einen Bilderrahmen. Aus Glas. Zählt das schon als Waffe?«, fragte ich unsicher und brachte die Rothaarige zum Lachen.

Marana horchte auf und war sofort bei uns.

»Was hast du gemacht?«, fragte sie und ich wusste nicht, was ich sagen sollte.

»Köstlich«, kommentierte die Rothaarige meine Frage, nachdem sie sich wieder gefangen hatte.

»Los jetzt«, drängte Marana und schloss die Tür hinter uns.

Im Fahrstuhl war ich wieder allein mit Eliza und unternahm einen letzten Versuch.

Ich wollte endlich das Ziel unseres Fluges wissen: »Kannst du mir wenigstens einen Tipp geben, wohin wir fliegen?«

Die Rothaarige schien zu überlegen, dann sagte sie: »Wir fliegen nach Hause.«

Die Anzeigetafeln im Flughafen zeigten unzählige Flüge und einer davon war vermutlich unserer. Die Hälfte der Reiseziele kannte ich nicht einmal. Marana hatte sich kurz entschuldigt und telefonierte etwas abseits. Eliza schien Flughäfen zu mögen und beobachtete die Menschen, die vorbeigingen. Die meisten von ihnen, egal ob Frau oder Mann, sahen verlegen zurück.

»Denkst du etwa *daran*?«, fragte ich schockiert, aber zugleich war ich nicht überrascht, als sie mich bestätigend angrinste.

Auch ich hatte Hunger, behielt es jedoch für mich.

»Nur einen kleinen Snack … sie vergessen es sofort wieder und außerdem geht der Blutmangel leicht als Reisekrankheit durch. Unauffällig und effizient«, erklärte sie mir, während sie eine dunkelhaarige Frau ins Visier nahm.

»Hmmm«, meinte Eliza genüsslich und ließ mich kurzerhand allein an der Anzeigetafel zurück.

»Unser Flug geht gleich!«, wiederholte ich Maranas Worte.

»Dauert nicht lange«, versprach Eliza und ging auf die allein reisende Frau zu.

Als Marana zu mir trat, war sie bereits mit der Frau Richtung Toiletten verschwunden.

»Wo ist sie?«, fragte sie knapp und ich versuchte die Situation so gut es ging zu umschreiben, da überall Menschen um uns herum waren.

»Hm«, sagte sie nur, unternahm aber nichts.

»Wohin fliegen wir?«, fragte ich und bemerkte, wie einige der nächsten Flüge Verspätungen anzeigten.

Könnte unser Flug auch betroffen sein?

»Jetzt nach Japan«, enthüllte Marana endlich das Ziel unserer Reise. »Meine Anwesenheit ist bei einer Zeremonie erforderlich, sodass wir vorerst nicht nach London zurückkehren können.«

Ich freute mich auf Japan, spürte aber, dass ich lieber nach London geflogen wäre. Meine Mutter hatte dort meinen Vater kennengelernt und fast wäre ich in London aufgewachsen. Ich hatte sogar darüber nachgedacht, Anglistik zu studieren und ein Auslandsjahr in London zu machen.

»Also wohnt ihr eigentlich in London? In einer WG? Oder habt ihr separate Wohnungen? Oder Häuser?«, sprudelten die Fragen nur so aus mir.

Worum es in der Zeremonie in Japan ging, würde ich ohnehin zu einem späteren Zeitpunkt herausfinden.

»WG trifft es momentan ganz gut. Aber gewöhn dich nie an ein Land oder eine Stadt. Viel länger als fünf Jahre können wir an einem Ort nicht bleiben«, erklärte Marana und hielt nach Eliza Ausschau.

London, Japan …

»Reist ihr häufiger?«, fragte ich und Marana nickte.

Endlich kam die Rothaarige um die Ecke. Sie lief beschwingt und lächelte zufrieden.

»Ihr geht's gut«, stellte Eliza sofort klar und griff nach ihrem Rollkoffer. »Können wir?«

»Zu welchem Gate müssen wir?«, fragte ich und bekam eine Nummer als Antwort, die auf der Tafel nicht zu finden war. »Nikola hat uns einen Flieger organisiert«, erklärte Eliza und hakte mich unter.

Sie kannte den Weg und führte uns zielsicher zu einem Privat-Gate. Wie bitte? Das durfte doch nicht wahr sein! Staunend stand ich vor dem kleinen Flugzeug. Ein ganzes Flugzeug nur für uns? Nikola musste wirklich, *wirklich* reich sein!

»Ich dachte, wir nehmen einen gewöhnlichen Flieger. Aber das … wow!«, kommentierte ich und stieg die Treppen hoch und in die Kabine.

Es war wie in einem James-Bond-Film! Der Pilot höchstpersönlich verstaute Elizas Rollkoffer und nahm mir meinen Rucksack ab.

»Bitte vorsichtig«, bat ich und dachte an den Bilderrahmen.

Der Pilot nickte: »Natürlich.«

Im Gegensatz zu Marana und Eliza hatte er einen starken britischen Akzent. Es gab nur vier Sessel in der Kabine und sie alle waren Fensterplätze! Aufgeregt setzte ich mich in Flugrichtung auf die linke Seite und schaute auf das Flugfeld.

»Mister Tesla hat für Snacks gesorgt. Sie finden eine Minibar. Wir öffnen nach dem Start in wenigen Minuten«, erklärte der Pilot in brüchigem Deutsch.

»Reizend«, kommentierte Eliza die Minibar.

»Du hast doch gerade erst?«, meinte ich. »Wäre das nicht unhöflich?«

»Und wenn schon«, entgegnete sie und lehnte sich in ihrem Sessel zurück.

Marana saß ihr schweigend gegenüber, wirkte aber nervös. Als sich die Kabinentür schloss, stand sie wieder auf und verschwand in einer separaten Kabine, die wohl die Toilette war.

»Oh, beachte sie gar nicht. Sie wird den ganzen Flug dort verbringen«, erklärte Eliza.

»Den ganzen Flug bis nach Japan?«, fragte ich ungläubig.

»Japan? Ach, dann also doch dahin. Ja, das sind dann ungefähr dreizehn Stunden, wenn ich mich nicht irre«, sagte Eliza.

So lange war ich noch nie geflogen! Ob es einen Zwischenstopp gab?

»Das ist auch einer der Gründe, warum wir nie mit Linienflugzeugen fliegen. Naja, warum wir selten mit Linienflugzeugen fliegen. Die Passagiere werden panisch, wenn jemand ununterbrochen Blut kotzt«, erklärte die Rothaarige, als sie über Maranas Flugkrankheit sprach.

»Ähm, ist das ok? Also, der Pilot ist doch gar kein Dämon?«, flüsterte ich Eliza zu, doch sie winkte ab.

»Nikola bezahlt ihn gut, er macht, was man von ihm verlangt. So einfach«, meinte Eliza und klatschte in die Hände, als die Turbinen starteten.

Ich sah aus dem Fenster und spürte, wie mein Puls stieg. Die Startbahn glitt langsam am Fenster vorbei, dann wurden die Turbinengeräusche lauter. Das Flugzeug nahm Fahrt auf und fast ohne ein Ruckeln hoben wir ab. Ich hörte ein leises Surren, als die Flugzeugräder eingeklappt wurden und sah die Autos auf der Autobahn unter uns. Da waren Felder, Wälder, ein See und dort – das war der Sportplatz meiner Schule! Berlin wurde immer kleiner und dann brachen wir durch die Wolkendecke. Die Sonne kitzelte auf meinem Gesicht und in der Ferne setzte ein großes Flugzeug zur Landung an.

»Die Bar ist eröffnet«, frohlockte Eliza und steuerte zielsicher den Kühlschrank mit den Blutbeuteln an.

Aus der Toilettenkabine drangen bemitleidenswerte Geräusche.

»Er sollte die Tür wirklich besser isolieren lassen«, kommentierte Eliza und drehte irgendwo an ihrem Sitz die Musik auf. Sie goss sich genüsslich ein. Nun saß die Vampirin mit einem Champagnerglas voller Blut, lauschte Jazzmusik und genoss den Flug. Wäre das hier ein James-Bond-Film, hätte sie die Rolle des Bösewichts, so viel stand fest. Ich schaute wieder aus dem Fenster und beobachtete die Wolken. Vielleicht lag es am strahlend blauen Himmel, vielleicht an dem unendlich schönen Lichtspiel in den Wolken: Ich fühlte mich wie neu geboren.

Nachwort an den Leser

Wenn ihr alle Zeit der Welt hättet, was würdet ihr tun? Hättet ihr andere Hobbys oder Jobwünsche? Wärt ihr mit eurem aktuellen Leben zufrieden und würdet gar nichts ändern wollen? Was würdet ihr ausprobieren, was würdet ihr sofort aus eurem Leben streichen?

In meinem Fall kamen nach den Ereignissen meines Erwachens eine Menge Mut und Kreativität zum Vorschein und das veränderte mich und meinen Blick auf die Welt. Ich lernte ein Instrument (Gitarre), brachte es im Japanischen zumindest auf ein akzeptables Niveau (wie lange würde ich brauchen, um die Sprache so fließend zu sprechen wie Mara?) und mein Englisch ist deutlich besser als damals. Ich kenne den Kodex auswendig und informiere mich regelmäßig über Gesetzesänderungen bei den Menschen. Weil Marana darauf besteht, befasse ich mich auch mit Chinesisch, aber das braucht eben Zeit.

Ja, ich habe noch Kontakt zu ihr und auch Eliza sehe ich recht häufig. Marana hat mir damals, als sie mich in den Haushalt aufnahm, ein Fotoalbum aus ihrer Studienzeit mit meiner Mutter geschenkt. Ich musste schmunzeln, als ich ihre Schrift sah, die meiner so sehr ähnelte. Meine Mutter hatte die Fotos größtenteils heimlich geschossen, denn Marana schaute so gut wie nie in die Kamera. Es war das beste Geschenk, das ich je bekommen hatte.

Inzwischen verstehe ich, warum meine Mutter mich zu Mara geben wollte, obwohl sie nicht sicher wusste, ob ich überhaupt zur Vampirin erwachen würde. In Maranas Nähe war es am sichersten. Sie hätte ihr Versprechen in jedem Fall gehalten. Sie hätte sowohl ein Dämonenkind als auch ein Menschenkind aufgezogen und beschützt.

Meine Vorlesung beginnt gleich und die ersten Kommilitonen kommen in den Saal, deshalb fällt mein Nachwort etwas unspektakulär aus. Was ich euch auf den Weg geben kann, ist Folgendes: Lebt euer Leben, habt keine Angst vor Entscheidungen, denn sie bewirken Veränderungen. Veränderungen sind nur anfangs beängstigend, aber mit der Zeit lernt man, sie zu begrüßen. Traut euch, Fehler zu machen und gestaltet euer Leben selbst.

Mehr Weisheit kann ich im Moment nicht mit euch teilen, Mara oder Eliza hätten sicher viel bessere und nützlichere Lebenstipps parat. Aber was soll ich sagen? Ich bin ja auch erst 30 Jahre alt.

Danksagung

Zuerst möchte ich allen Menschen danken, die dieses Buch zu dem gemacht haben, was es jetzt ist. Dazu gehören meine Testleser und Freunde Marie, Hasret, Thanh, Alice, Britta und Silvi. Manche von euch haben sich sogar durch alle Maraskripte gelesen: Danke für eure Geduld, Hartnäckigkeit und eure Zeit.

Dann möchte ich meiner Lektorin Alex von Lektorat Büchersinne danken. Danke für deine wertschätzende Art, deine detaillierten Anmerkungen, dein respektvolles, begründetes Kommentieren und die schnellen Rückmeldungen.

Ohne Antje würde dieses Buch wie eine verrutschte Tabelle aussehen, die mit Leerzeichen erstellt wurde. Danke für diesen Buchsatz und deine Geduld mit mir. Normalerweise mache ich nichts auf den letzten Drücker. Ich gelobe Besserung.

Obwohl ich dieses Buch in und auswendig kenne, konnte ich mir kein passendes Cover vorstellen. Dank Nadine von Mostly Premade hat mein Debütroman ein Cover, mit dem ich nicht nur warm geworden bin, sondern das ich liebe. Ich freue mich schon darauf, meinen zweiten Roman bei dir einkleiden zu lassen.

Auch, wenn es in Filmen oft noch anders dargestellt wird: Schreiben ist keine einsame Tätigkeit. Deshalb danke ich meinen Co-Working-Buddies Karo und Alice, die sich jede Woche nach Feierabend mit mir hinsetzen und kreativ arbeiten. Danke euch!

Besonderer Dank geht an meine »Teeküchen-Gäng«, die immer für mich da ist und dafür sorgt, dass genug Schreibausgleich da ist. Danke für eure Unterstützung! Ich bin froh, Freunde wie euch zu haben.

Dann danke ich meinen beiden Powermuddis, die mich mit dem ganzen »Drumherum« unterstützt haben. Auch, wenn es jetzt nicht Tahoma 10 geworden ist: Danke, dass ihr für mich da seid und diesen Weg mit mir gemeinsam geht.

Und Schwesterbabylein? Schau mal, ich hab ein Buch geschrieben!

Danke euch allen!